I0669050

www.ingramcontent.com/pod-product-compliance
Lightning Source LLC
Chambersburg PA
CBHW020818260626
47169CB00003B/714
9781961420632

بابُ العَبيد

باب العبيد

حسين ورور

عدد الصفحات: 280

الطبعة الثانية: 2025

الناشر: الخيّاط

الطبعة الأولى: منشورات الهيئة العامة السورية للكتاب، وزارة الثقافة - دمشق، 2018م.

جميع الحقوق محفوظة للناشر والمؤلف

إخلاء مسؤولية

ISBN 978-1-96-142063-2

First published in 2018 – Syrian Ministry of Culture

Copyright © Hsain Warour

KHAYAT®
PUBLISHING HOUSE

Washington, DC
United States
+17712221001
info@khayatpublishing.com
www.khayapublishing.com

حسين ورور

بابُ العَبيد

رواية

فصول الرواية

"المنتصرون من يكتبون التاريخ ويندثر دائماً"

تاريخ المنهزم

غاستون باشلار

— 1 —

السيف فوق صمت المدينة

حالـة مـن التوتر والترقب خيّمت على كل الذين قدموا إلى ساحة الحاكمية بدعوة من الوالي، كانت مثل هذه الدعوة تتكرر في الأسبوع مرة على الأقل لمشاهدة عقوبة الإعدام.

الشاب عبد الله المحكوم بجريمة قتل فوق النطع معصوب العينين، أمامـه تمامـاً العبد السّياف شـاكر، وصفٌّ مـن المحكومين المساجين المقيدين إلى سلاسل، وحدها صلصلة سلاسلهم تكسر الصمت في تلك اللحظات الرهيبة. بناء على إشارة القاضي لكاتبه، راح الكاتب يتلو اسم المحكوم، والجريمة التي ارتكبها والعقوبة التي استحقها. صدور الجميع تنقبض حين أعطى أمره لرئيس السجن كي ينفذ العقوبة، بدوره رئيس السـجن يومئ إلى السّياف أن يستعد، تراءى للجميع أن السّياف ينتظر الإشارة الأخيرة لقطع رأس عبد الله. جاءت الإشارة الأخيرة لتجري الأمور على نحو لم يتوقعه أحد، امتدت يد السّياف لرفع السيف وهي ترتجف، يهـز السـيف قبل أن يتلقى الأمر، عيناه يشـع منهمـا غضب مكتوم، راح يتملّى بنظرة بانورامية وجوه الحشد المدعو لرؤية سيف العدالة كيف يهوي على رقبة المجرم.

يعرف السّياف أن المحكوم شاب شامي بريء، بعد أن شاعت قصته حتى بين السجانين أنفسهم، وبين رجال الحامية جميعاً...

صور كثيرة مرت أمام عينيه لحالات من القتل الظالم في تلك اللحظة الحاسمة، سيفه لم يهو على أحد ظلماً من قبل.. هذه هي المهمة الأولى التي يكلف بها بقطع رأس إنسان بريء بعد أن أوكلت إليه هذه المهمة. لم يستطع أن يقول: لا.. فهو ليس أكثر من عبد. هو كغيره من العبيد، كان يشعر أحياناً بمحاباة الجميع له بسبب توصية من الوالي، كان ينتظر من الوالي أن يهيئ له أسباب العودة إلى مسقط رأسه في النوبة، بعد أن أعيته الحيلة للهرب والالتحاق بالثائرين في الأهوار. غضبه يتصاعد مع هول هذه التداعيات السريعة، فجأة تململ وهو يستعرض الحشد من جديد، لم يلمح إشارة رئيس السجن له ليهوي بسيفه على رقبة عبد الله، يصرخ به فينتبه له ويشيعه بنظرة هازئة، يحرر العصابة عن عيني عبد الله بكل برود، يصرخ رئيس السجن به:

ماذا تفعل؟

كان في نية السّياف أن يحرر عبد الله من مصيره، يهمس في أذنه، يلكزه، يصرخ به:

- اهرب!

يتسمر عبد الله خائفاً، يدفعه السّياف طالباً منه الهرب، قائلاً له:

اتبعني...

يهز السّياف سيفه محذراً ألا يقترب منهما أحد، يقول لعبد الله:

انطلق خلفي.

يهيج قائد الحامية، يأمر جنده بإلقاء القبض عليهما.

ينطلـق السّـياف وهـو يزمجـر، وعبـد اللـه يلوذ بـه مرعوبـاً، يشـق السّـياف السّـد الذي شـكله جنـد الحامية. يجرح أكثـر مـن واحد ممن تجـرأوا علـى الوقـوف في وجهـه والتصدي لـه، ومنعه ومنـع عبد الله مـن الفرار.

يشـكل بعض الأهلين -وعن قصد- في هذه اللحظات حاجزاً بشـرياً يساعدهما كي يجدا مخرجاً من الجهة الجنوبية، بعد أن دبت الفوضى فـي أرجـاء السـاحة، فجأة انفصـل عبد الله عنـه، واختفى عـن ناظريه. يختفـي هـو الآخر في إحـدى الحـارات المفتوحة إلى الغـرب، ويعبرها كشـبح، كان النـاس يلوذون مذعورين حيـن يرونه من بعيد، أو يفاجؤوا به عن قرب. يلمح داراً خربة مهجورة، يتطلع حوله، فلم يشـاهد أحداً، يقفز إلى سطحها.

يتمدد عليه حتى لا تراه العيون...

كانت عقوبة سـجانه مريعة، أمر قائد الحامية حرسـه الخاص بجلده فوق النطع، لم يشف غليله الجلد، فأمر الجند بشيّه على حديد محمى، ليكون عبرة لسواه ودرساً في الخوف لا ينسى..

. . .

.. تلقى حاكم المدينة مجريات ما حدث من وزيره، دعا إلى اجتماع حضره الحاجب والقاضي وصاحب الشرطة ورئيس الاستخبارات.

انتهـى سـريعا بأمـره لقائد الحاميـة أن يبحث عـن الفارين، ويأتي بالسّـياف حيـاً، ولـو كلفـه الأمـر مقتـل رجاله عن بكـرة أبيهـم، ويأتي بالمجـرم عبـد الله ولو ميتـاً، أو سـيلقى أشد العقـاب: المـوت بحد السـيف! كما أمر رئيـس الاستخبارات ببث جواسيسـه فـي كل مكان تحسـباً من شـركاء لهما فيما فعلاه، أو من يكون قد سـهّل فرارهما أو

خبأهمـا، والوقـوف على ما يقول النـاس حـول ما حدث، أو ما يقولونه حول هذه السابقة الخطيرة.

يكلف قائد الحامية ثلاثة من جنده المخلصين الأشداء بجولة بحث أخيرة، يوعز لهم أن يذهبوا سراً إلى مكان ما في الولاية، قال لهم:

هنـاك اصنعـوا قبراً وهميـاً لذاك العبـد الفار، فيما لو فشـلتم بإلقاء القبض عليه.

قال قائد الحامية ذلك بعد أن نمى إليه ما أصاب سكان المدينة من خوف وقلق وتوتر.

انتشـرت حكايـة هذا العبـد السّياف الفار لترسم في خيـال النـاس الذيـن لـم يشـاهدوه صـوراً شتى لشـبح أسـود يسـتطيع القفـز مـن سـطح بيت إلـى سـطح آخر بخفـة ريشـة... منـه مـن تصوره سـريعاً كنمـر، منهـم مـن تخيلـه كطائـر خرافي يسـتطيع الانقضـاض على من يشاء كصقر.

لكن الأطفـال كانـوا الأكثـر تأثراً بحكايتـه، فجسّـد خيالهم لـه صوراً بأشـكال شتى لكائنات أسطورية لا يمكن أن يتغلب عليها بشر.

يبلغ الرعب أشده، تخلو الطرقات من مشاتها، توصد أبواب الدور.

يتغيـر شـيء ما في المدينـة، إنه الخوف الذي يفعل أشياء لم تكن تخطر على البال.

كل ذلك يقابله أولئك الذين رأوا فيه بطلاً اسـتطاع أن يتحدى الظلم وينتصر، وبلغت بهم الشـماتة المكتومة أن يُعرضوا عن الجند بلامبالاة، وخبث مبطن يفصحون عنه همسـاً، أو بإشارات ساخرة..

أمـا عبـد الله، فقـد نسـجت حولـه هـو الآخـر حكايـات أقـرب إلى القداسة:

نجا من قطع رأسه لمكانته العالية عند الرب!

نجا للمكانة التي يمنحها الله لعباده الشرفاء. كل الناس يرجون الله أن تعمى عنه، وعن أمثاله عيون الظالمين..

. . .

عاد جند قائد الحامية الثلاثة بعد أن أنجزوا مهمتهم الكاذبة، وتمثيليتهم المفبركة، يصدقها الحاكم، وربما هم صدقوها!

يسدل الستار على فصلها الأخير:

"أن هؤلاء الثلاثة عثروا على العبد السّياف منتحراً، عيناه نقرتهما الطيور، الجند يدفنون الجثة!"

"يذهب قائد الحامية إلى أشهر صناع السيوف في المدينة. يشتري سيفاً يشبه إلى حد ما سيف العبد المنتحر شاكر.

يؤكد لحاكم المدينة نهاية هذا العبد البشعة، التي اختارها لنفسه منكراً نعمة وليه الحاكم العادل..»

كان الحاكم قد تلقى هذا العبد كهدية من أحد تجار الرقيق لقاء خدمة لم يكن يحلم أنها ستسدى إليه من أحد، إذ خلصه من أكبر منافسيه في هذه التجارة، ومنعه من الدخول إلى أرض الولاية كلها.

رأى الحاكم بهذا العبد الرجل القوي الذي لا يرف له جفن إذا ما تعرض إلى خطر، يستطيع مواجهة غابة من سيوف، حتى لو كان أعزلاً. لم يكن يعلم عن هذا العبد شيئاً، إلا أن ذلك التاجر اشتراه من تاجر بغدادي بأغلى ثمن، وكان من أبرز حراس قافلته، كانت قافلته -بفضل هذا العبد- تصل بأمان إلى أسواق المدن.

لم يستطع أحد في الحاكمية – حتى الحاكم نفسه – معرفة سر فرار هذا العبد، عند أول مهمة يكلف بها بقطع رأس عبد الله، قاتل ابن محتسب الحاكمية المملوكي...

روى أحد الجند تفاصيل قصة هرب العبد السّياف، والمحكوم عبد الله، وسرعان ما راحت تروى على وجوه مغايرة ليس فيها من الحقيقة سوى رائحتها.. قال:

"تقدم العبد السّياف بين صفين من الجند، وقف كمارد يستعرض الوجوه خلسة، ينظر بشفقة وأسى إليها. ينزع رئيس السجن العَصابة عن عيني عبد الله، تقع عيناه على العبد السّياف أمامه، يتجاسر وينظر إلى عيني السّياف، تلتقي عيونهما بنظرة طويلة مليئة بالأسئلة، كانت الإجابة عليها بمثابة رسالة لعبد الله تدعوه إلى الخلاص من هذا المصير، أعقبها بغمزة خاطفة توحي له بالهرب إلى جهة الغرب..»

. . .

شاكر وعبد الله يفترقان بسبب الفوضى التي عمت المكان...

يتجه العبد شاكر غرباً، يسير متخفياً في بساتين الضاحية الغربية للمدينة، حتى يصل كروم الضاحية من جهة الشرق، يسير في دروبها الضيقة، دروب تحاذي هذه الكروم المسوّرة بدكّات ترابية برع أهل الغوطة بصنعها. كان منظر العبيد مألوفاً للناس، فلم يُثر تواجده هناك أحداً، كان العابرون في هذه الدروب يعرضون عنه، ويكتفون بإلقاء نظرة سريعة عليه، لم يقف في وجهه أحد.

هو الآخر كان يعرف في قرارة نفسه، أن الناس في الشام، وما حولها اعتادوا مشاهدة العبيد طلقاء في الأيام التي أعقبت اندحار الزنج الثائرين في سواد البصرة..

. . .

كان أحد الكروم دون سور، دخله شاكر محاذراً، شاهد عند نهايته خيمة من قصب النهر. فوجئ بخروج امرأة تتبعها فتاة زنجية، كانت

المرأة ترتدي ثوباً أسوداً فضفاضاً، وتغطي رأسها بفوطة بيضاء، بينما كانت الفتاة تأتزر بما يغلب ألوانه اللون الترابي. عادت الفتاة إلى الخيمة، وخرجت حاملة على رأسها صينية نحاسية مليئة بثياب مغسولة للتو، قامت الاثنتان بنشرها على حبل غسيل مشدود بين شجرتي حور باسقتين...

كان شاكر متماسكاً ومتوازناً على الرغم من الوضع الذي هو فيه، جلس في ظل شجيرة عنب ظليلة يفكر بما سيفعل، وكيف يتصرف. أغراه وجود الفتاة الزنجية، قدر سلفاً أنها لا شك عبدة، والمرأة سيدتها.

كان جائعاً أيضاً، تساءل في سره:

أأطلب منهما طعاماً، ويكون طلبي هذا مفتاحاً ومدخلاً لما أريد، فأتعرف إلى فارين من العبودية، أو ناجين من ثورة العبيد؟

* * *

— 2 —

أقدام تهرب من ظلّها

خـرج شـاكر من مكمنه، فـي اللحظة التي انتهت بهـا المرأة والفتاة من نشر الغسيل، ودخلتا الخيمة، اتجه نحو الخيمة محاذراً.

لاحظت المرأة أن الفتاة تصغي متخوفة، فبادرتها الفتاة قائلة:

أسمع وقعاً غريباً، وليس بعيداً يا سيدتي!

أصغت المرأة، فتأكد لها ما قالت الفتاة:

قد يكون أحد أفراد الأسرة!؟

تنحنح شاكر حين صار قريباً من الخيمة.

من سيكون هذا؟ تساءلتا متوجستين.

لا شك أنه غريب. قالت المرأة، ثم تهامستا:

لننتظر ماذا سيفعل...؟

يتوقف شـاكر عـن الحركـة وينتظـر خروجهما، يـدرك أنهما شـعرتا بوجوده، وحين لم تخرجا تأكد له أنهما خائفتان منه، ناداهما:

أنا عابر سبيل جائع، لا أريد إلا طعاماً.

تطل المرأة، فتفاجأ برجل: قامة فارعة، سمرة داكنة، عضلات مفتولة، لا يشدّ قامة الرجل سوى مئزر يأتزر به العبيد عادة.

تقدر المرأة أنه عبد آبق، تسأله:

من أنت؟

لم يتردد في إجابته لها، يقول بكل عنفوان:

أنا عبد جائع!

تلتفت المرأة إلى الخلف حيث الفتاة:

هاتي رغيفاً، وشيئاً من أدام يا زهريت.

ثم تلتفت نحو شاكر تسأله:

ما الذي أتى بك إلى هنا؟ وما اسمك؟

اسمي مرزوق. أما الذي أتى بي إلى هنا، فليس سوى الجوع!

عجيب أمرك يا مرزوق!

لا تتعجبي من شيء في هذا الزمن يا سيدتي!

راحت المرأة تتأمله خلسة، لاحظت ندباً لجرح مندمل في عنقه:

لـم تقـل لي سـبب وجـودك هنا يا مـرزوق.. لا أعتقد أن السـبب
هو الجوع!؟

ربما لا يقتصر الأمر على هذا السبب وحده!

قبل أن يكمل الإجابة خرجت زهريت من الخيمة، وعلى راحة يدها
طبق من القش عليه أكثر من رغيف، وشيء من لبن وزيتون.

فوجئت زهريت به:

إنني أعرفـه، قالت في سـرها، إنه العبد شـاكر.. لكن كيف يقول إنّ
اسمه مرزوق؟!.

تقدمـت منـه وقدمـت لـه الطبـق، تناولـه مـن يدها. هـو الآخر راح
يمعن النظر إليها، تراجعـت وأخفت وجهها عنه، ثم أطرقت في الأرض
تفكر، تذكرت أن ذلك كان منذ زمن بعيد، وتحديداً منذ كانت طفلة،

كان مرزوق ينظر إليها خلسة، وبدا كأنما يتذكر. كان جائعاً، فراح يأكل بنهم، لكنه لم يتناس ما يفكر به.

عادت زهريت إلى الخيمة، لحقت بها المرأة بعد أن لاحظت ما بدا على الاثنين من دهشة، لعلها تعرف من زهريت سرّ شكوكها.

قالت زهريت لسيدتها:

أنا أعرف هذا الرجل، أعتقد أنه كان في خدمة الخليفة بسامراء!

متى كان ذلك؟

لا أدري متى كان ذلك تماماً، كنت صغيرة، ولم أره حينها إلا قليلاً، أكبر الظن أنه كان من المقربين جداً من الخليفة.

لو كان مقرباً من الخليفة، لما رأيته هنا يقتله الجوع!

سمعته يقول أن اسمه شاكر، هذا هو اسمه أيضاً!؟

لكنه قال: اسمي مرزوق. على أي حال، ما شأننا به؟ فحين ينتهي من طعامه، سيغادر المكان وكأن شيئاً لم يكن.

مثل هذا العبد لا يفرط به يا سيدتي.

لوكان سيدك هنا وشاهده، ربما اختلف الأمر، لأنه أقوى بنية من عبده الحالي.!

يتنحنح مرزوق في الخارج موحياً بأنه انتهى من تناول الطعام. راح يمعن النظر إلى الخيمة، متمنياً أن تخرج زهريت ليتأكد من حدسه بأنها الفتاة التي يعرفها...

قالت له المرأة من الداخل:

يمكنك مغادرة المكان!

ذلك ما لم يكن ينتظره مرزوق، لكنه تريث قليلاً لعل الفتاة تخرج أو تطل. لم ينقطع لديه خيط الأمل، فيغادر وهو يلتفت إلى الخلف.

يمر من الوقت أقله، يأتي زوج المرأة ممتطياً حصانه، وعبده يسير خلفه. تخرج المرأة وعبدتها زهريت من الخيمة.

يسألها بمجرد وصوله:

ألم يأت المزارع بعد؟

لا...!

تهمس زهريت في أذنها:

أخبريه عن العبد الذي كان هنا!؟

كان الـزوج قد نـزل عـن حصانه، تناول العبد الرسن من يد سيده، يقول للعبد:

خذه إلى مسكبة البرسيم، اربطه فيها إلى وتد كي يأكل.

يدخـل الرجـل الخيمة، تتبعته الزوجـة، وهي تتلجلج في إخباره عن مجيء مرزوق.

يسألها مرتابا:

ألم يقل شيئاً!؟

بلى. أجابته مترددة، طلب طعاماً فأطعمناه، سألناه عن اسمه أيضاً، أجاب: مرزوق..

لكن زهريت قالت لي بعد أن غادر أن اسمه شاكر...

لم يدعها تكمل كلامها، فأجابها بعصبية:

ماذا؟ شاكر، ها...!؟

أجل، هكذا قالت لي زهريت.. ماذا في الأمر!؟

هل تصفينه لي؟ سألها مشككاً.

فـارع الطول، قوي البنية، عضلاته مشـدودة، أسـمر، سـمرته غامقة. ثم سكتت.

ماذا بعد؟ سألها كيما يعرف المزيد، ويتأكد من أنه السّياف، الذي رآه صباح هذا النهار، وفرّ دون أن يستطيعوا إلقاء القبض عليه. أضاف وهو يهز رأسه شامتاً:

أتعرفين من يكون هذا الشاكر يا نائلة؟

من سيكون؟ إنه عبد من العبيد، وما أكثرهم هذه الأيام يا عبد الجبار!

نعم عبد، لكنه غير العبيد الذين ترينهم!

يخفي عن زوجته نائلة سرّ هذا العبد السّياف، ويقول في داخله: "إذا كان هو حقاً، ويجب أن يكون هو ذاته... لماذا إذا أشاعوا أنه انتحرّ؟ يجب عليّ السعي لمعرفة من أشاع هذا الخبر، لا بد أن يكون المشيع من الحاشية، ويجب أن أصل إليه".

تسأله الزوجة:

أراك تكلم نفسك ما الأمر؟

الآن بدأ نجمك يسير في مداره يا عبد الجبار!

ترتسم على وجهه ابتسامة مشرقة، ينشرح صدره، وبدا كما لو أزيحت صخرة عن صدره.

قالت له الزوجة:

عملت هذه الخيمة، كي تخفف عنك الربو. ليتك تنام فترة كي تستريح في هذا الهدوء، قبل أن تدهمك نوبة الربو؟!

يمكنكما المكوث تحت أي شجرة ظليلة إذن، ريثما أصحو من نومي.

تقصد الزوجة وزهريت شجرة توت قريبة، وتجلسان في ظلها.

يتمدد عبد الجبار في الخيمة، تراوده هواجس شتى تطغى عليها ما

تناقلته الألسن حول السّياف، يتساءل:

كلهـم أكـدوا أنـه انتحـر، وتـم دفنه أيضـاً.. كيف سـيكون هو من جاء إلى هنا؟

ظـل هـذا الهاجس يدور في حلقة مفرغة، ويسـير بعبـد الجبار في طريق مسدود، إلى أن غلبه النعاس، واستسلم إلى النوم..

...

هبـت بعـد ظهيـرة ذاك النهـار نسـائم صيفيـة تنعـش الـروح. تتملمـل نائلـة، وتتأمـل وجـه زهريـت، فلا ترى به مسـحة الحـزن التي لم تكن تفارقه.

تشيح ناظريها عنها قليلاً، وتفطن إلى أن زهريت أفضت عن معرفتها بالعبد مرزوق. لماذا لا أسألها عن فحوى هذه المعرفة؟ قالت في سرها.

التفتت نائلة نحو زهريت، فانتبهت لها.

- ماذا تريد سيدتي؟

- قلت إنك تعرفين العبد الذي مرّ من هنا، كيف كان ذلك؟

- كنـت مـع أطفـال صغار ماتت أمهاتهـم، أتى بهم الجنـود إلى دار أحد الأمراء في سـامراء. انتقوا عدداً منهم وكنت أنا بينهم، سـاقونا إلى دار الخلافـة، تـم تسـليمي هنـاك إلى جاريـة تدعى ضحـى، كانت هذه الجارية على علاقة وطيدة مع هذا العبد..

ينهض عبد الجبار، أثر نوبة سـعال، فيقطع استرسـالهما. يقف باب الخيمة ويشير لهما بالمجيء إليه، تنتبهان له، تقول زهريت لسيدتها:

- أكمل لك فيما بعد، سيدي يشير لنا أن نعود إلى الخيمة.

* * *

— ⋅ 3 ⋅ —

غوطةُ الخوف

كان مـرزوق يغذ السـير غرباً، يتمنى لـو يلتحق به عبد الله، يدرك في سـره، أنه إذا لم يلق القبض عليه ثانية، سـيؤثر البحث عنه واللقاء بـه، بـل ربما يتابـع رحلة الحياة معـه حتى النهاية، فعبد الله سـيكون المطارد أبـداً، ليلقـى جزاءً مضاعفاً بسـبب هربه، أقلـه "الخوزقة"، أو تقطيع أعضائه شـيئاً فشـيئاً، لينال أقصى العذاب بموت بطيء.

أما عبد الله فقد التبست عليه الأمور، بسبب الفوضى التي حدثت.

كان مكرهـاً أن يتجـه شـرقاً، يلجـأ إلى الكهـف الذي لجـأ إليه، أحد حواريي السيد المسيح عليه السلام...

ينزل الدرج المؤدي إليه، يستقبله الراهب الوحيد الذي يسكنه.

يصارحـه عبد الله بقصته ويطلب منـه أن يختبئ لديـه، يتحمس الراهـب ويتعاطف بـكل جوارحه معـه، مكتفيـاً بالكلمـات الأولى مما قاله عبد الله:

"قتلت ابن المحتسب دفاعاً عن فتاة مختطفة كان يبغي اغتصابها» لـم يسأله الراهب عن تفاصيل ما حـدث.. فكر مليـاً بالأمر، نصحه بمغادرة المدينة فوراً، أكد له أن العسـس سينتشـرون حتمـاً -كعادتهم-

فـي أرجـاء المدينـة: حواريها، أزقتهـا، خرائبها، دور العبادة، ثم أشـار له بالذهاب إلى أحد أديرة القلمون، قائلاً:

- هنـاك الكثير مـن المغاور والكهوف، التي يمكنك التواري فيها إذا ما فضح أمرك. ينتزع الراهب سلسالاً فضياً يتدلى منه صليب من خشب الزيتـون إلـى صدره، كان قد صنعه بيـده، وكتب عليـه بطريقة الحرق، الحرف الأول من اسمه باللاتينية. طوق عنق عبد الله بهذا الصليب، قال له:

فليحمك الرب..

ترقرقت عينا عبد الله بالدموع، جال ببصره في الكهف، يشيع النور الشـحيح المنبعـث من سـراج معدني في كـوة، كان قد حفرها القديس حنانيـا في الصخر، يلقي نظرة على الفرش البسـيط، والأواني النحاسـية المتواضعة، التي يستعملها الراهب لطعامه وغسل ثيابه.

يستأذن الراهب بالمغادرة، يشد الراهب على يده ويكرر قوله:

فليباركك الرب..

يصعـد عبـد اللـه درج الكهف، عينـا الراهب تشـيعانه حتى غاب عن ناظريه..

مع الغروب، كان الراهب يقرأ بصوت خافت، في لفافة من الورق السـميك، مفـرودة بيـن يديـه. يسـمع جلبة خـارج الكهـف، يلمح في البـاب الخارجـي هيئة جندي تغطي فتحـة الباب، يتوقف عن القراءة، يعيـد لـف الورقـة بأصابـع ترتجـف. يسـأل الجنـدي من بـاب الكهف بصوت جلف:

من هنا؟

ينهض الراهب، يحمل السراج، ويقف عند أسفل الدرج قبالته:

أنا هنا.! أجابه الراهب بصوت يعتريه الخوف.

من عندك؟ سأله الجندي.

لا أحد. قالها الراهب بثقة.

لم يثق الجندي بإجابة الراهب، ينزل الدرج، يظهر جندي آخر يتبعه، يحمل أحدهما الشمعة، يجوسان الكهف بنظرات سريعة، يخرجان دون أن يتفوها بكلمة.

يرسم الراهب إشارة الصليب شكراً للرب، على نجاة مستجيره منهمـــا..

ومع الغروب، كان مرزوق قد وصل بقعة في الجهة الجنوبية من بساتين الضاحية، تتشابك فيها النباتات الشوكية كالعليق والقريص والهالوك. يطمئن إلى أن أحداً لن يمر من هذه البقعة الموحشة ليلاً. يظهر أمامه سور طويل من دكّات ترابية، لبستان يبدو أنه لواحد من ذوي النعمة، حسبما قدر ذلك، تعلو دكّاته أغصان من شجر السياج الشوكي، يشتهر مزارعو الضاحية بخاصة، بصب قوالبها، لتسوير بساتينه.

منعه هذا السور من متابعة خط سيره باتجاه الغرب، يتجه جنوباً على ضفة ساقية جافة، يفاجأ بأرض فلاة تبدأ بحقل خضار لم تتبين له نهايته.

بسبب العتمة التي عمت الكون، ولم يعد يرى سوى خيوط الأفق، يتابع السير، يقطع حقل الخضار إلى حقل آخر ترفل فيه عيدان الذرة بأوراقها الخضراء، وعرانيسها الغضة، مما أتيح له أن ينهش بنهم حبات بعض العرانيس النيئة كي يسكت جوعه. يصل إلى نهاية الحقل من جهة الغرب، يجلس وهو يصغي إلى أي صوت يمكن أن يصدر، ويراقب أيّة حركة، إذ تغدو هذه البرية ليلاً ملعباً للوحوش، كان لا يسمع سوى خرير السواقي البعيدة، ونقيق الضفادع، وأصوات بنات آوى، والطيور الليلية..

لأول مرة يصغي إلى موسيقى الطبيعة، ويتماهى بسحرها الذي صنعته الحرية وحدها.

لأول مرة يتأمل النجوم السابحة في السماء، والهلال وهو يلتمع كسيف في وسطها...

يتابع السير جنوباً، يستوقفه حاجز ترابي طويل، يتصاعد من خلفه خرير الماء، يدرك أنه أمام قناة باتساع النهر، لكنها لا تشبه نهر الفرات الذي يعرفه، أو نهر دجلة، مع صغرها بأي حال بالمقارنة معهما، أدرك أنه لا يستطيع اجتيازها، وهو لا يعلم أنه أمام قناة "بولويز" التي تتجه شرقاً لتروي حقول وبساتين قرية "السبينة"، وما بعدها من حقول.

يصعد مرزوق ضفتها الترابية، يقدر مجدداً أنه لن يستطيع اجتياز هذه القناة فعلاً، بسبب سرعة جريان الماء فيها، وعمقها الذي يجهله. يتجه غرباً لعله يحظى بجسر ما، أو نفق تعبره القناة، ليقطع من فوقه إلى الضفة الأخرى، قبل أن يجازف ويقطعها سباحة.

لم يخذله حدسه، فالقناة في ذلك الاتجاه تزداد عمقاً وتعبر أنفاقاً شتى.

كان الأقدمون قد عمقوا مجراها تلافياً لمخاطر سيول يسببها ذوبان ثلوج حرمون، ونتيجة طبيعية لتعزيل أرضية القناة كل موسم، مما يتراكم فيها من أتربة ونفايات، وما ينبت في مجراها من نباتات وطحالب، تعيقها عن الجريان. يرى مرزوق بهذه الأنفاق ملاذاً له، تيسر له الأمان الذي ينشده..

فكر ملياً أن يقيم في هذا المكان، تناهى له أن الجسر الذي يقف عنده الآن هو معبر المزارعين إلى حقول ما وراء القناة من الجنوب، يتساءل متوجساً وحذراً:

لماذا لا يكون كذلك ممراً للجند وسواهم!؟

كان قراره التوغل أكثر، لعله يصل المكان الذي يجنبه رؤية أحد.

يقف متسمراً في المكان حائراً يتساءل:

- أليس من الخطأ أن أتابع السير في هـذه العتمة؟ إذن، يجب ألا أغادر من هذا المكان، هنا يجب أن أبيت حتى مطلع الفجر، كما أعرف إلى أين سأتجه.

لـم يستطع أن يهدأ لـه بـال طـوال الليل، كان مشوشاً بالهواجس والتساؤلات.

تتنازعه أسئلة لا حصر لها، جلها حول مصيره، لم يكن يخيفه شيء، الإنسان والوحش عنده سـواء. تتدافع الأسئلة إلى رأسه المثقلة بالقلق، والحسابات الخاطئة حيناً، وبعيدة عن أن تصيب أهدافها أحياناً، كانت تتماوج بيـن حاضـر اللحظة، وماض يبتعد، ومستقبل لـم ينبن إلا على وهم، أو في لجة من سراب. يتساءل:

لماذا لا أقصد مكاناً مرتفعاً، فأشرف على كل ما حولي من نوافذ، أو دروب، حتى لا أقع في الشراك التي قد تنصب لي؟

تنسف ذاكرتـه القريبـة بإجابـة حاسـمة: لا.. يجب ألا تبتعد عـن المدينة يا مرزوق!..

لكن، هـل سـيظل على قراره هـذا؟.. الزمـن وحده يجيب على هذا السؤال!

لأن كل مرتفعـات الجهـة الجنوبيـة للمدينة، ليسـت أكثر من تبيات بسـيطة، لا صخـور فيهـا ولا مغاور. هي لا شـك ليسـت للفلاحين الذين يزرعـون سفوحها فحسـب، بـل مقصد المتنزهيـن مـن المدينـة، على اختلاف مشاربهم...

يرتفع فجأة صوت المؤذن لصلاة العشاء فوق الضاحية، يصل سمعه جلياً: الله أكبر. يتكرر صداه في الفضاء، وفي ذلك الليل الذي ليس له آخر عند عبد جاء إلى الحياة، ولم يشفع إيمانه للونه في ارتياد فضاء الحرية، الذي وسعه الأنبياء للناس جميعاً دون تمييز. يحدث نفسه بمرارة: "إلام سيجر لوني عليّ هذا القيد، لماذا لا أخترق الآن هذا الليل، وأصرخ بالمصلين:

إني مؤمن مثلكم، بل أشد إيماناً. لماذا لا أقول لهم بأعلى صوتي: لم يخلقني الله سيافاً، لم يخلقني الله لأقطع رؤوس البشر، أو أبتر يداً بأمر من أحد».

يكر شريط ذكرياته نحو الماضي، ولما يكن عمره يزيد عن خمسة عشر عاماً. يتذكر غانم الشطرنجي حين اشتراه من التاجر البغدادي، في سوق العبيد بسامراء، تذكر السنة المشؤومة، 247" هجري"، حين أتى ذلك التاجر بأكبر قافلة عبيد من النوبة، لكسح السباخ إلى الجنوب من البصرة.

يتذكر كيف تعرف إلى سعيد الصغير، ويسر الخادم، وغيرهما من خدم القصر. يتذكر الرجل الذي طلبه من غانم ليكون في كنفه، وهو يعلم علم اليقين، أنه يعيش على أعطيات غانم، وبقية الخدم، وعلى ما يجود به سواهم.

يتساءل يومها كيف يفرط به لمثل هذا الرجل المتسول. يتذكر كم تألم، وكم ندم حين لم يقدر قيمة هذا الرجل، الذي قاد ثورة الزنج.

يتذكر كم تألم حين غير اسمه من مرزوق إلى شاكر... كيف كان ذلك الطفل المدلل في القصر.. كيف شب عن الطوق.. كيف رآه الخليفة المنتصر، فيما كان يتنزه ذات يوم في حديقة قصره، وهو يسقي أشجارها وورودها..

يتذكر كيـف توقـف الخليفـة يراقبـه عـن بعد، كيف تقدم منه وهو يتأمله:

ما اسمك...؟

يجمد مرزوق في مكانه مندهشاً، ينحني أمامه بكل خشوع:

عبدك مرزوق يا مولاي!

سمعتهم بالأمس ينادونك شاكر، كيف ذلك!؟

ادعيت هذا الاسم لأنني كنت النوبي الوحيد الذي جاء مع قافلة العبيد.

إذن أنت نوبي يا مرزوق!؟

ومـن أشـراف النوبـة يـا مـولاي، رأيت أن ذلـك لا يليق بـي، بعد أن صرت عبداً. أما الذي أرجو منك يا مولاي...

يقاطعه الخليفة، وهو يهز رأسه أسفاً:

ألا يعرف أحد بهذا السر؟

لا يا مـولاي، يكفينـي أن أظـل خادمكـم المطيـع، وأن يظل اسـمي شاكر، الذي أعرف به.

هل لك شكوى من شيء في القصر يا ولدي؟

لأول مرة يلمس مثل هذا الحنو من شخص في حياته، فكيف يحسه مغترفاً من أمير المؤمنين، ذلك لم يخطر بباله في يوم من الأيام، أجابه والدموع تترقرق في عينيه:

ما أشكو منه يا مولاي لا يتعلق بي. وسكت مطرقاً رأسه.

شعر الخليفة أن لدى مرزوق ما يخفيه، قال له مطمئناً:

أفصح يا بني، عليك الأمان!؟

قائد الحرس و..

يلتفت إلى الخلف خائفاً ويسكت، يستحثه الخليفة على المتابعة:

وماذا!!؟

وجاريتكم بنوجة!

قال له منفعلاً:

يكفي. يكفي..

يغـادر الخليفة المـكان، يتجه نحو الباب الخلفـي للقصر، ويدخله.. بينما يتابع مرزوق عملية السقاية خائفاً، ينتبه إلى أن قائد الحرس يتابع نزهة الخليفة خلسة، وشاهد الخليفة يتبادل الحديث معه.

يقبل قائد الحـرس نحـوه، ينظر إليـه نظرة طويلة متفحصة لا تخلو مـن وعيـد، وقد انفـرد به يسـتدرجه.. يهز عصا الخيزران التي لا تفارقه بوجهه.

يؤثر مـرزوق الصمت، يكلفـه صمته ضربة عصا على أسـفل ضهره، يصرفه وهو يضمر له سوء العاقبة.

. . .

مسـاء، ينفرد قائد الحرس بالخادم غانم الشـطرنجي، لم يكن يدري أن الخليفة المنتصر كان قد طلبه، وأوعز إليه بمراقبة الجارية "بنوجة". يعرف غانـم مـا يريـده قائد الحـرس سلفاً، يصارحـه بما رآه في نزعة المنتصر، يهدئ غانم من روعه، فيقلل من شأن هذه الحادثة في نفسه.

لـم يخطر ببال قائد الحـرس، أن الأمر يتعلق بالجاريـة بنوجة، التي يلتقي بها سراً عند غياب سيدها عن القصر، مع أن الخليفة كان أبعد من ذلك في شكوكه، كان الأمر لا يتوقف عند علاقتها بقائد حرسه التركي هذا.

يلجـأ الخليفـة بعـد يوميـن مـن لقائه بمـرزوق، إلى ضمـه لخدمه الخاص داخل القصر.

* * *

— 4 —

خيمةُ الليل ستارها

تنقطع تداعيـات مـرزوق عند هذا الحـد من التذكر، لكن الوقت
لم يدم طويلاً.

تسـتعاد صـور مشوشـة وكثيرة لسـامراء، ولوجوه غيبتها لعنة الزمن،
وأخرى انتهت إلى شـتات من الصعب لم شـمله. كان الليل حوله يغلف
كل شـيء، حتـى روحـه التي لم تسـتطع أن تحلق بخياله إلى أبعد من
ذكريـات الماضـي. ينفتح بـاب التذكر مـن جديد على الصـور ذاتها، لم
يكن بمقدوره الخروج منها أو محوها، مع ذلك كان يرى أن العبودية لم
تطل إلا جسده، ربما لأن عبوديته كانت تمارس عليه بين جدران قصور
علية القوم: الملوك!

كان مرزوق يرى ويسـمع كل ما يدور في قصر سـيده المنتصر عن
كثـب، إذ كان في قلـب الأحـداث، كان يـرى كل الداخليـن والخارجيـن
من أفراد الحاشـية الملكية، إلى الوافدين من ولاة وقادة فرق، وحجاب
وقضـاة وكتبـة، وتجـار وملاك الأراضـي والأطيان، ويتسـلم باليـد ما كان
يـرده مـن هدايا ومجوهرات، للثقـة العالية به. صار لا يـرد له طلب أيا

كان هـذا الطلـب، لكـن ذلك لم يدم طـويلاً، لأن الفترة التي عاشـها في القصر كانت لمع سراب بعمر الزمن..

كان خلف الأكمة ما وراءها!

تنقلب الأمـور فجـأة علـى مرزوق، بعـد أن لفق قائـد الحرس كذبة بحقـه لم تكم بالحسـبان، ونسـج خيوطها مع إحـدى خادمات المطبخ، لتصل المنتصر بأسـرع من الصوت فيصدقها. لم تكن الكذبة سوى تهمة باطلة تمس خادمة إحدى زوجاته، فأنهى حياة فتاة بريئة، لتكون واحدة مـن الحكايـات الكثيـرة التي تحـاك في قصره، بسـبب طغيـان العناصر الأجنبية التي تدير شؤونه...

ليـلاً.. يسـتدعي خادمـه مـرزوق، بعـد أن أشـفى غليله بقتـل الفتاة وهـدأت ثائـرته، مؤثراً التريث فـي معاقبة مرزوق، ليسـمع منه الرواية على حقيقتها..

يحضـر مـرزوق، ويركـع أمـام قدمي مولاه الجالس علـى أريكة اعتاد الجلوس عليها حين يكون وحيداً، يقبل مرزوق الأرض:

أمر مولاي؟

روى لـه المنتصر مـا حـدث، ثم طلب منه قول الحقيقـة، الحقيقة الناصعـة التي لا غبـار عليهـا، مكرراً ثقتـه بـه، آملا ألا يخيب ظنه، أو سيلقى أشد العقاب.

يـروي مـرزوق الحكاية بتفاصيلهـا، والتي كان الـدور الأول بتلفيقها لزوجته تلك، وكانت تلك المسـكينة التي قتلت ظلماً، إحدى ضحاياها..

تنطفئ تلـك الحكاية كسـواها مـن الحكايات التي تحـاك في ظلال القصور، وتنفذها أيدٍ سوداء بدمٍ بارد، لأن أحداً لم ولن يطالب بدمها.

تنطفئ لأن المنتصر لم يستطع مكاشفة هذه الزوجة السندية، التي

كان يأثرهـا علـى جميـع زوجاتـه الأخريـات، كان يأمـل أن تلـد لـه ولي العهـد، مـع عدم أحقيتها بذلك، إذ لـم تكن أكثر من جارية وضيعة قبل زواجه منها.

عادت المياه إلى مجاريها، وكأن شيئاً لم يكن..

. . .

الخـراج يصـل كالمعتـاد تباعـاً إلـى بيـت المسلميـن مـن ولايـات الإمبراطوريـة الشاسـعة، كذلك الميـرة، ونمـى للخليفـة أن الخـازن يتلـكأ بنقـل الصـور الحقيقية لـه عنها، بسـبب تواطـؤه مع عمال بعض الولايـات، مسـتغلاً تفـاوت مـا يرد إلى بيت المـال منهـا. كان يتصرف أغلـب الأحيـان بهـا، أو بمـا يرد من أعطيات على هواه، كما كان يخفي الكثيـر ممـا كان يتلقـى من هدايـا تخـص القصـر، أو يهديها من جديد لـذوي الشـأن، مـن العناصـر الأجنبيـة ذات النفـوذ المطلـق في جميع شـؤون الحكـم. كان الخـازن كثيـراً مـا يسـبب الحرج لمـولاه المنغمس في صغائـر لا تليق بـه، أو في أمور لا ترقى إلى المسـتوى الذي يجب أن يكـون عليـه أميـر المؤمنيـن، عدا عن الدسـائس التـي يحيكها هذا الخـازن، لتضيـع معظم أوقـات الخليفة بين ردهـات القصر، مما جعل الكثيـر مـن المهمات الكبيرة تنفذ وتدار مـن قبل أعوانه. كانت تبتعد عنه الصور الحقيقية لما يجري من مظالم، أو ما يجري في القضاء، أو مـا يحـدث من انتهاكات في جبايـة الأموال، وفي الأسـواق من احتكار، أو فوضى في الأسعار..

تعـم الفوضى كل شـؤون الحيـاة، ينتشـر الفسـاد، تصبـح المؤامرات صغيرهـا وكبيرهـا شـيئاً عاديـاً، وهي تخرج من السـرّ إلى العلن. كانت أقواهـا تلـك التـي ترتبها العناصر الغريبـة، لتغيير جسـم الدولة، بتغيير

الـدم الـذي يجـري فيه، كـي تقود تلك الدولـة المتراميـة الأطراف، وفق أهوائها ومطامعها..

كان يكفي الخليفة ما يدور في القصر وحده، ليظل مشغولاً ساعات النهار والليل.. مطالب الزوجات، والجواري -ربما- وحدها كانت لا تدع فرصة أمامه، كي يعالج أمراً عاماً مهما كان صغيراً، عدا عن أن عدم ثقته ببعضهـن يجعلـه دائـم التوجـس، فيؤثر أن يظـل قريباً منهـن خوفاً من خيانة أو مؤامرة أو غدر..

...

هنا تبدأ حكاية صاحب الزنج علي بن محمد.. وكيف اسـتطاع هذا الرجل البسيط، التسلل إلى قصر الخلافة الحصين؟

تشتبك الأسئلة التي لم يكن من الصعب الإجابة عليها، بعد استعادة تلـك الفتـرة، التـي لم تكـن بعمر الزمن أكثر من نيزك ما لبث أن سـقط حتى غدا رماداً..

نستعيد تلك الفترة من التواريخ التي كتبتها ذاكرة القهر في دفاتر لا تصفـرُّ أوراقهـا، ولا تهتـرئ، ولا تحترق في النكبـات التي تتعرض لها الـبلاد، لأنهـا مكتوبـة بمـاء الحياة السـرّي الذي لا ينضـب، لا يجف، لا يتبدد، ولا يتلاشـى. يظل بكامل سـحره مع دورة الأيام، وسـيلان الزمن في الزمن..

...

يـرى الخليفـة المنتصر ذات يوم، خادمه "يسـر" يخرج من مقصورة زوجته السـندية، وهو يتلفت يمنة ويسـرة، وفي يده صرّة كبيرة. يتابع النظر إليه حتى خرج من الباب الخلفي. يعطي يسـر الصرة، إلى شـاب كان ينتظـره بعيـداً عـن الأعيـن، في الوقت الـذي كان بإمـكان الخليفة

أن يعترضـه، لكنـه لم يفعل ذلك خوفاً مـن ردود فعل زوجته، التي كان مطواعاً لها، والأبعد عن الشكوك بها..

يلجـأ إلـى خادمه مـرزوق كي يتقصى له هـذه الواقعة، ويعرف من هو الشاب الذي أخذ الصرة من يسر، وما الذي تحتويه تلك الصرة التي أعطيت له...!

كان يسر صريحاً مع مرزوق.. قال له:

- هذا الشـاب، هو أحد الفقراء المعوزين في سـامراء، واسـمه علي بن محمد، غير ذلك لا أعرف شيئاً.

يحاول مرزوق الانفراد بمولاه المنتصر، لينقل ما باح به يسر صديق علي، فلم يفلح. كانت المشكلات التي تثيرها الإماء والجواري في القصر، بسـبب تسـلط أعوانه عليهـن، وعجـز الكهرمانات عن حلها، وانغماسـه الكليّ في هذه المشكلات، وعجزه هو الآخر عن الوصول إلى الحقائق، يدور في حلقة مفرغة، وفي كل مرة يجترّ خيبة جديدة..

زوجته السـندية تعلم من "يسـر"، ما طلبه مولاه منه، حول علي بن محمـد. تثـور ثائرتهـا وتهتم بعلي أكثـر كي تغيظه، ترسـل له الأعطيات بواسـطة الخـدم والعبيد، الذين اختارتهم شـخصياً، ليكونـوا تحت يدها لحظة تشاء..

يتسرب لعلي عن طريق هؤلاء كل ما كان يدور في القصر من أسرار، يستدرجهم بدهائه ليعرف أكثر، عن الحياة الخاصة لساكني القصر.

ليعـرف كل شـيء عـن الحاشـية والقـادة والـولاة والقضـاة، عـن علاقـة الخليفـة بدهاقنـة الـبلاد مـن تجـار وإقطاعييـن، ليعرف كيف تأتـي الخراج، ومن أين تأتـي، وكيف تنفق. باختصار، ليعرف من أين مواطن الفساد.

يتأكد لعلي بالتالي، أن الخليفة المنتصر، ليس أكثر من رهينة، ولا يملك من الخلافة سوى اسمها، بسبب استئثار ذوي النفوس الضعيفة بمواقعهم، وكل مرجعيات الدولة بيد هؤلاء.

يتأكد له أن أياً منهم لا يأتمر إلا بما تمليه عليه أطماعه وأهواؤه، لا يهمه إلا التوسع بنفوذه، بثرائه، بزيادة ممتلكاته..

يتأكد له أخيراً أن سفينة الدولة تسير في محيط متلاطم إلى المجهول، لا ربّان لها يقودها إلى برّ الأمان..

يتناهى له أيضاً من أصدقائه الخدم، أن قائد الحرس يمنع حتى أصدقاء المنتصر من زيارته، ويعرف منهم علاقته بحاجبه، يعرف أن هذا الحاجب يتلكأ لساعات من الزمن حين يطلبه لأمر ما، أو لمعرفة حقيقة الأخبار التي ينقلها العسس من أنحاء البلدان، في الولايات كافة، وغالبا ما كانت تزوّر مثل هذه الحقائق. كان الحاجب غالباً ما يلقي بهؤلاء في السجون، أو يرسلهم للعمل مع عبيده في كسح السباخ جنوبي البصرة، أو تسخيرهم في العمل مع التّمارين والدبّاسين الذين يعملون لحسابه، في واحات النخيل، أو يرسلهم كأعطيات وهدايا -بعد وشمهم- لأصدقائه ملاك الأرض في منطقة البطيحة، بسواد البصرة..

* * *

— 5 —

جوعٌ يجترّ قلوب الغرباء

مع الفجر، ينهض مرزوق من غفوة طويلة على كتف قناة "بولويز". يتفقد أشياءه، يمسح الجهات من حوله بناظريه، يجهجه الضوء، يرى ما رسمته ذرا المرتفعات من انحناءات على طول خط الأفق: قاسيون الذي يعرفه جيداً، حرمون، المانع، ظهرة الكسوة، وامتداداتها شرقاً وغرباً. يحمد الله أن الوحوش لم تقترب منه، بسبب انهماكها بافتراس حيوانات نافقة ملقاة بعيداً عن القناة. تبزغ الشمس، يستطلع المكان، وما فيه من حركة وحياة.

يرى بيوتاً في الجهة الجنوبية الغربية، يخمن في سرّه أنه قد رآها قبل: لا شك أنّها مدينة "صحنايا"، حدق ملياً بها رأى بيوتاً في جهة الجنوب، وقصراً وخاناً إلى الشرق منه.

تذكر أنه جاء إلى هذا المكان ذات يوم، مع عدد من العبيد، وحملوا من مطحنة قرب الخان، ومن الخان ذاته طحيناً وأرزاقاً للجند.. أما تلك البيوت فتأكد له أنها "حديثة الضاحية" .. يتذكر أنه، ومن معه من السخرة، عادوا بحمولتهم على الطريق المحاذية لـ "نهر البويضة"، ولم يعودوا على الطريق الذي جاؤوا منه

بسبب انغمار الدروب، ومساحات كبيرة من الأرض، بمياه الأنهار التي تفيض عن حاجة المزروعات.

. . .

كان المزارعون قد شرعوا بالتوافد إلى العمل في حقولهم، يرى مرزوق بعضهم قادماً من بعيد، ليقطع "جسر القنطرة" إلى الطرف الآخر من القناة.

يقف هنيهة حائراً ثم يسارع ويتخفى خلف قصب النهر، ينزلق من الضفة إلى الأسفل ليجد نفسه في الماء، يرى النفق الذي تتدفق منه مياه القناة، يسبح ويدخله. يتمعن فيه ويدرك أنّ يداً بشريةً قد حفرته، وأن من حفروه أخذوا بعين الاعتبار صيانته الدائمة، فنقشوا في الصخر، عند محاذاة سطح الماء، وعلى طول النفق ممراً، وفتحات في الأعلى يدخل الضوء منها، ومصاطب تعلو الممر.

يجد مرزوق في هذا المكان ملاذاً، ولكنه ليس آمناً. يصعد إحدى المصاطب ويجلس عليها، يفكر غير مبالٍ بتيارات الهواء التي تعبر باردة جداً في هذا النفق، ولا يكترث بنعيق البوم الذي اتخذ لنفسه أعشاشاً في فجوات سقف النفق، ولا بجلبة المزارعين ودوابهم، وهم يقطعون الجسر من فوقه.. أما كيف سيكون خروجه، إلى أين ستكون وجهته، فهذا ما أرقه.. البرد يتسلل إلى عظامه في نوبات من الارتعاش الشديد، يسود الصمت في الخارج، بعد أن أصبح المزارعون في حقولهم القريبة والبعيدة.

يسمع صوت امرأة يتقطع بين اللطم والبكاء والصراخ، يصغي بينما الصوت يقترب من القناة، ويخالط خرير مياهها. يسمع صوت امرأة أخرى تناديها من بعيد، وتدعوها لأن تعود، ولا تفعلها...! أما ما ستفعله

هذه المرأة لا يدري.. فوجئ بظلها يرتسـم على جدار النفق سـاقطاً من فتحة تعلوه، وقريبة من المصطبة المتكوّم عليها، ثم تجفله تلك الجلبة التي حدثـت في القنـاة، ألقت المرأة نفسـها فيها. كانت المرأة التي لحقـت بها قد وصلت، ووقفت عند الفتحـة من الأعـلى، وهي تصرخ بأعلى صوتها مستنجدة لإنقاذها. يهب مرزوق واقفاً، وينقض كما النسر خلفها، يستطيع بخبرته في الصراع مع الماء وانتشال الغريق، أن يخرج بها سـالمة. تخافه المرأة التي كانت تصرخ، ينعقد لسانها وتركض على غير هدى نحو البساتين المجاورة..

يسرع مرزوق للمرأة التي ما زالت بين يديه وببعض الحركات أعاد لها وعيها، لم تسمع منه قبل أن يختفي عن ناظريها سوى:

عودي إلى أهلك.. النفس حرم الله قتلها...!

كان مـرزوق قد قفز إلى النفق، حيـث المصطبة التي تـرك عليها الصرّة والسـيف، وسـلك الممر داخل النفق بخفة قرد بين عدو وقفز، واقفـاً وجاثيـاً وزاحفـاً بمـا أملتـه جغرافيـة النفق، وعلى ضـوء عينيه، والأضـواء متباعـدة علـى طـول النفـق، ليخـرج بالتالي مـن فتحة كان الخروج منها سهلاً.

يجد نفسـه داخل سـياج أحد بسـاتين الضاحية الغربيـة، وقربه من الداخـل خيمـة أعمدتها من خشـب الحور، يُصعد إليها بسـلم خشـبي، ويُسحب إلى الأعلى بعد الصعود.

إنها خيمة ناطور إذن. قال في سره..

لكن أين الناطور؟ يتساءل.

كان ذلك فرصة مناسبة لـه، كـي يرتـاح قليلاً، وأن يجفف ثيابـه الخفيفة، وما في الصرّة من ثياب..

يصعد مرزوق الخيمة، يسحب السلم الخشبي القصير خلفه، يتملى الخيمة من الداخل، الأرضية وقد فرشت بحصير عتيق، الجدران من قصفات الحور، وقضبان من شجر رمان وسفرجل، وعيدان من قصب النهر، نسجت بأناة، تصدر بعد يباس أوراقها، خشخشة محببة بفعل النسائم التي تهب من الجهات جميعها، ضوء الشمس يجد الكثير من الشقوق، والفتحات الصغيرة التي خلفتها الأوراق بعد جفافها. يقع بصره على صرّة صغيرة من منديل متعدد الألوان يغلب عليه السواد، معلقة في سقف الخيمة، يرجح أنها زوادة طعام، يفك رباطها ويفردها، ليجد فيها كسرات من خبز الذرة يابسة، وحبات زيتون أسود جافة وبصلة، يلتهمها بنهم. يتمدد ويصغي وهو على أتمّ الحذر، من أية مفاجأة يمكن أن يتعرض لها. كان الأرق أقوى من ذاكرته المشتتة، والإرهاق أقوى من محاولته التركيز على أمر ما يتوقف عنده ليفكر فيه. يتسلل الوسن إلى جفنيه، يتلمس السيف بجانبه وينزعه من غمده، يشد أصابعه على مقبضه. ينتشر الدفء بكل عضو فيه، حتى بمقبض سيفه، لم يعد يخشى المباغتة، كان ملاك النوم أخيراً أقوى من إرادته على البقاء يقظاً، فاستسلم له في غفوة هانئة، لم يزره فيها سوى طيف المرأة التي حاولت الانتحار غرقاً، كان مرهقاً ولم يستطع التمييز إن كان حلماً أم كابوساً...

* * *

— 6 —

ملجأ في شقوق الروح

لم تعد تلك المـرأة إلى أهلها كما أشار لها مـرزوق.. فبعد أن
قطعت مسافة قصيـرة في بستان مجاور لقنـاة "بولويـز"، توقفت
قليلاً، رسمت إشارة الصليب على جبينها وصدرها، وعصرت ثيابها،
وانكفئت عائدة تقطع النفق الذي يعلو الجسر، وكانت قد استعادت
هدوءهـا، لعلها تعرف منقذها، ذلك الشبح الأسود الذي ظهر فجأة
واختفـى.. تطلعت حول الجسر دون أن يخالجها الخوف، وكانت
عاجـزة عن تفسـير ذاك الحدث، إذ لم تكن بكامل وعيها، وكأنما مرّ
كحلم... ودون أن تفكر طويلاً، رسمت أمام عينيها الخطة التالية: أن
تلتجئ إلى "الراهب نايا" في القرية الجنوبية المجاورة، الصديق
الحميـم لوالدهـا، والمحبـوب مـن كل الناس في المنطقـة صغيرهم
وكبيرهـم، سادتهم وعبيدهم، لمـا يتمتع به من خلق وتقوى، والذي
كان بمثابة ناقوس في دعوته لصلوات الآحاد والأعياد لعدم وجود
ناقوس في كنيسـته الصغيـرة، خلوتـه وسكنه، الـذي بناه بنفسه،
ليصبـح المكان الـذي يـؤم للعبادة مـن قبل جميع أبنـاء طائفته،
وممارسـة طقوسـهم في الاعتراف والعمـادة على يديـه، الأمر الذي

جعلـه مرجعـاً أيضـاً لأبنـاء الطوائـف الأخـرى فـي حـل النزعـات، وجعل مـن كلمتـه القـول الفصـل فيهـا..

كان "نايا" يصيـح بأعلـى صوتـه داعيـاً النـاس للصلاة، حيـن وصلت المرأة القرية. كان يتكرر على لسان بعض الرجال، والنسوة بصوت عالٍ فـي المـزارع المحيطة بالقرية: صاح نايا.. إيذانـاً بموعد الصلاة، لتحمل القريـة فيمـا بعـد اسـمها التاريخـي والأبـدي: "صحنايا" اختـزالاً لمأثـرة توطنت في القلوب، وقداسة لهذا الراهب..

أدت المـرأة شـعائر صلاة الأحد بين المصلين، وهم يختلسـون النظر إليهـا مسـتغربين حضورهـا بينهـم، وغادروا المـكان بعد انتهاء الصلاة، دون تطفل أي منهم بسؤال عنها، تاركين ذلك السـرّ في عهدة راهبهم..

أنا أوليا مطانيوس. قالت له، وأبي كما تعرف يعمل فلاحـاً في مزرعة الشـوري، وأنـا وحيـدة أهلـي، وعلـى أن أظل وحـدي أغلب الأحيان، لأعد الطعام، وأغسل الثياب..

ابـن الشـوري هذا شـاب شـقي، لا يحلـل ولا يحـرم، يسـتقوي بأبيه وأعمامه أصدقاء الحاكم "ماجور" ولا يوجد من يردعه، اعتدى على أكثر من فتاة، وكان ينتقم ممن يلجأ إلى الشـكوى. حاول مراراً الاعتداء عليّ في غياب أهلي، كنت دائماً أنجو، إذ كان القدر إلى جانبي في كل مرة.. أمـس كرر الحكاية، حاول اغتصابي، هددني أن يمحو عائلتي عن وجه الأرض، هو يسـتطيع ذلك، يكفي أن يصطحب سـيافاً يجز أعناقنا، ويلقينا في بئر ويطمره، وكأن شيئاً لم يحدث..

لم تستطع أوليا أن تكمل بوحها للراهب نايا، بعد أن غالبتها الدموع، وانخرطت في البكاء..

راح الراهب يهدئ من روعها:

الزهرة يا أوليا مقصد النحل.. والفراشات..

قاطعته، وهي تجهش بالبكاء:

وذكور النحل، والدبابير أيضاً.!.

الدبابير تأتي على العنب، وأنت كنت حصرماً يا أوليا.. شرف لك أن هذا الحصرم كان يفقأ في عينيه دائماً.. أنت لست أول امرأة تتعرض لمثل هذا.. قبلك كثيرات: القديسة تقلا.. سارة.. و.

قاطعته ثانية:

أنت قلت يا أبت.. ما أريده منك الآن هو الخلاص!؟

كيف؟ سألها.

أرسلني إلى دير القديسة مار تقلا، لأكون فيه خادمة ليسوع ولها، أنا خائفة من سوء العاقبة، ومن مصير مجهول، ومن فضيحة تنال من سمعة أهلي وكرامتهم..

فكر الراهب قليلاً وتمتم:

معك حق يا أختي الصغيرة، العين لا تقاوم المخرز، هؤلاء ذئاب، أنا سأصطحبك بنفسي إلى ذلك الدير، إذ ليس من الحكمة أن تذهبي وحدك، الدروب ليست آمنة، فيها وحوش بشرية أكثر من وحوش البراري.

وأهلي يا أبت؟!

أنا سأذهب بنفسي إليهم، وأطمئنهم عنك لا تخافي.. ولكن حينما أوصلك وأعود.

مساءً، استعار من أحد أصدقائه بغلة، أردف أوليا خلفه، وقصدا الدير..

كان الطريق من ضواحي الشام إلى الدير آمناً، فحاكم الشام التركي الذي استغل ضعف الخلافة العباسية المتمركزة في سامراء، كان من اهتماماته الأولى دعم الخانات التي كانت بمثابة محطات، واستراحات

لعمـال الدولـة وموظفيهـا وللمسـافرين، وحمايـة الـدروب جميعها من قطاع الطرق واللصوص والمجرمين.

وكان يكفـي الراهـب نايـا زهـوه بزيـه الكنسـي، والقلنسـوة التـي يعتمرها، الشـعور الكبيـر بالأمـان، وقطع الطريق بطمأنينة، وبتيقنه من اهتمـام الحاكـم برجـالات الدين من الطوائف جميعهـا، ليكونوا له عونـاً في إدارة شؤون العامة، وكسب شرائحهم الاجتماعية، وولائها له، تحقيقاً لما يضمره من مطامع في الاستقلال عن مركز الخلافة من جهة، ووحدة الصف من جهة أخرى لمواجهة الطامعين بحاكمية دمشق، وما أكثرهم. أكثر حساباته كانت في هذا القبيل لابن طولون حاكم الديار المصرية..

علـى طـول الطريـق، كانـا كأنما على رأسـيهما الطير.. ظل الصمت يخيم عليهمـا، حتى وصلا الوادي المفضي إلى قرية معلولا، حيث الدير في أعلى بيوتها من جهة شمالها الشرقي..

يسـألها الراهـب مـا أخفت عنـه، وذلك ليقطع شـكوكه حـول ثيابها الملطخة:

لم تقولي يا أختاه كل حكايتك.. أليس كذلك؟!

ينفـك عقـال لسـانها بعـد كل ذلـك الصمـت، تطمئـن له وتبـوح بما حـدث معهـا في الأمس. وكان أكثر ما أثار اسـتغراب الراهب ودهشته، الشـبح الـذي أنقذهـا من مـوت محقق، ووصيـة هذا الشـبح لها، كانت علامة مضيئة تسير بهديها على طريق الرهبانية...

في سره قال الراهب:

لا شـك، في هـذا الشـبح سـرّ من الـرب، وإلا لمـا ظهر في اللحظة المناسبة لأوليا الطاهرة.

* * *

7 —

أذنٌ تصغي لارتجاف الريح

تفقد أهـل أوليا، وأقاربها فتاتهم الهاربة، وجدوا نصف الجواب عند خادمة الشوري المصرية عواطف.

لـم تبح عواطف لهم إلا بقصة أوليا الانتحـار غرقاً، إنقاذها من قبل شبح أسود، وأخفت عنهم قصة محاولة اغتصابها..

سـرعان مـا انتشـرت قصـة أوليا بيـن أهالي الضاحية كلهـم.. حتى الشـوري ذاتـه، حضـر إلى المزرعة، ليسـأل عـن هذه الصبيـة التي كان يعاملها كابنته، إذ كان منذ طفولتها يأتي لها بألعاب وحلوى، ثم ارتفعت قيمـة هداياه لها، لتصبـح منديلاً أو قطعة قماش، وآخر هدية لها كانت صليباً فضياً يزين عنقها، إلى اليوم الذي تقطعت سلسلته، فيما كان ابنه الوحش يحاول الاعتداء عليها..

تدخل قصة أوليا في عاصفة من التأويلات:

بعض رجال الدين قالوا عن الشبح:

إنه الخضر..

آخرون قالوا:

ملاك من عند الله..

- جني من الجن الذين يعبدون الله..

امرأة قالت:

رسول جاء به البراق..

امرأة أخرى:

ولي من أوليائه الصالحين..

يعود الراهب نايا مباشرة بعد أن استأمن أوليا في دير مار تقلا.

يخبر ذويها بما آل إليه مصير ابنتهم، يتقبلون مشيئة القدر، ترتفع مكانتهم ومكانتها لدى الناس..

أما قصة الشبح الذي أنقذها، أو الملاك، أو الجني هذا، فأصبحت على كل شفة ولسان. استطالت وتضخمت، جعل لها خيال الناس امتدادات وأوصاف وتصورات، بلغت حداً لدى بعضهم لا يمكن تصديقه، ففي الوقت الذي يدّعى فلان من الناس أنه رآه خارجاً من نفق قناة "بولويز"، يدّعي آخر أنه في الوقت ذاته تماماً رآه فوق تبة "الجب الأحمر" في حديثة الضاحية، وآخر رآه عند خانها، أو عند "نبع العمية".

والحقيقة أن العبد شاكر "مرزوق" الشبح لم يغادر نفق "بولويز" الروماني، إلا في أنصاف الليالي، ليحصل على ما يقتات به من ثمار البساتين المجاورة، أو طيور المزارعين التي لم تكن قد أوت إلى أقنانها، وهو الذي قد أدرك بحسه القوي، أن الناس بعد حادثة انقاذه لأوليا التي لا يعرف من تكون، سيكون -إلى جانب كل التأويلات التي سبقت عنه- عامل خوف أيضاً. يتأكد له ذلك من انعدام حركة الناس ليلاً على امتداد قناة "بولويز"، وربما في مواقع أخرى كثيرة سواها، بعد ذلك الحدث...

. . .

كان الشاب عبد الله الذي أنقذه شاكر السّياف من الموت، قد وجد سبيلاً للعيش بمساعدة رجال الدير في معلولا، بعد أن صارحهم بقصته، وصار اسمه "حنا" بدلاً من عبد الله، وناطوراً لكروم القرية، بعد أن أقر وجهاؤها بذلك، وخصصوا له عند طرف الدير غرفة يسكنها، لم يلبث خلال فترة قصيرة أن كسب ثقة كل من عرفه. كان لا يجد غضاضة في القيام بأية خدمة يكلف بها من قبل أهل الدير، بما فيهم الراهبات، اللواتي اجتمعن ذات يوم -بحضور القسيس- وقررن زيارته في غرفته، لتقديم صليب من خشب الأبنوس كهدية له، يزين صدره..

سيلفيا، الراهبة المسؤولة عن بنات الدير، وعن الأرزاق والثياب والأقمشة والمجوهرات التي تقدم للدير من هنا وهناك، كأعطيات ومنح وهبات، وعن المطبخ أيضاً، كانت شديدة العطف عليه، تؤمن له وجبات الطعام بمواعيدها، بعد أن لمس الكل شهامته وإخلاصه، وغيرته على الدير وما فيه ومن فيه..

بعد أن روى لسيلفيا ما حدث معه، وعرفت حكايته، لم تبخل هي أيضاً عليه، فأفصحت له عن سبب وجودها في هذا المكان. قالت له: أُسرت مرتين يا حنا.. أنا بالأصل من تراقيا لأسرة ماتت كلها في الحروب.. كان قد اختطفني وأنا طفلة، رجل صقلي وباعني في بيزنطة لأسرة لا تنجب أولاداً، كبرت عند هذه الأسرة، أحببت شاباً من هناك، عند وصولنا تماماً اشتعلت الحرب، طوقت جيوش المعتصم المدينة ودمرتها، وخسر الجيش البيزنطي الحرب، وقتل الشاب الذي أحببته، وجدت نفسي بين الآلاف من النساء والرجال الأسرى، كنت بين الصبايا التي اختارهن أحد القادة لسيده

المعتصم، تعرضت القافلة عند تخوم حلب لقطاع الطرق، الذين يبيعون غنائمهم لتجار العبيد، أو للبيوتات المترفة في المدن.. تتابع بعد لحظات من الصمت:

للقدر لعبته أحياناً يا حنا، افتدانا أحد التجار الحلبيين الكبار، وأهدى عدداً منا للكنيسة.. وبدورها وزعتنا الكنيسة على الأديرة، وكان نصيبي في هذا الدير..

كانت قد انتشرت في الدير قصة أوليا مع الشبح المنقذ، ووصلت أسماع حنا، يتسقط حنا أوصاف هذا الشبح، كل يرسم له صورة على هواه، لكن الوصف الحي له سمعه من أوليا ذاتها:

شاب أسود قامته فارعة، عريض المنكبين، ندب لجرح مندمل في عنقه، وندب لجرح آخر في أعلى الصدر من الجهة اليمنى..

إذن هذا هو السّياف شاكر! قال حنا في داخله.. ثم عرف -فيما بعد- من أوليا المكان الذي أنقذها فيه من الغرق. يقصد حنا رئيس الدير مساء ذلك اليوم، يرجوه زيارة الراهب نايا، يوافق رئيس الدير له على هذه الزيارة بعد تردد خوفاً عليه من مكروه يصيبه، يحتاط لذلك بأن قدم له ثياب قس ليرتديها، كما قدم له بغلة فتية، وزوده بهدية متواضعة من زبيب وتين ونبيذ، وثياب رهبانية تليق براهب:

على بركة الرب.. ليحمك يسوع يا حنا.

فجراً ينطلق حنا في الطريق المؤدية للشام، وكله أمل أن يحظى بلقاء شاكر... لم يدخل المدينة، بل سلك الطريق المحاذية لسورها الشرقي فالجنوبي، وهي الطريق التي تسلكها القوافل القادمة من

شمالي البلاد عادة، وهي تقصد حوران، أو فلسطين.. إلى أن وصل بساتين القدم الشريف.

تملى خضرتها، وأشجارها الباسقة من حور وسرو وكينا، اشتهى أن ينزل عن دابته، ويتمشى بين أشجارها المثمرة، أو ينام قليلاً تحت ظلالها، أو يقفز من فوق سواقيها، أو يغسل قدميه في إحدى هذه السواقي، كما كان يفعل مع أقرانه في نزهاتهم إليها أيام القيظ. تذكر الكثير من الحكايات معهم، خياله يشتط بعيداً لمعرفة أحوالهم ومصائرهم، بعد أن انحرفت بوصلته، ليكون مسيّراً تقوده يد القدر إلى مجاهل لا يعرف نهايتها، وتدخله في متاهات لا سبيل للخروج منها، وعلى هذه الحال، لكن للزمن مفاتيح "يخشخش" بها بيد خفية، سمّها الأمل، أو ما تشاء من أسماء، فالزمن يترك لنا فسحة من الضوء، في آخر النفق الذي ندخله أو يمنحنا البصيرة التي ترينا وبوضوح كل الدروب التي ندخلها بالغلط، ولا نستطيع الخروج منها، ونلصق على جدارها من الخارج عجزنا، الذي نسميه عادة: المتاهة!!

لم يكن عبد الله يدري أن هنالك خيطاً خفياً قد لا ينتهي عند حدود الموصل التي حملت العبد مرزوق إلى الشام، لينقذه من الموت، ولا ينتهي عند سامراء التي تعلم هذا العبد فيها كيف يكون عبداً مطيعاً، ولا في بلاد النوبة التي جاء منها إلى العبودية، ربما ينتهي عند ذاك الشاب الذي عرف كيف يدخل قصر سامراء، ولكنه لم يستطع الخروج منه...!!.

* * *

— 8 —

غسيلٌ يلمع كنداء خافت

لــم يكـن الخليفـة أكثر مـن لعبة بيد رجال الجيـش الأجانب، وهم يمارسون السـلطة الحقيقية في الدولة..

كان "علي" في هـذه الفتـرة مـن حياتـه، ينظم الشـعر، ويتخذه وسـيلة للعيش، فيمـدح بـه أصحـاب السـلطان وكتابـه، كما اتخذ إلـى جانـب قرض الشـعر، حرفـة تعليـم الصبيـان بسـامراء، كوسـيلة أخـرى للعيـش، فـكان يعلمهـم الخط والنحـو، وعلم النجوم والسـحر والاسطرلابات...

يرحـل علي من سـامراء سـنة 249 هجـري إلى البحريـن متأثراً بما شاهد، وسمع في عاصمة الخلافة، من فوضى واضطرابات، ولعله صمم أن يفعل شيئاً ما، لكنه رأى أن سامراء لا تصلح أن تكون قاعدة ينطلق منها لأي عصيان ضد الخلافة، بسبب الرقابة الشـديدة، والجاسوسـية المحكمة، ووجود السـلطة المركزية فيها..

لـم يعد أحد يشـاهد علي بن محمد في سـامراء، لم يخبر أحداً ممن يعرفهم أين سـيذهب، أو ماذا سيفعل.

"يسـر" الخادم وحده يعرف السـرّ، لكنه لم يبح به لأحد.

ربما زهريت وحدها تعرف مثل هذا السر، بسبب علاقتها التي كانت مباشرة مع خدم القصر بسامراء..

زهريـت تروي لسيدتها نائلة الحكاية كشـيء مضـى وانقضى، دون أي شعور بمسؤولية ما، كأنما تستعيد حكاية من حكايات الجدات ليس أكثـر، والسبب أنهـا ألقت كل الماضي خلف ظهرها، كي تتابع حياتها وفق ما هو مقدر لها.

تتوقـف زهريـت طويلاً عند علي بن محمد، ذاك الشـاب الذي صار اسمه على كل شفة ولسان، ليس في القصر وحده، بل في جميع أرجاء سامراء، وتعداها إلى أماكن أخرى، بأسرع من اشتعال النار في الهشيم..

ومما قالته زهريت لسيدتها نائلة:

يغـادر علي سامراء سـراً إلى البحرين، حسـب الأخبار التي وصلت إلى يسر الخادم صديق علي الحميم. يقول يسـر، إن رابطة نسب وقرابة تربطه بالبحرين، أما الحقيقة -يقول يسـر- هي أن البحرين كانت بيئة صالحـة لنشـر أيـة أفكار جديدة، ولا بـد له هناك من أن يكسـب أعواناً يخلصون لـه، ولا يغدرون به، وقد كان على صواب فيما كان يرمي إليه.

تسألها نائلة وهي تتثاءب:

وما يعنينا من كل هذا الكلام الفارغ!؟

تنكفـئ زهريت على نفسـها، وتسكت على مضض، مـع أنها تتمنى في داخلها، لو أن حديثها هذا كان موجهاً لسيدها عبد الجبار: إنه يعرف كيـف يصغي كغيره من الرجال، النسـاء لا تهمهن مثل هذه الحكايات، لو كنت حكيت لها عن الجن، أو الغيلان لكان أفضل، على أية حال، أنا أخطأت، فهي لم تطلب مني أن أحكي..

بدا الندم على وجه نائلة، قالت في سرها:

يا ليتني تركت زهريت على سجيتها تروي لي كيف استطاع فقير مثل علي أن يهزّ أركان أعظم إمبراطورية في الدنيا!؟

جعلها الندم تعاود الطلب من زهريت أن تتابع الحديث من حيث انتهت:

كان يسر يا سيدتي يبوح لي بكل شيء. مما قاله لي: إن أهل البحرين أحلوه محل النبي! كان من دعاته يحيي البحراني، ويحيي بن أبي ثعلب. الأول كان كيالاً، والثاني كان تاجراً صغيراً. تصوري يا سيدتي أن هناك من كان يسجد له!

أمعقول هذا؟ سألتها نائلة مستغربة ما قالت.

الخوف يا سيدتي يفعل العجائب! لقد جعل علي من نفسه، المهدي المنتظر! فكيف لا يتسلل الخوف إلى القلوب!؟.

ألهذا الحد يا زهريت!؟.

أكثر من هذا يا سيدتي، لقد بلغ الأمر بيهودي أن يصدق، اليهودي "مانذويه" يقبل يده، ويسجد له، ويزعم أن صفته في التوراة، وأنه المهدي المنتظر!.

هذه مسألة فيها نظر! اليهودي هذا -لغاية في نفسه- يفعل ذلك، فكري بالأمر، ألا ترين أن هذا اليهودي يبغي أن يستقويه على السلطة العباسية!؟.

ربما.. لكنني لا أفهم بمثل هذه الأمور!

أحب قصص الملوك، أسمعيني شيئاً، لقد كنتِ في قصورهم. لابد أنك تعرفين الكثير عنهم!؟.

سأحكي لك كيف قتل أحدهم، ما رأيك؟

من منهم يا ترى؟

الخليفة المتوكل!

ولم اخترته دون سواه؟

لما في موته من عبر!

أعتقد أن في موتهم جميعاً مثل هذه العبر.. حدثيني عن موت هذا الخليفة، كيف حدث!؟

أتسمعين بالشاعر البحتري؟

لا، لم أسمع به، لماذا تسألين؟

أسأل لأن كان من ندمائه، وكان حاضراً حين قتل. وصلنا خبر مقتله في البداية، على النحو التالي:

قتل الخليفة المتوكل بسيف هندي اشتراه من رجل من أهل اليمن، أمر المتوكل بتسليم هذا السيف الفريد لأحد حراسه، واسمه باغر التركي، ليكون واقفاً به على رأسه كل يوم ما دام الخليفة جالساً. في تلك السهرة سكر المتوكل سكراً شديداً، أقبل باغر ومعه عشرة من الأتراك وهم ملثمون والسيوف في أيديهم، وقام باغر بقتل الخليفة بالسيف الهندي ذاته، بعد أن كان المنتصر بن الخليفة، قد استمال كثرة من الأتراك والفراعنة والأشروسية، وكان على رأس مغامرة قتل أبيه!

في رواية أخرى يا سيدتي، يقال إنّه بعد شراء الخليفة للسيف، انتقل المقربون منه إلى الحديث عن تكبر الملوك في القديم، وإذ سمع المتوكل هذه الأحاديث خرَّ على وجهه الذي تعفر كله بالغبار، وأعلن بصوت جهير أنه عبد الله، وأنه من التراب ولد وإليه يعود.. رأى البحتري في قول الخليفة، وتصرفه هذا نذير شؤم.

بعد أن استعاد الخليفة هدوءه، وجلس يشرب الخمر، وغنى العبيد أعذب الغناء بكى المتوكل، وقال لوزيره الفتح بن خاكان إنه لم يبق أحد ممن يقدّرون الغناء سوى الخليفة والوزير، رأى البحتري في هذا القول نذير شؤم ثانياً. بعد ذلك دخل مخدع الخليفة خادم إحدى زوجاته حاملاً لأمير المؤمنين قفطاناً فاخراً هدية منها، فرح الخليفة لذلك، وأراد أن يجرب القفطان، ولكنه استدار استدارة تمزق معها القفطان، فتكدر وأمر الخادم أن يعود بالقفطان إلى سيدته، ويبلغها رغبته بأن تحفظه لتكفنه به عند موته، اعتبر البحتري هذا نذير شؤم أيضاً، وشاءت الأقدار أن كان تخوفه في محله..

قبيل الفجر كان السكر قد نال منه، اقتحم مخدعه عدد من الحراس على رأسهم باغر، تفرّق جميع رجال البلاط، بينما حاول الوزير الفتح بن خاكان حماية الخليفة، غير أن الحراس قتلوا الاثنين.

في الصباح دُفن المتوكل، بعد أن لفته زوجته بكفن صنعته من ذاك الثوب الذي قدمته له كهدية عشية مقتله.

هناك من رش شيئاً من البهار، ليجمل قصة المتوكل المأساوية فقال: كانت قد أهديت له جارية في مطلع حكمه هي "محبوبة"، آلت بعد مقتله إلى "بغا" أحد مدبري المؤامرة ضد الخليفة المقتول. يقال إن بغا أقام سهرة ذات ليلة، كان من المفترض أن تغني فيها محبوبة ذات الصوت الجميل، ما إن تناولت العود حتى شرعت تغني حزنها على الخليفة، استشاط بغا غضباً وأمر بزجها في الحبس، ماتت في سجنها وهي على عهدها في الحب لخليلها!

كلهم هكذا! قالت نائلة.

سألتها زهريت:

من تقصدين يا سيدتي.. الملوك!؟

لا.. الرجال كلهم أولهم بغا.. هذا الذي يريد أن يستأثر بامرأة، "محبوبة" أخطأت أيضاً، كان عليها أن ترقص على قبر سيدها، هذا الذي نصبوه أميراً للمؤمنين، وجعلوا منه جسراً يمر الماء من تحته، لا جسراً يقطعه الناس إلى أعمالهم..

قالت زهريت لسيدتها نائلة:

ليتك يا سيدتي تسمحين لي أن ألحق بالعبد الذي مرّ من هنا، هناك أمور كثيرة بودي أن أستفسر منه عنها!

لو يعود الأمر لي لفعلت يا زهريت، لكن سيدك عبد الجبار يجن لو سمعك تطلبين مثل هذا الطلب فكيف لي أن أسمح لك!؟.

* * *

ــ 9 ــ

حارس الغدير

بعد الحصار الطويل لقصر علي بن محمد صاحب الزنج، آخر معقل في عاصمته "المختارة"، التي دمرها الجيش العباسي عن بكرة أبيها، ولم يترك فيها جداراً قائماً، وقتل من قتل، وأسر من أسر من المدافعين عنها، ومن نسائها وأطفالها، كان الناجون قلة استطاع بعضهم الوصول إلى القرى البدوية في البطيحة، بعد فرارهم خارج دائرة النار التي حوصر فيها الزنج بأمر من الخليفة الموفق، وحقق النصر الكامل عليهم... من هؤلاء الفارين كان "سيدوك" و"صفوان" و"عاصم" و"سيار"،، التقوا واتخذوا قراراً بالتوجه إلى الشام وضواحيها، وهم يدركون العداء بين الخليفة في سامراء وابن طولون حاكم دمشق، وامتناع هذا الأخير عن تحويل الخراج إلى مركز الخلافة، الذي لم يتوقف عن المطالبة به، وبأية مساعدات من الممكن أن تقدم إليه، لتمويل حروب أبي أحمد الموفق طلحة ولي العهد، هذه الحروب التي لم تهدأ منذ عَقَدَ له أخوه الخليفة المعتمد على ديار مضر وقنسرين والعواصم، في يوم الأثنين 20 ربيع الأول سنة 258 هجري وخلع عليه وعلى مفلح الساعد الأيمن للموفق إلى

البصرة لحرب الزنج، في يوم الخميس أول ربيع الآخر من تلك السنة، بعد أن ظهر عجز القواد الصغار عن إيقاف تقدمهم، فجهز جيشاً كامل العدّة والسلاح وأكثر عدداً..

دخل العبيد الفارون سيدوك ورفاقه أرض البطيحة حفاة عراة إلا ما يستر عوراتهم، يتجرعون مراراً انكسار آمالهم، والشمس الملتهبة تكوي جلودهم، يسيرون فرادى أو مثنى أو جماعة، فيبثون ما في صدورهم من حسرة، أو ذكرى عن نصر أو اندحار، أو مشاهدات مؤلمة، ومناظر تقشعر لها الأبدان..

قال سيدوك لهم حين سأله عاصم عما يعرفه عن وجهة فلول الزنج الفارين من المختارة:

رأيت جماعة تتجه إلى عبدان، فيما إذا استطاعت أن تقطع نهر الأبلة، لكن لا أعتقد أنها ستصل بسلام، فثمة جند متمرسون على طول النهر، وحتى شط العرب، عدا عن أنها منهكة من القتال ومن الجوع، يحملون في صدورهم أسراراً لا تحملها الجبال. كل واحد منهم تجري العبودية في دمه، بأقسى أشكالها، ومنذ ولدته أمه، عليه أن يحمل نيرها ووزرها، ويمشي في دروب لا يشاء السير عليها، ويحيا في أماكن لا إرادة له بالعيش فيها، وتحت رحمة ناس لا سبيل للخلاص من الخضوع لهم..

تحت ضربة شمس، أصابت عاصم الحمى.. راح يهمهم:

حالنا.. كلنا.. تنتظرنا العبودية حيثما اتجهنا.. يقول وهو بين الصحو والهذيان:

أرى كتلاً من نار تتدحرج نحونا! يتكئ بكل ثقله على كتف سيدوك مترنحاً، وقد غامت عيناه..

لنسترح قليلاً. يقول سيدوك، وهو يشير إلى ساقية قريبة تجري بطيئة كأنما الماء الموحل يغلي فيها..

أحدكم يسند معي عاصماً.. إنه يتلاشى، فلنحمله إلى ضفة الساقية.

ينتبه سيار إلى فارس قادم من بعيد نحوهم، يوعز لهم:

تأهبوا، قد يكون عدواً؟!

لو كان عدواً، لما جاء وحيداً.. أجابه صفوان.

كان الفارس رسولا من قبل الشيخ "أبو مدلج"، هذا الرجل كان متعاطفاً مع علي بن محمد صاحب الزنج، يمده بما يستطيع من التموين، ويشد أزره بمقاتلين أشداء. حتى بعد مقتله، قطع على نفسه عهداً، ألا يتخلى عن رجالاته في محنتهم، بعد انكسارهم الأخير، وشتات من نجا منهم، ولجوئهم إلى البطيحة..

ينقلب فيها بعض زعماء العشائر الذين يتعاملون مع صاحب الزنج، بعد أن كانوا يؤمنون الأرزاق واللباس لمقاتليه، أو لعبيده من كاسحي السباخ، أو التّمارين، أو الدبّاسين، بعد أن انقطع عنهم مورد هذا الباب التجاري..

ينقلب عليه أيضاً تجار العبيد، الذين كانوا يجنون الأموال الطائلة من تجارتهم بالأسرى، أو بالغنائم من نساء وأطفال..

تنتشر في البطيحة أيضاً، قوات من جند الدولة لملاحقة، وقتل الناجين من المعارك الأخيرة التي كانت ساحتها في المختارة. هؤلاء كان لا سبيل أمامهم سوى القتل، لا العفو ولا الأسر..

يطمئنهم الفارس القادم بعد وصوله إليهم، بأن لا خوف عليهم.

يزودهم بالطعام، يشير إلى الدرب الآمنة التي عليهم أن يسلكوها للوصول إلى مضارب عشيرته، يردف عاصماً أمامه على فرسه الدهماء، ويسارع في طريق العودة، حتى غاب عن الأنظار.

يهتم الشيخ "أبو مدلج" بعاصم شخصياً يبدل له الكمادات التي تخفف من حُمّاه بيده. أتوا له بالطعام والشراب بعد أن تعافى، وأخذ قسطاً من الراحة، ودون أن يتوجه له الشيخ بأي سؤال، حتى سؤاله عن اسمه.. رفاقك تأخروا! قال له الشيخ.

كانت علامات القلق بادية على وجه عاصم، يلاحظ الشيخ ذلك.

يتمتم قائلاً:

أرجوا ألا يكونوا قد تاهوا عن الطريق..

ثم قال متوجساً:

أخشى أن يكونوا وقعوا في فخ ما!

وقال لخادمه:

قل لولدي مطرود أن يعود، ويتفقد رفاق هذا الشاب..

سمعاً وطاعة يا شيخ. أجابه الخادم.

يسأل الشيخ ضيفه بعد لحظات من الصمت:

من هم ربعك؟

يجيبه، وفي داخله فرح غامر من اهتمام الشيخ به:

من عبيد الله.. إنهم سيدوك وصفوان وسيار، يا سيدي، وأنا عبدك عاصم.

حدثني عنهم يا ولدي يا عاصم!؟

سيدوك يا سيدي أصله من زنجبار، ساقه القدر ليكون واحداً من عبيد يحيى الزبيدي، مولى الزياديين، هو رئيس وكلاء الهاشميين في قرية الجعفرية التابعة للبصرة.. إنه مالك كبير، الملك لله وحده.. وحتى ينال مكانة لدى الوالي أهداه العبد سيدوك، لكن هذا العبد انضم إلى جماعة علي بن محمد، قاطعه الشيخ يسأله:

أتقصد صاحب الزنج؟

نعم يا سيدي، ذلك حدث عند الهجوم على البصرة، إنه بطل من الأبطال يا شيخ، أرجو أن يصل إلى هنا بالسلامة، وتراه بأم العين..

العبد الثاني، هو صفوان.. ولا أعرف إلا أنه من البحرين، انضم لعلي حين كان على هناك..

وماذا كان يعمل علي هذا في البحرين؟

كان يحرض الناس ضد الخلافة، والله أعلم! ثم تابع يقول:

أما الثالث يا سيدي فهو سيار، الأصل من الصومال، عرفته مؤخراً، ولا أعرف عنه الكثير، لكن على ما أذكر كان عبداً عند مالك كبير، أظنه المعلى بن أيوب، وقدمه المعلى هدية للخليفة المعتمد عند توليه الخلافة، إنه رجل فيه كل صفات الرجولة، ثم سكت عاصم عن الكلام، وأطرق رأسه في الأرض منتظراً من الشيخ طلب المتابعة..

كان الشيخ شارداً يفكر بمصير رفاق عاصم الثلاثة، فلم يطلب منه متابعة الكلام.

دنت الشمس من الغروب، ولما يعد مطرود بعد.. بدا التوتر على والده الشيخ، فراح يذرع أرض ربعته جيئة وذهاباً، يسأل نفسه عما إذا كان قد تعرض لمكروه، يساوره القلق الشديد عليه، ينعكس على كل تعبير أو سلوك يصدر عنه.

كان أحد الجواسيس المتعاملين حديثاً مع إحدى المفارز العباسية التي تمركزت في واسط بعد هزيمة الزنج، يصطاد الفارين منهم بمساعدة أقارب له، مقابل درهم واحد على الشخص سواء أكان رجلاً أم امرأة، شيخاً أو طفلاً.

كان فخه الماء، إذ يكفي أن يفتح سدادة من سدادات السواقي غزيرة الجريان في الممرات الإجبارية التي يتوقع أن يسلكها الفارون المساكين، وهم يغوصون بالوحل، فيسهل عليه، وعلى من معه إلقاء القبض عليهم، إلا إذا كانوا أكثر مما يستطيع السيطرة عليهم عدداً، فيلجأ إلى قتلهم، يقطع رؤوسهم ويحملها لأسياده الجدد كدليل لا شكّ فيه، للحصول على الثمن. أما مطرود الذي بحث طويلاً عنهم، لم يكن يعلم عن هذا الجاسوس الذي هو أحد أفراد عشيرته شيئاً..

كانت الشمس قد لملمت خيوط أشعتها وأخذت تغيب شيئاً فشيئاً خلف حدود خط الأفق، يغشى الظلام الأرض، يرى مطرود من بعيد هيئات كما الأشباح تتحرك، يقترب أكثر، تستوقفه مياه كما السيل تتدفق في سبخة يعرف أنها كانت جافة تماماً في النهار، يتأكد من أن ذلك لم يكن إلا بمثابة فخ، لكنه يجهل ناصبيه..

يلكز فرسه فتعدو به ليسابق السيل على ما لم يصله من الأرض البور، وعليه أن يذهب شوطاً بعيداً لبلوغ الأشباح التي كان قد رآها..

كان سيدوك وسيار وصفوان، قد وقعوا في هذا الفخ المائي الموحل، وهناك من يكمن لهم لاصطيادهم فرادى، بعد أن يكونوا قد أنهكوا تماماً وهم يحاولون الخلاص..

ينطلق فرسان ثلاثة بأمر من الشيخ أبي مدلج، لمعرفة مصير ولده مطرود، وفي اللحظة التي وصلوا فيها المستنقع الكبير المفتعل، كان بالصياد من الغباء ما حوله إلى فريسة، فحين شاهد الفارس يعدو نحوه ونحو من معه، صاح به ليغير طريقه عن هذا المكان، وكأنما كان ذلك إشارة له، ولمتتبعيه المرسلين خلفه من قبل أبيه

أن يحتاطوا.. كان هؤلاء الفرسان قد سارعوا إلى المكان، بعد أن لاذ الصيادون بالفرار، متخفين بالظلام الذي لم يكن لهم عوناً على الإفلات من مطاردة الفرسان لهم..

أحدهم عرف أنهم من رجال شيخ عشيرتهم، فنبه رئيس عصابتهم، الذي لم يجد بداً من الاستسلام لهم، خوفاً من عاقبة المصير..

كان الشيخ في أشد حالات قلقه ينتظر، ومعه صحبه من العشيرة يشاطرونه القلق، والصمت وحالة الانتظار والترقب، يتوعدون بالانتقام ممن سيلحق أي مكروه، أو أذى بأولادهم، أو بالثلاثة الذين صاروا في عهدتهم، ودخلوا حرم البقعة التي يعيشون عليها من الأرض، أو بمن يأتيها وافداً أو دخيلاً..

ربيعة "أم مدلج" كانت خارج الديوان أشد توتراً من الجميع، وهي تشرف على قدور الطعام، التي تغلي على نار هادئة، كان نور القمر يمنحها الرؤية لأبعد مما تتوخاه، تشاهد كما الأشباح تتحرك في البعيد من جهة الجنوب الغربي، تسمع وقع سنابك الجياد، وصوت مطرود يقترب حاداً ناهراً.. وتسمع همهمةً وتوسلاً. تصرخ:

يا أبا مدلج.. الشباب قد جاؤوا.

أمام الخيالة، كان الشقي جدعان، واثنان معه من عشيرة مجاورة، مكتوفين يتوسلون ويتعثرون، يلهب السوط ظهر أحدهم إذا ما تلكأ في المسير، وكان سيدوك وسيار وصفوان يسيرون فرادى في الخلف يتقدمهم سيدوك، يبلغ الإنهاك أشدّه بهم، والجوع..

كان أبو مدلج، ورجاله قد خرجوا من الربعة إلى العراء.. يرفع ظهره مستنداً إلى عكاز من خيزران، وهو يتملى القادمين بهدوء وصبر.

يتوقـف مطـرود وكل مـن معه أمامهم، وهم ينتظـرون بفارغ الصبر ما سيقوله الشيخ..

يشـير الشـيخ بعكازه لجدعان أن يتقدم نحوه، ثم يرفعها، ويشـكلها أمامـه كإشـارة لجدعـان أن يتقـدم أكثر كـي يكون تحـت متناولها.. كان جدعان يرتجف، وقد عقد الخوف لسانه..

أهـذا أنت!؟ سـأله الشـيخ إذ فوجئ بـه، ثم لكزه بطـرف عكازه في صدره بقوة وأشار لرجاله اللحاق به إلى الربعة، وظل الآخرون متسمرين في أماكنهم يحدقون نحو هذا الشـقيّ بتشـف، وتسـاؤلات مكتومة في أنفسهم عما سيكون مصيره..

فـي الربعـة، جلـس أبو مدلج يقلب الأمر في سـره، وهو ينقل بصره بيـن عيـون رجاله التي تسـتحثه علـى الكلام وقد أعياهم الصبر، فسـأله أحدهم متردداً:

ما أنت فاعل به، وبرفيقيه يا شيخ؟

بدا حائراً، وسألهم الرأي، فأجاب آخر:

بالنسـبة لـه فأمـره بيـدك، إنه ابـن عشـيرتنا.. أما شـريكاه، فأرى أن نجعل منهما عبرة لسواهما..

ماذا تقصد؟ سأله الشيخ، والتجهم يرتسم على سحنته.

أجابه متلعثماً:

يبقى الرأي لك..

يسأل الشيخ الرجل الآخر:

وأنت ما رأيك؟

أجاب:

نعاملهمـا بالحسـنى، ونحذرهمـا مـن العـودة لمثـل هـذا الفعـل،

يكفينـا مـا بيـن عشـيرتنا وعشـيرتهما مـن عـداوة. ثم قال لـه نريد أن نسمع رأيك!؟

أجـاب وهـو يتفـرس فـي وجـه أحدهمـا تـارة، وفـي وجـه الآخـر تارة أخرى:

عشيرتهما غارقة بالولاء للمنتصرين حتى أذنيها، وأي فعل يستفزها، سـيكون شـرارة للمواجهـة مـا بيننـا وبينهـا، وستسـتقوي بجنـد الدولـة لدحرنا.. قاطعه الرجل الأول يسأله:

لماذا لا نساوم عليهما؟

وقفت أم مدلج في الباب، وقالت:

الطعام جاهز.. ثم غادرت المكان.

يتابع الشيخ، فيسأله:

كيف؟ وأضاف: لن نعالج الخطأ بخطأ.

نبادلهمـا بمـا تلقفتـه عشـيرتهما مـن عبيد فروا بعـد مقتل صاحب الزنج!؟

كأنك تنتزع من الذئب فريسته! أجابه الشيخ، ثم قال لهما: اتبعاني.. يخرج الشيخ من الربعة ويتبعاه، عكازه تضرب الأرض بقوة أمامه.

كان الكل في الخارج على انتظار ممض.. قال لمطرود ورفيقيه:

حلوا وثـاق جدعـان.. الطعـام جاهـز.. ليتنـاول الجميـع الطعـام معـاً. تنفرج أسـارير الجميـع وترتسـم علـى الوجـوه علائـم الدهشـة والاستغراب..

بعـد أن تناولوا الطعام، يذهب سـيدوك ورفاقه إلى خيمة أعدت لهـم للاسـتراحة والنوم. يطلـب الشـيخ إحضـار جدعـان، ورفيقيـه للمثول أمامه.

يوجه السؤال لجدعان:

من معك سواهما؟

شخص ثالث استطاع الفرار من مطرود. أجابه.

قال له الشيخ، وهو يحول نظره إلى رفيقيه:

أعطيكم سعر صيدكم من عبيد ونساء وأطفال مضاعفاً.. واستطرد يقول مهدداً بوعيد مبطن:

ليس من السهل أن يكون المرء كقطاع الطرق، أو أن يتعدى على حرم سواه من جوار.. وكان الشيخ يختلس النظر إلى ما يرتسم من رد فعل على وجوههم، ثم سألهم:

ماذا قررتم؟

أجابه أحدهم بعد أن نظر إلى جدعان، والآخر مستمداً منهما علامة الموافقة على ما سيقول.

نحن تحت أمرك!

قال الشيخ بحدة:

سأطلق سراحكم الآن. ثم رفع عكازه نحو رؤوسهم وأضاف: هذه ستكون الثمن لو خالفتم! وطمئنوا رفيقكم الرابع، كي يظل معكم..

.. انتبهوا لما سأطلبه منكم أخيراً: ليكن كل ذلك سراً. وعليكم أن تلحقوا برفيقكم الفار من ولدي مطرود قبل أن يرتكب حماقة ما، فيحدث ما لا تحمد عقباه..

لكن هذا الفار ارتكب الحماقة التي لا يمكن أن يتفاداها أحد، وانتهى الأمر إلى أسوأ مصير لم يحل بفلول الزنج وحدهم، بل بكل من والاهم من العشائر البدوية، ووقف إلى جانبهم في محنتهم.

✳ ✳ ✳

— 10 —

طفل القيود يتهجّأ حروف الألم

كانـت الليالـي تمر بطيئة على مرزوق، هذا الشبح الذي بات على كل شـفة ولسـان، وكانت محاولاتـه الخروج إلى الضوء، تصـل به إلى الطريق المسـدود دائمـاً، بسـبب جهلـه بالمسـتجدات التـي تحـدث علـى الأرض. لـم يكن يـدري بالكارثة التـي حلت بحركـة الزنج، ومقتل قائدهـا علـي بـن محمـد، وشـتات الناجين منهـم فـي كل الأصقاع من خوزسـتان وربمـا أبعـد، وإلـى الديار الشـامية، يحتضنهـم أولئك الذين كانوا يتعاطفون مع ثورتهم، أو أولئك الذين يتلقفونهم كغنائم هبطت عليهم من السماء، فيعودون بهم إلى دائرة العبودية من جديد، وذلك بالاتجار بهم، أو اسـتعبادهم فيمـا يقومون به من أعمال في الأرض أو البنـاء، أو المهـن التي تتطلب جهوداً عضلية للعمل بها..

كان يقـود هؤلاء حدسـهم الذي كـم كان يخطئ، ونجوم الليل التي لا تهديهـم إلا إلـى سـوء السـبيل غالبـاً، وطبيعـة الأرض التـي تظللهـم شـعابها، والسـراب الـذي يكذب عليهم في البحث عن مـاء، ويعللهم بأوهـام ورديـة، يواجهون وحوش البراري، وزواحفهـا القاتلة. ينتصرون عليهـا، ويجـدون بمواجهتها ومقاومتها والحيلة للتخلص من شـرها، أو

القضاء عليها، نزهة بالمقارنة مع ما مرّ عليهم من أهوال، في مواجهة الوحوش البرية..

وصلت مجموعة منهم، بعد أن قطعت سهل حوران، بلدة "كوكب" المحصنة، حيث تتقاطع عندها الدروب إلى فلسطين والديار المصرية، وإلى حرمون والجولان ولبنان.. وإلى الشام التي باتت على مرمى حجر منهم..

رحب بهم خادم دير هذه البلدة وأطعمهم، وقدم لفتاة ترافقهم كسوة كالتي ترتديها نسوة الضواحي الغربية من الشام، فوطة بيضاء للرأس، ومنديلاً مزركشاً، ومشغولاً بخرز ملون، وفستاناً مزهراً غلب عليه اللون العنابي، وصندلاً مفضضاً شاميَّ الصنع. وما أثار استغراب الخادم، أن هذه الفتاة وحدها ذات بشرة بيضاء، بين الرجال الأربعة الذين ترافقهم. لم يلاحظ عليها أي استياء منهم، كان وجهها بشوشاً دون تكلف، ولم تكن نظراتها لهم مغايرة لواحد دون آخر.

طلب أحدهم منه أن يهديهم إلى مكان يعملون فيه، وأن تبقى الفتاة عند بنات الدير ريثما يستقرون. قال لهم:

هذا ما أفكر به!

اصطحب الفتاة، وسار بها عبر الرواق حتى غاب عن أعينهم ليعود بعد قليل إليهم، ويطمئنهم على سلامتها، ويطلب منهم المبيت حتى صبيحة اليوم التالي، كي يرسلهم مع رجال من البلدة إلى أمكنة يشتغلون فيها، ويكونون معززين مكرمين..

. . .

ليلاً، خرج مرزوق من مخبئه السري في القناة، وهو يجهل المصير الذي آل إليه صاحب الزنج، والهزيمة المريعة التي تعرض لها جيشه،

وشتات الفلول التي نجت. ذلك بعد قراره الأخير بالذهاب إلى أرض السواد مهما كلفه ذلك من ثمن، بعد أن ضاقت به السبل.. ارتدى ثياب امرأة الضاحية التي اختلسها ذات يوم عن حبل الغسيل، وسار جنوباً محاذر أماكن السكن. وكان حنا قد عاد إلى "دير معلولا" فاقداً الأمل من اللقاء به بعد أن بحث بنفسه في العديد من الأمكنة التي خمن أن يكون هذا الشبح الذي روّع سكان المنطقة بما داخلهم من أوهام حوله.

عند الشروق كان قد وصل إلى مرتفع صغير يقابل جبل "بدران"، ويقال إنه كان إحدى المواقع التي قطنها "شبيب التبعي"، الساكن في الخيال الشعبي إلى الآن، وربما إلى آخر الزمن، واختير هذا الجبل الواقع عند نهاية السهل الحوراني من الجنوب كمرقاب، وموقع لعشيرة قوية الشكيمة، مأمونة الجانب، لحراسة وحماية أطول شطر وأخطره، في طريق الحج..

كانت قد دبت حركة أبناء العشيرة بعد النهوض الصباحي: رعاتهم مع قطعان مواشيهم، خيالتهم، نسوتهم، النار المشتعلة هنا وهناك أمام مضارب خيامهم. كانت الأرض مكشوفة أمام وحول مرزوق، فكر أين يختبئ؟ كيف يتوارى؟ خلف أي حجر، خلف أية شوكة. كان تنقله الحذر عبثاً، ولم يسلم من عيني "فيضة"، زرقاء البحر أو "زرقاء السوح"، لقبها في تلك العشيرة، وعند العشائر المجاورة، إذ كانت ترى في البعيد الأشياء بتفاصيلها.. أشارت لامرأة كانت معها خلف "صيرة" الماعز وقالت لها: انظري هناك. هناك، إلى تلك الحجارة، إن خلفها امرأة.. امرأة تطل برأسها، وتختفي.. أمعنت صاحبتها النظر قائلة:

لا أرى شيئاً، أنت متوهمة!

بـل أنـا متأكـدة.. أجابتها بثقة، ثم أمعنـت النظر جيـداً، وأكدت على ما رأت..

وفيمـا كان مـرزوق يتنقـل بخفـة، ويلـوذ خلـف حجر كبير، أشارت فيضة بإصبعها مستدركة:

بل إنه رجل!

كانت صاحبتها قد رأت شيئاً ما. قالت:

أكاد لا أصدق أنك رأيت شيئاً!

انظري، انظري جيداً، إنه يتحرك. قالت فيضة.

هـه، إنـي أرى شبـح امـرأة، وليس ما أراه شبحاً لرجل.. لا شـك أنها جنية يا فيضة! أنا خائفة.

لـم يكن مـن سبيل أمـام مـرزوق، لا التخفـي ولا الهـرب، فالرعـاة والحطابات، كانوا قد انتشروا في كل مكان حوله.. يقف منتصب القامة، ينفض ثوب المرأة الذي يرتديه مما علق به من شـوك وهشـيم، يقطع الشـك بـاليقيـن، يتقـدم مـن زرقـاء السـوح وصاحبتهـا، وقد جمدتا في المكان خائفتين.

قالت الأخيرة: ربما كانت امرأة مصابة بمس يا فيضة، فلنهرب! أجابتها فيضة بل هو رجل، وأسمر البشرة، سنقابله، إن لديه مشكلة ما، ربما كان في مأزق.. وسترين أني على حق فيما أقول.

كانت أقصى حسـابات مرزوق هي العودة إلى العبودية لدى زعيم هـذه العشـيرة، أو المـوت، ولا سـبيل إلى المقاومة، مع كثرة لا يعرف عنها شيئاً.

كان عـدد مـن الشـبان والأطفـال قد شـاهدوه، فجاءوا إلى المكان، يجتمعون حوله، بين خائف ومحاذر ومستغرب. يطلب منهم أن يقودوه

إلى زعيمهم، فاصطحبوه وهم يتبادلون النظر فيما بينهم، ويتهامسـون مشككين بصحة عقله.

لـم يفاجأ شـيخ العشـيرة بـه، كان قبل نهار في زيـارة صديق له في أذرعات "إزرع" وسمع حكايات كثيرة من الناس، عن هزيمة الزنج، وعن لجوء بعض الفارين منهم إلى سـهل حوران، أو عبوره إلى أماكن أخرى، ووجد به الشاهد الحي على ما جرى..

يقرر شـيخ العشـيرة في داخله بعد تفكير عميق، وهو يتأمله جيداً، أن يعامله برأفة وإحسـان.. يأمـر المجتمعين حوله بالانصراف، ويطلب مـن مـرزوق أن يتبعـه إلـى خيمتـه، التـي هي عبـارة عن صيـوان كبير، بثمانيـة أعمـدة، محاكـة حديثاً بوبر الماعز. يطلب مـن خادمه بعد أن قدم له الخادم الماء، أن يأتي له بجلابية يلبسـها بدلاً من ثيابه أولاً، ثم بما يتيسر من طعام..

ينهض الشيخ. يقول له:

سأعود إليك فيما بعد..

بعـد فتـرة كان مـرزوق قـد بدل زيـه، وتناول الطعـام الذي كان لا يتعدى مشـتقات الحليب من سمن وزبدة وجبن، والخادم قبالته. كانا يختلسـان النظر أحدهما إلى الآخـر، دون أن يتفوه أحدهما بكلمة.

يدخـل الشـيخ ويأمـر خادمه بالانصـراف، يرحب بالوافـد الغريب، يسأله:

ما اسمك؟ وماذا تريد أن أقدم لك؟

ما أريده محال يا ابن العم! ثم لاذ بالصمت.

يطرق الشيخ رأسه بالأرض، يتساءل في سره: ما المحال الذي يبغيه هـذا الزنجـي الـذي يتكلم العربيـة بطلاقة. كما أنه قال: "يـا ابن العم"..

أيضاً لم يذكر اسـمه! ثم رفع رأسـه قائلاً له:

ما قلت لي اسمك؟!

عبد من عبيد الله! ثم أطرق رأسـه.

كلنا عبيد الله. قال الشـيخ، وراح يسـرح لحيته الكثة بأصابعه، وهو يحدق بـه مليـاً، يتفرس بعينيـه المتوقدتيـن، بأسـنانه البيضاء، بزنده القوية، بقبضته التي تسـتطيع طحن الحجر.. يفكر الشـيخ في داخله لو يكون حارسـه الشـخصي، لكن عليه أولاً أن يعرف من يكون وما حكايتـه، مـا الذي جاء بـه إلى مضارب عشـيرته.. إذن لابد من أن يسـتدرجه بعدما لمـس منه التحفظ في الكلام، حتى يعرف منه كل ما يريد. يسأله:

- مـا الذي جاء بك إلى هنا؟

يتريـث مـرزوق هنيهة قبل أن يرفع رأسـه ليجيب، محاولاً أن يقرأ ما تقوله عينا الشيخ:

لمـاذا لا تدعنـي وشـأني الآن؟ لـن أنسـى لـك الجميـل، كسـوتني وأطعمتني.. يقاطعه الشيخ:

يبدو أنك مرهق، وبحاجة للراحة، سأدعك مع رجالي، ربما احتجت إلى شـيء، يمكنك الاسـتعانة بهم، ثم نلتقي فيما بعد، لنكمل ما بدأنا بـه.. أنت الآن ضيف الرحمن، أهلا وسـهلا بك..

* * *

11

سباخٌ تبتلع النهارات

كان خادم الدير في كوكب قد أحضر بعض رجال البلدة ليرافقوا رجال الزنج الأربعة، بعد أن تدارس أمورهم معهم. رأى أن يوزعهم ليعملوا في مزارع الريف الشامي، لدى ملاك يضمن سلامتهم لديهم..

الأول: إلى العشيرة المقيمة في جبل بدران.

الثاني: إلى مزرعة إمام الضاحية.

الثالث: إلى مزرعة الجواهرجي ميخائيل في حوش بلاس القدم الشريف.

الرابع: إلى مزرعة شاكر في حديثة الضاحية.

لكنه أوصى الرجال الذين اصطحبوهم، أن يعودوا بالثلاثة الأوائل إلى مزرعة شاكر، فيما لو تعذر استقبالهم من قبل الملاك أو وكلائهم، فشاكر هذا، يعرفه تمام المعرفة، والكثير من أرزاق الدير تأتيه هبة من هذا الرجل الكريم، كما ويعرف أنه بالأصل من سواد البصرة، جده كان من الملاك الكبار هناك، وله مع الزنج تجربة ليس في تشغيلهم فقط، بل يعرف طريقة عيشهم وكيف يسوسهم. هناك أقطعه الخليفة المعتصم بنفسه سبخات بكر، بمساحات واسعة، وبنى له قصراً يعز

مثيله، وأمده بالمال، فاشترى الكثير من العبيد الأفارقة الذين شقوا نهراً تسيل فيه مياه الفرات عذبة لري تلك الأراضي، بعد أن كسح هؤلاء العبيد سباخها..

زكاه صاحب الخراج لدى الخليفة، ثم انتزع منه أحد قادة الخليفة، خسر كل ذلك، رحل مع أسرته إلى دمشق، فأقطعه واليها ربع مساحة أراضي حديثة الضاحية، من أجل رفد المدينة، بما تنتجه من حبوب دعماً لحاجته من التموين.

وصل الزنجي الثاني أولاً، كان شيخ الضاحية يلقي خطبة الجمعة. انتظر ومن معه خارج الجامع، ريثما ينهي الإمام خطبته، ويخرج...

كانت مفاجأة لهما أن عرج الشيخ في خطبته على ما آل إليه زنج البصرة، بعد أن تحدث عن التراحم والتكافل بين الناس.. أصغيا له جيداً.

كان العبد يصغي بكل جوارحه لما يسمع، بدا شارداً يتذكر صوراً متلاحقة لبعض صور الحياة التي عاشها في الأهوار والمستنقعات مع أقرانه العبيد، والظلم الذي كانوا يتعرضون له، والقهر والذل والتعب في إصلاح الأراضي، وشق الأنهار، وبناء السدادات والجسور. تتلاحق الصور، وتتداخل مع صور القتل في معارك كثيرة خاضها، والكرّ والفرّ، والانتصارات والهزائم، والدماء التي تسيل، والأكواخ التي تحترق، والجسور التي تنهار، والبكاء والأنين.. يقطع عليه هذا الشرود خروج المصلين. يستوقف صاحبه الإمام وينفرد به جانباً، لم يسمع ما قاله أو رد الإمام عليه، كان ينظر إلى التعبير الذي يرتسم على وجهيهما، التقط منه الإيجاب، والبشاشة التي ارتسمت أخيراً على وجه الاثنين.

اقتربا منه، ودعه الرجل بعناق حميم، بينما وضع شيخ الضاحية يده على كتفه قائلا: هيا معي..

كان العبد الثالث، والرجل الذي اصطحبه قد وصلا مزرعة شاكر في حديثة الضاحية. هناك أيضاً استقبله شاكر بنفسه، وعاد الرجل بعد أن استأمن العبد لديه. كذلك كان شأن العبد الرابع في "حوش بلاس القدم الشريف" لدى مالك المزرعة ميخائيل الجواهرجي..

بعد ظهيرة ذلك اليوم وصل العبد الأول، ومصطحبه إلى جبل بدران. شاهدا عند مشارف الجبل خيالاً قادماً نحوهما، استوقفهما وسألهما عن بغيتهما. قال له الرجل:

نريد لقاء شيخ العشيرة...

يرحب الخيال بهما دون أن يوجه لهما أدنى سؤال، ينزل عن جواده ويتجه بهما نحو مضارب العشيرة المنتشرة تحت السفح الجنوبي من الجبل، وأقل الخيام عند سفحه الشرقي..

يستقبلهما الشيخ ببشاشة، يرحب بهما.. يعرفان أنه لن يسألهما أي سؤال قبل ثلاثة أيام من الضيافة، "شأن الضيف عند العشائر العربية"، لكن ابن دير كوكب الذي اصطحب هذا العبد ليسلمه إياه يداً بيد، بناء على توصية خادم الدير، بادر بقوله للشيخ:

أنا رسول إليك من خادم دير كوكب، يبلغك التحية مقرونة بدوام الصحة والعافية والعز لك ولكل أبناء عشيرتك، صغيرهم وكبيرهم، وأضاف وهو ينظر إلى العبد، ويشير إليه:

وهذا الرجل هو...

يقاطعه الشيخ:

فهمت، فهمت لا تكمل.. سيكون واحداً منا.. أما أنت، فلن تذهب قبل أن نؤدي واجبنا تجاهك.. ثم يدنو خطوة من العبد، يربت على كتفه مبتسماً، وهو يحدق في عينيه المنكسرتين اللتين

تخفيان عمقاً بعيد الغور، يبادله العبد الابتسامة، قائلاً في داخله متوجساً: لعل ذلك يدوم..

. . .

يغادر ابن كوكب مضارب عشيرة جبل بدران، يرافقه أحد شبانها، مع هدية للدير. حمولة بغل من سمن وزبدة وجبن.

يقول الشيخ لابن كوكب:

إنها هدية متواضعة للدير. تقبلوها مني مع التحية لأهل الدير، وأهل البلدة، وسلام خاص لخادم الدير..

بعد الظهيرة أعطى الشيخ أمراً لبعض شباب العشيرة بأن ينصبوا "شقين"، ويفرشوهما خلف ربعته ليستقل مرزوق وهذا العبد، كلٌّ في شق، وما هي إلا فترة قصيرة حتى تم ذلك. قاد هذا الأخير بنفسه إلى الشق المخصص له، يشكره على هذا الفعل. ثم يطلب العبد مرزوق، فيحضر أيضاً، يقوده بنفسه إلى الشق الآخر، ويسأله:

أيعجبك هذا؟

كثيراً علي..! أجابه.

إنه أيضاً لرجل منكم، تعارفا وتسامرا، لكما الحرية..

يغادر الشيخ إلى ربعته، ويدخل مرزوق خيمته الصغيرة، ينظر من بابها المفتوح إلى الخارج، كان أول ما شاهدت عيناه، المدى المترامي الذي لا يحده سوى خط الأفق البعيد في نهايات زرقة صافية. يقول في سره: لأول مرة تقدّم لي مثل هذه الهبة!.. لا أعتقد أن الشيخ سيستردها. لأول مرة يتمدد على فراش محشو بصوف، وفي مكان مستقل وخاص به.

يتأمل الفانوس المعلق فوقه. يهمس:

يا للكرم..!

يلاحظ حركة غير عادية، دواب تنقل قرب الماء، تمرّ ليست بعيدة عنه، نحو ساحة المناسبات التي تنعقد في العشيرة.

كان الشبان يمهدونها ويسوون أرضيتها، والنسوة ترشقها بالماء حتى لا يثار الغبار بالمبتهجين.. بعد الغروب ساد الهدوء تماماً، سوى الثغاء الصادر من الحضائر المكشوفة، أو نباح الكلاب من أماكن قريبة، أو عواء الذئاب وأصوات ابن آوى من البعيد..

يسمع مرزوق وقع خطوات قريبة من خيمته ليفاجأ بجاره يتمشى خارج خيمته. يدنو أحدهما من الآخر. يتبادلان التحية مسبوقة ب " السلام عليكم"، تصافحا دون أي كلام، أو همس، يقوده مرزوق من عضده إلى خيمته، كان نور الفانوس في نوسانه الأخير، يرفعه ليرى زنجياً مثله بلحمه ودمه. يسأله مباغتاً به:

منذ متى أنت هنا؟

منذ الصباح.. أجابه.

دعاه إلى الجلوس على حافة الفراش، وجلس قبالته على بساط من وبر الماعز..

ما اسمك؟ وما الذي جاء بك إلى هنا؟ سأله مرزوق متعجلاً التعرف إليه.. أجابه مبتسماً:

أعتقد أننا في الهوا سوا..! أما اسمي فهو "ود سالك".

وأنا اسمي مرزوق، لكني حملت اسم شاكر فترة من الزمن، ولم تخلصني منه الأيام بعد، كما لن أتخلص منه، ويمحى تماماً بسهولة.

لا بد من سبب قوي إذاً..!؟

لا شك.

هلا تحدثني عنه يا أخ مرزوق!؟

ليس الآن يا أخي ودّ سالك، لكن لو أعرف قصتك مع هذا الزمن.. افتح لي قلبك، أنت أمام شخص يصغي إليك، وقصته نادرة وطويلة.. طويلة جداً..

لن تكون أندر وأطول من قصتي، مع ذلك سأرويها لك..

"ولدت في زنجبار لأب أفريقي، مرّت بعد أن صرت يافعاً سنوات قحط، ومثل هذه السنوات تعتبر مواسم خير على النخاسين. باعني والدي الذي لا أعرف عنه شيئاً، وكانت أمي قبل حين من ذلك قد ماتت بين أيدينا، وهي تتلوى من الألم، وقد هزلت ولا تقوى على أن تمشي على قدميها أبداً، أخوتي الصغار ماتوا أيضاً، قضت المجاعة عليهم، وعلى كثيرين سواهم يا أخي مرزوق. سأختصر لك رحلة العذاب مع هذا النخاس اللئيم الجشع، تصور أنه اشتراني بثلاثة دراهم، وباعني بعشرين.. افتقدت لكل من معي في تلك القافلة، بعد أن كان يبيع الواحد إثر الآخر منا حين دخلنا سواد العراق.

كنت الوحيد الذي وصل معه إلى البصرة منهم، مع طفلة صغيرة كان قد اختطفها له رجاله، من قافلة مسافرة من الشام إلى الديار المصرية، وهي الآن قريبة من هنا في أحد الأديرة..

نعود إلى حكايتنا يا أخي.. في البصرة سلمني إلى عامل البصرة محمد بن رجاء الحضاري، وصرت واحداً من عبيده.

كان ذلك سنة 254 للهجرة على ما أذكر. أيام قليلة مرت قضيتها في قصر هذا الرجل لا أنساها، طعام كثير، فاكهة، جوار بيض كالأقمار. قلت: الدنيا ضحكت لك يا ودّ سالك لكن ما تفعل بزمن سريع الغدر يا مرزوق!؟ البصرة كانت تغلي كما قدر على النار، والداخلون والخارجون

من وإلى القصر من عسكر وموظفين وزعماء وتجار بالعشرات. شيء ما كان يحدث، وكنا نجهله، وعرفناه عند الهجوم على القصر. يومها استطعت النجاة بجلدي، واختبأت في المسجد الكبير القريب من القصر... والذي علمته فيما بعد، أن فتنة قامت بين الفرقتين الكبيرتين البلالية والسعدية، ثم انقسم أهل البصرة على بعضهم بعضاً، وتطور العداء إلى اصطدام دموي مسلح داخل المدينة أدى إلى طرد عامل البصرة، وفتح السجون، ونهب بيت المال ودور الأغنياء، وكان فساد إدارة محمد بن رجاء السبب"..

كان مرزوق يصغي لـ ودّ سالك، ويفكر محللاً هذا الحدث. يقاطعه بسؤال:

من برأيك المستفيد من هذه الفتنة يا ود؟

لا أحد.. الفساد لا يعالج بفساد.. لكن كان هناك من يتربص منتظراً مثل هذه الفتنة.. وسكت ودّ سالك وبدا شارداً..

مثل من؟ سأله مرزوق.

من سيكون غير علي بن محمد صاحب الزنج؟!

ما الذي فعله هذا الرجل حينذاك؟

حين تنازعت الفرقتان التركيتان حاول أن يستميل إحداهما إليه. كان كثير من الناس قد لجأوا إلى المسجد الكبير، فادعى أن كل من فيه، من أعوانه، ويستطيع أن ينصر بهم الفرقة التي تنصره، كان ذكياً جداً. أعتقد يا صاحبي أنه من هذا المسجد تحديداً بدأ دعوته، وحركته التي امتدت مع الأيام التي تلت، كما النار في الهشيم. صعد إلى المنبر- وكان خطيباً مفوهاً- استمال كل من في المسجد إليه، وأنا منهم. دخل جند الخلافة الذين جاؤوا إلى قمع الفتنة، بعد وشاية به على

أنه أحد المحرضين عليها، تمكن من الفرار من بين أيديهم، ألقوا القبض على الكثيرين ممن ناصروه، وعلى زوجته وابنه وابنته وجارية له. ثم سكت ود، وهو يفكر بتلك الأحداث التي زج فيها بإرادته، منفلتاً من قيد عبد خادم، إلى قيد عبد مقاتل.

يبدو ودّ سالك شارداً، فيما هو يتذكر تلك الأحداث. يسأله مرزوق:

ماذا بعد؟

يتابع ودّ سالك، ويبدو كأنما صحا من شروده:

كنت معه في ذلك اليوم الذي ألقى القبض علينا فيه جند عامل واسط، بوشاية من أحدهم، ونحن في طريق الهرب إلى صديق له في بلدة واسط، فوق جسر على أحد الأنهار المتفرعة عن دجلة.

كانوا يقودوننا على حافة ذلك الجسر فوجئت به يلكزني في خاصرتي بقوة، فسقطت في مياه النهر. عرفت أنها حيلة منه للهرب. ارتبك الجند من حوله، وهم يحاولون اصطيادي، أو القبض عليّ حياً. يستطيع علي أن ينتزع سلاح أحدهم ويفرّ من بين أيديهم كما الزئبق، يكمن لهم في مكان قريب منهم يهددهم، حتى تواريت بعيداً، وخرجت من النهر لأجده أمامي، أما كيف استطاع النجاة منهم، فلم أعرف ولم أسأله.

بعد مضي فترة من السير -وكان قصده بغداد- طلب مني العودة إلى البصرة، حتى ولو ألقي القبض علي، ودخلت السجن. هكذا قال لي، كان قوله هذا بمثابة الأمر.

عدت إلى البصرة، وحدث ما توقعه.. دخلت السجن فعلاً.. وتوقف ودّ سالك فجأة عن الكلام، حين سمعا وقع خطوات قريبة من الخيمة. قال ودّ لمرزوق هامساً:

أتابع حكايتي فيما بعد..

مع الشروق ينهض مرزوق من النوم، يخرج من خيمته، ينخطف بصره مع خيّال على فرس شقراء في المكان المعد كميدان للفروسية شرقي مضارب العشيرة..

لا شك أنه يتدرب! قال في سره.

بعض الألعاب التي يقوم بها فيها شيء من التعثر، يلاحظ ذلك ولكنه كان معجباً بخفته، وسرعته في تأدية الكثير من فنون الفروسية.

يدهشه التناغم بين الفارس وفرسه، التي تتجاوب معه بذكاء في كل حركة يقوم بها.

لم يكن هذا الفارس سوى وطفة ابنة شيخ العشيرة، التي تستعد للمشاركة باحتفال سيقام هذا النهار بمناسبة مهمة لأسرتها، بعد أن ولد ذكر لأخيها الوحيد، وكانت كل مواليده إناثاً من قبل، وأخوها يأبى أن تكون هناك ضرة لزوجته التي أحبها، أو قل كان يحبها قبل زواجه منها حتى الجنون.

أما العبد مرزوق، فقد ظل شاخصاً حتى آخر التّمارين التي قام الفارس بها، منذ انطلق على فرسه الشقراء، والرمح في يده.

بدا له هذا الفارس كما السهم سرعة وثباتاً، كان يقذف رمحه على هدف بعيد أعد له من قبل، على شكل شاخصة إنسان فأصابه، وظل مغادراً الميدان حتى غاب عن ناظريه خلف الخيام ولم يعد.

ينكفئ مرزوق عائدا إلى خيمته، يتذكر الأيام الخوالي، والزمن الذي يسيل هباء، وينقضي في عبودية لا فكاك منها، ولا تمنحه حرية كالحرية التي ينعم بها هذا الفارس..

* * *

‒ 12 ‒

تدوينٌ بسيفِ المنتصر

بعـد تسـلم رجـل مـن الضاحيـة العبـد ويلان، من ابن بلـدة كوكب، المرسـل مـن قبل خادم الديـر، راح يعامله كولد مـن أولاده في العمل، أو في الرعاية، وكساه بالثياب التي لا تستره فحسب، بل للتباهي بها.

يجالسه على مائدة طعامه، يصطحبه لأداء الصلاة في مواعيدها.

.. بعـد صلاة الفجـر، يعودان معا إلى المنزل، يتناولان طعام الفطور معاً في الغرفة التي خصصها له في منزل يسكنه مع جميع أفراد عائلته.. وكان قد خصص له غرفة في مزرعته أيضاً ليستريح فيها بعد العمل.

يقصدان المزرعة سيراً على الأقدام، يلاحظ الإمام -وهما في الطريق- ما لم يتوقعه. كان ويلان يمسح خلسة دموعاً تغرورق بها عيناه، لم يشأ الإمام أن يسأله عن ذلك حتى وصلا المزرعة. جلسا تحت شجرة توت على كتفي ساقية متقابلين، والإمام يفكر طويلاً كيف يبدأ الحديث مع ويلان، الذي كان ينتزع الابتسامات بوجهه، كلما التقت عيناهما بالنظر، وضع في حسابه ألا يسأله عما يبكيه بشكل مباشر.

قال له:

اليوم ليس لديك أي عمل، اليوم استراحة.

لكنني هنا لأعمل يا سيدي!

ومن يعمل عليه أن يستريح.. لقد اشتغلت طوال النهار يوم أمس، أليس كذلك؟ إذاً، هذا النهار عليك أن تستريح.

أستريح بعد أن أعمل، هذا النهار -وكما ترى- لم أعمل شيئاً، ففي المزرعة أشياء كثيرة يجب إنجازها.

معك النهار بطوله. قال له الإمام، وبدا حائراً كيف يفاتحه بالسؤال الذي يؤرقه. سأله متردداً:

تحيرني يا ويلان مسائل كثيرة تدور حول ما حدث بين الخلافة في سامراء، وبين زعيمكم علي بن محمد، هل تستطيع أن تجيبني عنها؟

أستطيع أن أجيبك عن نفسي، وعما حدث معي وحولي، ليس أكثر، فما كان يحدث لا يستطيع أحد الإحاطة به.

هات ما معك، ولكن أريد وصفاً للأماكن التي كانت ساحة لسنين من القتال أولاً، حتى أستطيع أن أتخيل ما كان يحدث، لأننا لم نكن نسمع إلا أن كل ما حدث كان في أرض السواد، في البصرة لا أكثر..

يبتسم وهو يهز رأسه عجباً. يجيبه:

لأنني تنقلت فيها كلها تقريباً على مدار سنوات بسبب طبيعة عملي أولاً في كسح السباخ، وثانياً كحامل شفهي لبريد قادة علي صاحبنا.. الحوادث كلها يا سيدي كانت بين مصب دجلة العوراء، وبين واسط. هذه المنطقة الجنوبية من العراق مليئة بالمستنقعات، القسم الأدنى لدجلة يتصل برافد تقع عليه البصرة بعدد كبير من القنوات، ومنها ما هو صالح لملاحة السفن الكبيرة..

...

"جاء في المدونات: وقعت أكثر حوادث الزنج في منطقة البصرة المطلة على شط العرب، وهو ما كان يسمى بدجلة العوراء، وكانت دجلة تصب إلى دجلة البصرة التي تدعى العوراء في أنهار متشعبة، ومن عمود مجراها إلى ما كان باقي مائها يجري فيه وهو كبعض تلك الأنهار، وكانت تتفرع من شط العرب قناتان كبيرتان فتكونان قناة واحدة تسير نحو الجنوب، ومنها تفرعت ترع كثيرة امتدت في جميع الجهات. أما القناة العليا، وهي الشمالية الشرقية فتسمى نهر معقل بن يسار المزني الذي يقال أن النهر أُجري على يديه في أيام ولاية يزيد بن أبيه، وسمي نهر معقل تبركاً لأنه كان من الصحابة "ر" وهناك أنهار كثيرة غيره: الأبلة، الدير، عمرو، القندل، سيحان، المرآة، مبارك، الريان، البيان، ونهر البنات نسبة إلى بنات زياد، نهر المرغاب الذي حفره بشير المرغاب في العهد الأموي، نهر الأمير وقد حفره المنصور ووهبه لابنه جعفر، نهر الخصيب وينسب إلى أبي الخصيب مرزوق مولى الخليفة أبي جعفر المنصور".

أتذكر يا سيدي أيضاً أنهاراً غيرها، هي على ما أذكر: ابن سمعان، أبو شاكر، أبو قرة، الأمير، براطق، بردودا، جطي، جوي كور، الحاجز، دجيل، الزبنيري، سنداذان، عمود بن المنجم، الغربي، مازرون، المغيرة، المنذر، منكي، النيل، هطمة، النهروان، ومئات غيرها بل آلاف. وهنا كان لطبيعة الأرض، وما فيها من أنهار ومستنقعات ومسطحات مائية، ونخيل وحَلفاء وقصب، أن ساعدتنا كثيراً في مواجهة جيش ضخم لا يستطيع التنقل سريعاً بما معه من تجهيزات ثقيلة سلاحاً وعدة وعتاداً، كان سهلاً علينا نصب الكمائن بأعداد قليلة، ومباغتتهم، وإلحاق الخسائر الكبيرة بهم.

كانـت خبرتنـا أكبـر بكثير من خبرتهم بحرب الماء، كم كنا نستولي على سفنهم حين يشتد عصف الريح، كانوا يلقون أنفسهم بالماء عندما ننقض على سفينة ما، ونتبعهم قتلاً وأسراً وإغراقاً، كنا كما الأشباح نظهر لهم في الأدغال صعبة المسالك والموحشة... قاطعه الإمام قائلا:

مع كل هذا خسرتم هذه الحرب!؟

نعم خسرناها ويجب أن نخسرها.!؟

لا بد من سبب يا ويلان؟!

السـبب واضح يا سـيدي، لقد كنا وقوداً لها كيما لا نظل عبيداً، لكن ذلـك لم يحـدث، خدعتنا الراية التي انضوينا تحتها، خدعنا ذلك الرجل الـذي كانـت نهايتـه بين عبيد وإمـاء وجوارٍ، وليسـت بيننا في مواضع القتال. الأربعـة عشـر عاماً التي انقضت فـي مواجهة جيـوش الخليفة بصدورنا العارية، أضافت لقهرنا وذلنا كعبيد، القتل واستباحة الدماء في حرب لم تكن لنا، شئناها مع من قادنا إليها، ولكنها كانت وبالاً علينا..

حاول الإمام أن يقاطعه:

يكفي إلى هنا، عليك أن تستريح.. طلب من ويلان ذلك بعد أن رآه حزينـاً فيمـا هو يتكلم، وشـحنة من غضب مكبوت راحت ترتسـم على وجهه، وارتعاشـة بيمناه التي تسـاعده على توضيح ما يعبر عنه بإشارة، أو ما شابه..

أجاب ويلان:

لكنها استراحة مهزوم يا فضيلة الشيخ!

على كل حال عليك اليوم أن تسـتريح، سـأدعك وحدك في المزرعة، وسأعود إلى المنزل، أنا الآخر يجب أن أستريح..

* * *

‏ـــ 13 ـــ

بركان الزنج

كان الاحتفال قد بدأ في جبل بدران، وعرف مرزوق أن الفارس الذي شاهده باكراً، هو وطفة ابنة الشيخ أبي ثامر. ذلك حين قدمت إلى الميدان على فرسها، معصوبة الرأس بمنديل أرجواني، ووشاح معقود في العنق، ملثمة لم تبن سوى عينيها، ثم نازلت اثنين من فرسان العشيرة الشباب، وكانت لها الغلبة، بعد مبارزة حامية أذهلت وطفة فيها الجميع في كرّها وفرّها، وبالطعنات الافتراضية التي كانت تسددها لهما، ولعبها بالسيف على نحو لم يسبق له مثيل، ورد الضربات بترسها، أسقطتهما عن جواديهما تباعاً في أكثر من جولة..

وقفت وطفة في الميدان تراقص فرسها التي كان يملأ صهيلها فضاء المكان، وهي تشير طالبة أن ينازلها سواهما، بتحد واضح لكل الحضور، حتى للضيوف المدعوين، فأثارت بذلك استنكار والدها الشيخ أبي ثامر الذي رغب في سرّه أن يكسر غرورها، بعد أن تجاوزت حدها. نظر حوله مستعرضاً فرسان عشيرته كأنما يستحثهم على منازلة ابنته، فلم يستجب أحد. يتوقف عند مرزوق، كان ينظر إليه هو الآخر، لم يصدق مثل هذا الطلب منه، وهو

العبد الذي لم ير نفسه يوماً إلا في آخر الدرك الاجتماعي، بل ولا اعتبار له البتة في منازل البشر، والأهم من ذلك يخشى من عيون الحاكم التي تترصده، ولا يدري أن عهداً جديداً آلت إليه الشام بعد اندحار حاكمها ماجور على يد ابن طولون في تلك الأيام القليلة التي انقضت عليه هارباً من خيمة السلطان، ومتوارياً عن الأنظار، ليصبح ذلك الشبح الذي لا يزال حضوره يتوهج في خيال العامة، وهو يستولد له صوراً كما الأساطير.

ينهض مرزوق من مكانه، ولم يخذل نظرات أبي ثامر الحانية والمستجدية بآن، يشهر سيفه، ويخرج إلى الميدان، يقف قبالة وطفة التي سحرت وأذلت وأدهشت بحضورها الفروسي الطاغي. يعيد سيفه إلى غمده لينازلها دون سلاح، تأبى وطفة أن تنازله كأعزل، يبدو أمامها كرمح متحدياً.

يستثيرها، تلكز الفرس، تكرّ بعيداً، ثم تعود إليه بسرعة البرق، وتنقض عليه بضربة من سيفها، يثب في الهواء نحوها منتزعاً السيف من يدها.

تستوقف فرسها ذاهلة مما حدث، بينما الحضور جميعاً يصفقون لمشهد لم يألفوه من قبل، لم يرق لبعضهم حين ألقى إليها السيف بصلف وكبرياء.

تلقته منطوية على تعاليها المهان، يعود إلى مكانه والأنظار شاخصة إليه.

تقابلها الأنظار المتعاطفة وتشيعها، وهي تنسحب من الميدان خائبة، لم يتحقق لها ما كانت تصبو إليه، كانت تضمر في داخلها رفض ما يضمره والدها الشيخ في تزويجها، لشاب محدد من أبناء

عمومتها، كان يطريه دائماً بحضورها، أو يلمح له أكثر من مرة بحضورها معجباً به، وخيبت أمله حين استفزت هذا الشاب، الذي خرج من ساحة الميدان مهزوماً مع آخر، أيضاً كان الاحتياطي الذي يضمره الشيخ حين سيخيرها بينهما، حلمها أن يأتي فارس الحلم على حصان أبيض، وينتشلها من دوامة تعذبها، ويذهب بها بعيداً عن هذا الوالد، الذي لا يرى إلا برابطة الدم والقربى، دعامة لديمومة مكانته بين العشائر.

خرجت وطفة من الميدان، وهي تندب حظها في خسارتها لأقوى ورقة كانت تراهن عليها، وجاء هذا العبد الغريب، ليغير وجهة الريح..

كانت قد سمعت من بعض النسوة وصفاً لبنيته القوية، ورأت ما يعزز هذا الوصف بما حدث معها، استطاع من هذا الباب الموارب أن يستأثر بخيالها إلى حين، بعد أن استوقف جماحها نحوه أنه عبد، كما أنه ليس فتى الحلم بسواد بشرته. أما مرزوق رغم إعجابه بها، فقد ظل متمرساً عند حدود عبوديته، ولم يشتط بخياله أكثر من أنه استجاب لرغبة أبيها في كسر شوكتها، ورد جماحها إلى الدائرة التي يشاء الشيخ لابنته عدم الخروج منها...

كان الشابان اللذان خسرا الجولة مع وطفة، قد انسحبا من الميدان، ولم يعودا لمتابعة الاحتفال والمشاركة فيه، كل ما سيتم به سيكون باهتاً بعد هزيمتهما المرة، وستكون الأنظار الشامتة موجهة نحوهما ينظر أحدهما إلى الآخر بابتسامة صفراء حين مغادرتهما، فيبادله الابتسامة ذاتها، كأنما يقول له:

تعادلنا مرتين: الأولى على يد ابنة العم وطفة، والثانية بيد العبد الغريب مرزوق.

لـم يكن الشـيخ آسـفاً على هذه النتيجة، بل على العكس، لقد رأى بها النتيجة التي ستعزز ما نوى لما سيرمي إليه في القادم من الأيام، أن يكون مرزوق حجر الرحى بالنسبة إليه.

لـم يعـد الاحتفـال يعني لوطفة بشـيء، ربطت فرسـها في مربطها المعتـاد، سـارت حائرة بين خيـام العائلـة، لـم يتسـع هـذا الفضـاء المكاني لحيرتها، صخب المحتفلين يزيد مـن توترها، وكأنما يناصب كيانها العـداء، تبلبلت أفكارها على غير مسـتقر، تفتـح باباً لفكرة ما، فيقودهـا التشـوش إلـى طريق مسـدود، ليس في نهايته سـوى العبد مـرزوق: سـمرة داكنة، عينـان متوقدتان بالكبريـاء، أعـزل إلا من قبضة فولاذيـة، لكنـه يجر قيـداً خفيـاً لعبوديـة سـمعت الكثير عـن حكايات إذلال عبيدهـا، وقتلهـم أو تعذيبهـم أو الرهـان عليهـم فـي انتصارات يجني غلالها الأوغاد.

عازف المزمار وقارع الطبل يتنقلان، في غمرة الابتهاج من راقص إلى آخر، في حلقة الدبكة التي تتسـع باسـتقطابها المشاركين من مضيفين وضيـوف. تنسـل أم ثامـر قلقة على ابنتها، لتجدها مسـتندة إلى زاوية خيمة تصغي إلى لا شـيء في هذا الكون، بل لما يدوي في رأسها من حزن مشوب بالغضب..

راحت الأم تعنفها على عدم مشاركتها بالاحتفال، على الأقل لأن هذا الفرح يخصها، باعتباره أعز مناسبة عند أخيها ووالدها، تظل وطفة على صمتهـا، تـرى الأم أن ملامحها لم تتبدل، تسـترضيها مواسـية وتنتقي من الكلمات ما لا ينفرها أو يجرحها، تيأس منها وتخاطبها بقسوة: أفرطنـا فـي دلالـك فأفرطت فـي عنفوانك، سـأطلب مـن والدك أن يؤدبك، كنت أراك نجمة في السماء، الآن أنت في نظري مثل عبد!!

بعد العبارة الأخيرة "عبد" تنتفض كطائر ذبح للتو، قائلة لها:

ليتنـي كذلـك يا أماه، لما كنت رأيتني علـى هذه الحال.. ألم تكوني حاضرة حين أذلنا العبد؟!

لم تنتبه لفيضة "زرقاء السوح"، وهي قادمة من خلف الخيمة.

فوجئتا بها، دنت منهما قائلة:

كيف تتركان الناس، والفرح لكما؟!

تسـتطيع فيضـة أن تسـتدرجهما، وتعـرف سـر انزوائهمـا، تطلـب منهـا الموافقـة علـى إبداء رأيها بهذه المسـألة المحيـرة، تلمس منهما الإيجاب فتقول:

الأمر يعنينا جميعاً يا أم ثامر. ثم راحت تخاطب وطفة:

تعرضـت العشـيرة لغـزوات كثيـرة في الماضـي، وذاقـت الكثير من الويلات، وكانت تخسـر من شـبابها، ومن حلالها "مواشـيها" الكثير، كان يصبر والدك على الضيم، كان مكرهاً في السنوات الأخيرة على المهادنة، ريثما يشتد عضد العشيرة، وجاء تكليفها من قبل الحاكم بحماية حجاج بيت الله الحرام، في الوقت المناسب..

تتابع:

أما بيت القصيد يا وطفة، وأظن أمك توافقني على ما سأقول: كلنا رأينا كيف لم تنهزمي، أمام أقوى فارسـين في العشـيرة.. لكن حتى لا يقـال يـا وطفة هذه العشـيرة، سـيدة فرسـانها فتاة، وتؤخـذ في وقت ما، وتغزى وتخسـر، فتخزى وتصير مضرب عصا في العشـائر، فتكليف الحاكـم لـن يـدوم حتمـاً، بعـض الحـكام يغويهـم الضعيف لاسـتغلاله بقوة يسـتمدها من مهمته، ويسـتقوي بسـيف السـلطان الذي يحميه عنـد الخطـر.. لـكل ذلـك يـا وطفـة، يرى والـدك بهـذا العبد سـنداً له،

وربما سيجمع حوله الكثير من العبيد، كي تصبح العشيرة مهابة من الطامحين لإذلالها..

تلاحظ فيضة بريق السرور يلمع في عيني وطفة وهي تشيح اللثام عن وجهها، تطوق بذراعها خصر وطفة قائلة:

هيا إلى الاحتفال.. وإن استطعت أن تجري ذاك العبد جراً كي تراقصيه في حلقة الرقص، فلا تتواني..

تنصاع وطفة لها جسداً، وصوت روحها يقول:

محال أن أفعل ذلك، لن أذل أمامه مرة أخرى، حتى ولو أطعتها، وفعلت ربما يفكر أنني أميل إليه بعواطفي. قد يصدق لو أخطأ حدسه ذلك، فأكون قيداً آخر لهذا المغلول المحروم من متع الحياة، والنساء بخاصة.

تعلو وجهها ابتسامة باهتة، تتساءل في سرها: لماذا أحمل الأمور أكثر مما تستحق؟ هل أفتح قلبي لفيضة، وأناقشها بما أفكر فيه؟ ربما تقول فيضة لي: صرت تتكلمين مثل الكبار، أو تسخر مني، أو ربما ستعنفني، فما في رأسها حول العشيرة، تماماً كما في رأس والدي، تفكر مثله، ومثل رجالها الكبار في شؤونها..

تعود فيضة مصطحبة وطفة إلى ساحة الاحتفال، تتبعها أم ثامر فرحة باقتناع ابنتها من فيضة، ومعالجة أمرها قبل أن يعرف أبو ثامر، لكن وطفة اندست بين المتفرجين، لم تشارك بحلقة الدبكة التي انعقدت للتو.

بدأ عازف المزمار يبعث براقصيها، وراقصاتها الحماس، وهو يتنقل أمامهم بحركات بهلوانية. تختلس وطفة النظر من مرزوق، وهو يقف مع المتفرجين، في الجهة المقابلة بين السرادق، الذي يضم وجهاء

عشائر أخرى، وبين منصة تتوسط خيمة صغيرة مكشوفة نصبت خصيصاً للشيخ أبي ثامر، مرزوق أيضاً كانت عيناه تتابعان وطفة، وعبثاً يخمن أحدهما ما يدور في رأس الآخر...

يصدق حدس فيضة بشأن العبيد، الذين هيأ أبو ثامر لهم أسباب الحضور والفرجة، والمشاركة في الفرح.

يهمس أبو ثامر بأذن خادمه أن يذهب إليهم، ويستحثهم فرداً فرداً على الرقص الخاص بهم، بعد أن شعروا بالأمان، وألفة الناس لهم.

كان أول من قصده الخادم منهم العبد مرزوق، الذي استجاب لهذا الطلب ولم يتردد، فهو ينتظر ذلك على أحر من الجمر.

يدخل مرزوق الساحة التي راحت تخلو له، يتبعه العبيد الآخرون.

مع أول زغرودة، وأول صوت مزمار، وإيقاع على الطبل في صباح الاحتفال، كل شيء فيهم يتحرر شيئاً فشيئاً بانتظار هذه اللحظة..

العبد، والزنجي العبد بخاصة، يحرره الإيقاع من ربقة العبودية، ولو إلى حين، الزنجي العبد يأخذه الإيقاع، حتى وإن كانت الأغلال في عنقه وقدميه ويديه، إلى عوالم من البهجة، ومسرات تنعشه من الداخل لا حدود لها.. يحرر روحه من ربقة عبوديته التي يرزح فيها منذ قرون، الإيقاع وحده يكسر ما في داخله من جوع وحرمان وقهر ويأس وأسى.. الإيقاع وحده يمنح جسده أن يتشكل على غرار قارته السمراء، التي تشتعل تحت الشمس الاستوائية، فيهمهم مع وحوش غاباتها، ويتنفس مع عشبها وفيلتها، حيث الآلام بكل أشكالها تتراكم وتتكوم في صدور أبنائها، وفي أجساد ضامرة هزلها الجوع، تواطأت فيها الطبيعة مع اللصوص الأغراب، لتغزو الهموم بكل ألوانها عقولهم، وتصبح الحياة بكل تجلياتها، لا معنى لها، وتذوب عند خواء البطون،

لتصبح راية الموت هي الأعلى فوق الشروخ، فتخضع عندها كل قوانين الأرض والسماء لقانون الجوع، وتغدو وجبة من اللحم البشري، معادلاً سماوياً لمائدة السيد المسيح، أو لمائدة آلهة الأولمب، أو لملوك الزمن القديم..

كانت رائحة اللحم الذي ينضج في أواني الطبخ النحاسية الكبيرة، على نار هادئة، تعبق مرسلة مع هواء الصيف الساخن إلى المحتفلين، منبئة بأن جاهزية الطعام قد قاربت، الدخان المنعقد والمتصاعد فوقها يرى من مسافات بعيدة. اعتاد أبو ثامر ألا يقدم طعاماً لضيوفه، قبل أن ترصد زرقاء السوح حرم العشيرة، وإلى آخر ما تراه عيناها الحادتان.. يجب ألا يمر أي عابر سبيل، دون أن يأكل من زاده، حتى ولو كان عدواً.. تصعد الزرقاء فيضة مكاناً مرتفعاً، وتعود مسرعة، لتبلغه ما رأت في البعيد البعيد. قالت لأبي ثامر:

أرى أربعة قادمين من جهة الجنوب. أظنهم قاصدين، إما حرمون، أو فلسطين، أو الشام، وأظنهم عبيداً يا شيخ. صدور بعضهم، تلمع تحت الشمس على سواد، ورؤوسهم بشعر خفيف...

أدام الله لعينيك هذا النظر، وبصيرتك يا فيضة.. قولي لأي خيال أن يحضرهم إلى هنا، فالزاد صار جاهزاً..

كانت وفود العشائر، قد غادرت جبل بدران بمن تصطحب من مرافقين وعبيد، وودعت بمثل ما استقبلت به من حفاوة وتكريم.

يطلب أبو ثامر هؤلاء العابرين الأربعة إلى ربعته، وكان قد طلب مرزوق، وود سالك أن يلحقا به على الربعة، يقدم لهم الماء، يرحب بهم مجدداً ويتعرف إليهم فرداً فرداً، وكل منهم يعرف عن نفسه:

أنا عبدك سيدوك. قال الأول.

وتباعاً قال الآخرون:

وأنا عبدك صفوان.

وأنا عبدك سيار.

وأنا عبدك عاصم.

قال لهم:

كلنا عبيد الله، أنتم ضيوفي الليلة، والصباح رباح.. ثم أمر خادمه: فليجهزوا لهم الماء للاغتسال، وقل لأم ثامر أن تجهز لهم ثياباً وأحذية.

يغادر الخادم المكان، يتابع مشيراً لهم ولمرزوق وود سالك:

يمكنكم بعد أن تغتسلوا، وتستريحوا معاً، وتتعارفوا، وأن تناموا في خيمة واحدة، عندما يحين موعد النوم..

يقضي أبو ثامر ردحاً من الليل، وهو يفكر إلى أين سيرسل هؤلاء العبيد، وتغالبه فكرة استبقائهم لديه، وضمهم إلى عشيرته، يفكر بحجم المسؤولية التي لا طاقة له عليها، في الوقت الذي لا يعرف عنهم شيئاً، كما أنه رحب بهم كضيوف، ولا يجوز استجوابهم.

تلاحظ أم ثامر قلقه، تعرف أن ما يقلقه يتعلق بهؤلاء الأغراب.

تتجاهل ما حدست به وتسأله: لماذا لم تنم حتى الآن؟!

إني قلق، ولا أعرف ما سأفعل بشأن ضيوفي!

أرى أن توزعهم ليساعدوا رعاة العشيرة في سهل حوران، أو ترسلهم إلى أخوالك في بوادي الشمال، هناك لا ضير عليهم..

ما رأيك لو أرسلهم إلى الحاكمية في الشام، وهناك يتدبرون أمرهم؟!

ربما ألحقوا بهم الأذى، وتكون أنت السبب!

اطمئني، سيتلقفونهم كما تتلقى الأرض العطشى المطر.. تأكدي أن ابـن طولـون، سـيضمهم إلى جيشـه، فنكون بذلك قد ضربنـا عصفورين بحجر واحد!

لمـاذا لا تضمهم للعشـيرة، وتعززها بهم، أرسـلهم إلـى المراعي، ثم استعد منهم من تطمئن إليه لخدمتك..

يبتسم لهذا الرأي: على بركة الله..

صباحاً، كان سـيدوك وسـيار، بعهدة أحد خيالة العشيرة في الطريق إلـى الشـمال، وصفـوان وعاصـم مع خيـال آخر فـي الطريق إلى سـهل حوران، للانضمام إلى رعاة العشيرة.

* * *

‑ 14 ‑

صفقة المائة رأس

يصل ابن بلدة كوكب المرسل من قبل خادم الدير إلى مزرعة
ميخائيل الجواهرجي في حوش بلاس القدم الشريف، مصطحباً العبد
"ود القوع" ليسلمه له.

يستقبلهما في المزرعة وكيله، يسلّم ودّ القوع، ويغادر ابن كوكب
المكان عائداً إلى بلدته. لم يسأل وكيل المزرعة العبد شيئاً، إنما
اصطحبه إلى غرفة مبنية من الطوب، مسقوفة بأخشاب حور، مغطاة
بورق شجر، تعلوها طبقة من الطين الجاف، بابها خشبي عتيق كله
شقوق ونافذة واحدة لها مفتوحة ليس لها درفات تمنع دخول الغبار،
أو الحشرات.

اكتفى بأن قال له:

هذه غرفتك، غداً يحضر السيد ميخائيل، لأعرف ماذا سأفعل بشأنك!
ظل ودّ القوع ساكتاً، بينما غادر الوكيل المكان، بعد أن تملاه من
فروة رأسه، وحتى كعبي قدميه، بنظرة لا تخلو من الإعجاب. يشيعه
العبد بنظرة طويلة من الوكيل، لا تخلو من الإضمار بشيء، تفصح عنه
هزات رأسه المنطوية على وعيد ما!

كان ابن بلدة كوكب الأخير، المرسل من قبل خادم الدير، قد وصل مصطحباً العبد قشلق إلى حديثة الضاحية، والتقيا عندما أقبلا عليها عند الطرف الفاصل بين الأراضي السقي والأراضي البعلية، بمزارع يحرث حقله البور، سأله ابن كوكب عن مزرعة ابن شاكر، فأشار له بيده إلى جهة الشمال الشرقي قائلاً:

انظر إلى شجرة الكينا التي يبدأ منها صف شجر السرو، ذلك القصر الذي يظهر من خلفها هو قصره. في المزرعة، يسلم قشلق لوكيلها، ثم يعود أدراجه إلى بلدته كوكب..

ليلاً، يعود وكيل مزرعة الجواهرجي في بلاس، ويرافقه تاجر حلبي. الوكيل يمتطي بغلة قبرصية، كان قد ذهب عليها إلى الشام، لشراء بعض الحاجيات للمزرعة، والتاجر يمتطي جواداً أصيلاً راح يشق الليل بصهيله.

يتوقفان عند غرفة ودّ القوع داخل المزرعة، يخرج ودّ من الغرفة مذعوراً مستغرباً حضورهما في هذا الوقت من الليل..

كان البدر متألقاً في كبد السماء، يبث نوره في فضاء صافٍ، وينير الكون، مما أتاح للتاجر أن يدقق بالتفاصيل التي يتحلى بها جسم ودّ القوع، والوكيل يرقبه مقدراً مدى إعجاب التاجر به، ليصطاده بثمن مرتفع، والتاجر هو الآخر يتظاهر بحنكة خفية أنه غير مبالٍ بهذه الصفقة:

إيه، كم تريد ثمن هذه "الكركوبة" قال التاجر للوكيل أبي دجا، وهو يشير للعبد ودّ بقرف..

لم يفاجئ هذا الوصف أبا دجا، من تاجر عريق، فأجابه بخبث:
أرضى أن أبادله بهذا "الكديش"! قال له أبو دجا ذلك، وهو يشير إلى حصان التاجر..

قال التاجر في سره متسائلاً بينه وبين نفسه، حين تأكد من حدسه الـذي يـرى فيه، أن هذا الوكيل سـيبيع العبـد احتيالاً، وبعيـداً عـن عين صديقه ميخائيل الجواهرجي. قال له:

أعتقـد "أنـا وأنـت" لـن نتفـق. الأفضل أن أشـتريه من صاحبـه غداً، وأتملكه منه بقلم وورقة، حتى لا أتعرض للمساءلة من أحد!

أقدمه لك مجاناً، ولا أدعك تذهب فارغ الكف يا رجل! قال الوكيل.

إذن، كلمة ورد غطائها.. سأعطيك خمسة دراهم. قال التاجر.

يستحق مائة درهم يا رجل، إنك لم تدفع ثمن ثيابه! أجابه أبو دجا.

صدقني، لقد اشتريت مائة عبد بمائة درهم ذات يوم. قال التاجر.

ذلك الوقت قـد ولى.. أكثرهـم صار سـماداً للأرض هذه الأيام. قال أبو دجا.

قال التاجر، وهو يخرج كيس نقوده من عبه:

بعشرة لا فوقها ولا تحتها. هي كلمة أخيرة. ماذا قلت؟

هاتها ورزقي على الله، خذ بضاعتك مبروكة عليك.

كان البدر يؤذن بالمغيب.. وما إن وصل التاجر إلى الخان حتى غاب تماماً، ولم تعد في الفضاء نقطة ضوء، عدا الضوء الذي تعد الشمس به هذا الكون بشروقها الخجول، في فجر سيأتي بعد ليل طويل..

يسـتلم شـاكر العبد قشلق من ابن كوكب الأخير، بعد ظهيرة النهار، ثم يعود من حديثة الضاحية مباشرة إلى خادم الدير، حاملاً له تحية ابن شـاكر، وتحية الراهب نايا، الذي كان يتجول بين الحقول مع صديق له.

يخبره عن المهمة التي كلفه بها خادم دير كوكب، وعن استقبال ابن شـاكر لقشـلق الـذي اصطحبه ليكون واحداً من عمـال مزرعته، وكيـف علـى الفـور وبحضـوره، خصص لـه غرفة لا ينقصها شـيء. كل

شـيء فيهـا جديد: البسـاط والفـراش والأغطيـة، غرفـة مأمونـة مـن دخـول الحشـرات، أو الزواحـف إليهـا، بابهـا مـن خشـب قـوي ولهـا نافذتان واسـعتان، وبمثل هذا التفصيل الممل، راح يصف له ما رأى فـي طريـق الذهـاب والإيـاب. يقول الراهب وهو يشـير لـه أن يتوقف عن الكلام:

المهـم أن شـاكر اسـتلم هـذا العبـد، يكفـي إلـى هنا، ثم سـأله إن كانت حصة بلدة كوكب من مياه نهر الأعوج، تكفي حقول المزارعين، أو أن هنـاك مـن يعتـدي عليهـا مـن ملاك المناطق الغربيـة، التـي يمر منها النهر.

يجيب ابن كوكب:

ثمة مالك واحد يكسر النهر عند مزرعته، ولم يسـتطع السـيطرة على الفتحة الكبيرة، التي أحدثها هذا الكسر، عاقبه الرب، وخرب له مساحة واسـعة، كانت مزروعة قمحـاً سـنابله في أول النضج... وراح يحدثه عن تعديـات مماثلـة، حدثت في بلدة كوكب ذاتها قبل عامين، وكيف كان الرب سريع العقاب.!!!

يقول له الراهب محاولا التملص من فضوله:

- أعـرف كل ذلـك، عليك أن تصل قبـل حلول الظلام إلى بيتك، حتى لا تضيع الطريق، أو تظهر لك الأشباح!

سأله الرجل:

متى تظهر هذه الأشباح عادة؟

أجابه الراهب:

أنـا لـم أرهـا، ولكـن الجميع هنـا يقولون: إنهـا تظهر لهـم دائمـاً في غسق الليل!

يغـادر الرجـل المكان، وقـد بدا الخوف والتوجس علـى وجهه، رغم محاولته المكابرة على إخفائهما..

كان شبح شـاكر "مـرزوق" لا يـزال حيـاً في خيـال النـاس، يتكاثر بأشـكال شـتى، يسـتمد الهيئـات التي يتجسـد فيها، مما تختزنه ذاكرة الناس من حكايات...

الراهب نايـا، وحـده بيـن كل أهـل المنطقة، يشـكك بوجـود هذه الأشـباح، ولكنه لا يسـتطيع أن يفصح عما في داخله لأحد. كان يتوقف معهـم عنـد هذه القناعة الجديدة التي دخلت عقولهم، تحت اعتبارات شـتى، أولهـا الخـوف المترسـب في أعماقـه، وعلـى هـذا الأسـاس يلوذ بالصمـت، أو يسـاير، ثـم ينكفئ على نفسـه، ويلوك ما كان قد سـمعه، ولا يسـتطيع أن يهضمـه.. قال صاحبه بعـد أن ودعهما ابن بلدة كوكب، محاولا تأكيد ما يقول:

أنا بعيني هاتين رأيت الشبح!

- هل تصف لي ما رأيت؟ سأله الراهب.

- رأيت شكلاً على هيئة الوطواط، ليست له يدان كأيدي البشر، إنّما جناحـان قصيـران يسـاعدانه على السـير على الأرض، بخطوات واسـعة، وسريعة، كما لو أنّه يطير!

كان الراهب يتابع حركات يديه التعبيرية باستغراب. يجيبه مشكّكاً:

- لكنني سمعت غير هذا الوصف له!؟.

- هذا يعني أنّك لم تره.. قال الرجل.

- ولا أريد أن أراه! أجابه الراهب.

- فعلا إنّه مخيف!!.

- ليس لهذا السبب لا أريد رؤيته يا صاحبي. قال الراهب.

- لماذا إذاً؟ سأله الرجل.

- حتـى لا يقال أيّ شـيء عن لسـاني؛ فقد يكـون وهماً، ويصدّقه الناس. تعّـودت ألاّ أرى الأشياء، إلاّ علـى حقيقتها، بـل إدراكها بكلّ حواسـي.. أجابه الراهـب.. أجابه وتسـاؤلات كثيرة تـدور في خلده، حـول مثل هـذه القناعـات التي تتغـذى علـى أوهـام باطلة، تزيد في بلبلـة العقـول، وتأخـذ الناس في طريـق الجهل، ونكـران حقائق تنقذهم من الشـرور.

* * *

15

جسدٌ في قبضة الليل

كان مـرزوق، هـذا الـذي جعل منـه خيال الناس شـبحاً، وألصقت به تجارة الرقيق اسـم شـاكر بدلاً من اسـمه الحقيقي، قد دخل إلى خيمته مسـاءً مـع رفيقه ودّ سـالك، بعد انفراد الشـيخ أبي ثامر بهمـا، وإصراره علـى تناولهمـا العشـاء معـه ، واسـتدراج الشـيخ لهما لمعرفـة الحقيقة كاملـة عنهمـا، ولكنهمـا لم يبوحا له إلا بشـذرات، ممّا جـرى معهما، أو تعرّضا له من أحداث..

أشـعل مـرزوق فانـوس الخيمـة، وتمـدّد الاثنـان علـى البسـاط فـي أرضيّتهـا، وجهاهمـا متقابلان، يحدّق أحدهمـا إلى الآخر معجباً بما كان قد اجتزأه من حياته للشيخ.. يسأله مرزوق:

- ما الذي أخفيته عن الشيخ يا ودّ سالك؟ أعتقد أنك أخفيت الكثير الكثير، فهل تعتقد بأنه كان مقتنعاً بما قلت؟

- طبعـاً، أنـت لـم تنتبه له، فحيـن كان الكلام لك بدا شـارداً تماماً، كأنّما لا يعنيه ما تقوله بشـيء، أما حين بدأ دوري بالكلام؛ ألم تلاحظ أنه عدّل من جلسته، وصار كلّه آذان صاغية لي، وسبحته بين أصابعه تتتالـى مـن حبّاتهـا، مـع كّل كلمـة أقولهـا، كما لـو كانت عـداداً لهذه

الكلمات، مما أوحى لي بأنّه يضمر ما صعب عليّ التكهّن به في تلك اللحظات، حتى الآن لم أستطع تفسير ذلك، ولهذا لجأت إلى اختصار الحديث والأفكار، وانتقاء الكلمات التي لا تشي بارتباكي في حضرته، فأبدو غير صادق بنظره..

بدا مرزوق مذهولاً ومشوشاً مما يسمعه من ودّ سالك، يستعيد تلك الجلسة الطويلة بدقائقها، يفكّر بكلّ مجرياتها، يفكّر بما كان يدور برأس أبي ثامر، يتذكّر أنه قاطع ودّ سالك، وهو يسرد حديثه بالسؤال التالي:

- أيّ طريق تتوقّع أن يكون الفارّون من العبيد قد سلكوها، بأعداد أوفر من سواها!؟

يتوقف مرزوق عند هذا السؤال. يسأل ودّ سالك، عمّا يكون قد رمى له الشيخ به، حتى سأله مثل هذا السؤال، فأجابه بحسن نيّة:

- ربما ليكون عوناً لهم!

لم يجبه مرزوق، لكنّه في سرّه، فسّر الأمر على عدة وجوه:

- الأول هو دعم عشيرته، برجال يواجه بهم عشائر له معها ثارات قديمة؛ فطبع العشائر، ألاّ تنام على ثأر لم يتحقق، وعلى ضيم لم يُرد!.

- الثاني، هو جمع هؤلاء العبيد، وبيعهم للتجار.

- الثالث، هو تعزيز طريق الحج، لأطول مسافة ممكنة في الأرض الشامية، التي باتت تحت حكم ابن طولون، الممتنع عن الانصياع للخلافة العباسيّة، فيكون هؤلاء العبيد شوكة في خاصرتها الشاميّة، كما هم شوكة في خاصرتها البصراويّة، فيعزّز بذلك صولته العشائريّة، وتكون له اليد الطولى، في المراعي وفي المياه، بالإضافة لبسط يده على الضعيفة من العشائر..

البدويّ لا ينظر بمرآة، البدوي مرآته الصحراء، وما فيها من كلأ ومياه ووحوش وغزلان وطيور.

- الرابع، هو الالتفاف حول هؤلاء العبيد، والمساومة عليهم، بتسليمهم إلى مركز الخلافة، أو بيعهم إلى الملّاك الجدد في سواد البصرة، عن طريق العشائر الموالية للخليفة، وهذا الاحتمال يستبعد تماماً؛ فالشيخ أبو ثامر كأي زعيم عشيرة لا يرى أبعد من الأفق الذي ينبسط أمام عينيه، وأمام أناه التي لا يكسرها غير السراب، الذي لا يبادله ثقة أو طمأنينة، ولم يقدّم لأبناء الصحراء غير الكذب والخداع..

لم يتوصّل مرزوق إلى احتمال، أو إجابة على تساؤلاته المتلاحقة..

يسأل ودّ سالك، لعلّه يصل إلى إجابة حاسمة:

- ما الذي لم تقله للشيخ يا ودّ، ولماذا؟

- ما لمسته من صاحب الزنج عليّ بن محمد، وهذا ما لم أقله لك بعد!؟

- مثل؟ يسأله مرزوق..

- كان على هذا الرجل أن يستمر بثورته مثلما بدأ..

يقاطعه مرزوق:

- كيف بدأ، وكيف استمر، هذا مالم أفهمه؟!

- خرج للناس كما لو كان نبياً، ونحن العبيد بقينا عبيداً في نظره، ولم يعاملنا إلاّ كعبيد؛ فالخلافة من قبله، جعلت منّا رأس حربة في الحرب عليه، وهو جعل منّا رأس حربة عليهم. لم نكن بين نارين فحسب، بل كنّا النار التي تأكل نفسها؛ بالنسبة لي يا مرزوق لم يكن لي أيّ أمل بالنصر بعد كل ما كنت أشاهده، إذ لا يمكن للعبيد الذين يحاربون كعبيد أن ينتصروا!

يقاطعه مرزوق ليكفّ عن الكلام:

- أراك متعباً يا ودّ، عليك أن تستريح الآن، وتنام إن شئت.

- أستريح؟ أجل سأستريح، لكن استراحة مهزوم، أنت بإمكانك أن تستريح..

- أو تظنّ أن المنتصر يستريح يا ودّ؟ لا أعتقد ذلك.

- لم أقل ذلك يا مرزوق، لقد كان البلاء الأعظم يحلّ علينا، بعد أن كنّا ننتصر في أيّة معركة نخوضها، سواء حين كنّا نقاتل إلى جانب العباسيين، أم حين انضوينا تحت راية صاحبنا، الذي غدا -باسمنا وعلى دمائنا- مهديّاً؛ لا بل مهديّ المسلمين بكلّ أطيافهم...

يقاطعه مرزوق مستغرباً ومشككاً:

- أمعقول هذا؟ أعتقد أنك تبالغ بما تقول!!

يغضب ودّ سالك ، ويجيبه منفعلاً:

- بيديّ هاتين نقلت له النقود، التي سكّها باسمه في هذا المنحى، وكادت تصبح قيد التداول، ليفرضها في التعامل، ضمن حدود مملكته، وخارجها، لولا أن أطيح به، وبنا أيضاً.. ليتك رأيت هذه النقود، لقد نقش عليها:

"المهديّ علي بن محمد"..

الأيّام ستجعلك تصدّق ما أقول، حين ترى أحدنا محتفظاً بقطعة منها.. المهمّ يا مرزوق، أننّا بعد كلّ معركة ننتصر بها، كان قائدها يجمع المنتصرين الناجين، لا لكي يستريحوا، بل ليُسخّروا في بناء قصور القادة، أو في كسح السباخ، أو للعمل لدى التّمارين والدبّاسين، أو بشق الترع لريّ أراضي الملاّكين، ذوي المكانة عند علي بن محمد..

اسـمع يـا مرزوق؛ بالنسـبة لي أنا بالـذات، هذا العبد الـذي أمامك، بيديّ هاتين شـاركت في بناء قصر ابنه أنكلاي في "المختارة" العاصمة التـي اختـار لها المكان المحصّـن بالأنهار، وأطلق عليها هذا الاسـم؛ مع العشرات من أمثالي، وقبل بناء هذا القصر، بنينا له قصراً، بعد انتصارات متتالية، على جيوش العباسيين.. كما بنينا قصوراً، ودوراً لقوّاده في هذه المدينـة: قصـراً لـ"بهبوذ بن عبد الوهاب"، يتكـوّن من عدة دور، وأبنية إضافية، وقصراً لـ"لكرنبائي"، مقابل قصر زعيمنا عليّ، يعزّ على الوصف، لمـا يتميـز به من فخامة وتحصين، ورواشـين ونوافذ تطلّ على الخارج، مـن جميـع الجهـات، يتوسّـطه فناء واسـع على طـراز البيوت الشـرقية، ومدخله الرئيسي يطلّ على ميدان فسيح...

لا تتثاءب يا مرزوق، لمّا أنتهِ من كلامي بعد..

بنينا دوراً لـ "المهلبّي"، و"مصلح"، و" أبي عيسى" و " الجبائي"..

أمـا أجمـل ما بنتـه أيدينا يا مرزوق مـن قصور، بل أشـدّها تحصيناً، هو قصر زعيمنا الذي كان دار إمارة في الوقت نفسـه، يطلّ على نهري شـطّ العـرب، وأبـي الخصيب معـاً، حتى أن بابه نقلنـاه من حصن أروخ في البصرة، كما بنينا له مرسى لرسوّ السفن، وحصنّاه بسور عال يحميه مـن الهجمات، ونصبنا فوقه المجانيـق والمقاليع والعرّادات، وجعلنا له سـتارات حصينـة تظلـل أبوابه، وحفرنا خندقاً حوله، وسـوّرناه بسـورين فيهما طلاقات لرماة النشّـاب والقسّي.. بنينا أيضاً سوراً حصيناً لعاصمته المختارة، وسوراً آخر داخله من جميع الجهات، حتى من الجهة المطلة على شطّ العرب.

أضـف لهـذا، القنطرة التي بنيناها من خشـب السـاج، على نهر أبي الخصيب، وأقمنا في وجهها سدّاً في الماء، لمنع مرور سفن العباسيّين،

أمـا كيـف اسـتطاع جيش الموفق اختـراق كلّ هـذه التحصينات، وهدم كل هذه القصور، وسقوط هذه المدينة كمعقل أخير؛ فالحديث يطول.

فاتني يا مرزوق أن أذكر لك ما أشدناه من جوامع ودواوين وسجون، وما شققنا من شوارع وساحات.

انتبـه لي يا مرزوق؛ سـأحدّثك عن الوجـه الآخر لجانب من حياتنا: عـن صـور الدمـار والقتل والنهـب، مما فعلنـاه نحن، وممّـا فعلوه بنا. صـور لا تبـارح مخيلتي. السـؤال الذي تختلط الإجابة عليه في رأسـي: لمـاذا كنّـا ننتصر فـي كل معاركنا حين بدأنا، ثم لا نخسـر في معركتنا الأخيـرة، ويُقضـى علينـا؟.. لا أعتقـد أن وعـود زعيمنـا لنـا بالحريّـة، وبحبوحة العيش كانت هاجسـاً لديه، أو لدى قوّاده يا مرزوق؛ فحين أسـتعيد ما كان يحدث أصاب بخيبة أمل، لقد عشـنا أجمل أيّامنا على حلم كان وهماً، وكان سـراباً..

كانـت عيـون مـرزوق، و ودّ سـالك، مع نـور الفانوس، وهـو يتراقص علـى سـطح الخيمـة مـن الداخـل، وكأنّ الليـل الطويل يراهـن على من تغمـض عينـاه منهما أوّلاً، ويغطّ بالنوم: ودّ سـالك، الذي شـارك، وشـهد انتصارات الزنج على مدى أربعة عشر عاماً، والآن يجترّ مرارة الانكسار..

أما مرزوق، الذي لم يخض أية معركة منها، ولم يحقق إلاّ الانتصارات الفردية كعبد لم يستسلم لمصيره، ولم يهزم بها أبداً..

أسئلة كثيرة تدور في رأس ودّ سالك، يفتح عليه وجود مرزوق جراح الماضي، فراحت تنزّ، تسلّمه للقلق والتوتّر. بدا مرهقاً، مشوشاً، يجافيه النوم، بعد أن امتثل الماضي كله دفعة واحدة في كيانه..

يتساءل في سره:

- لماذا خلد قادة الزنج إلى الكسل!؟

- هل كانوا يظنون أن المعركة انتهت؟

- لماذا كانوا قصيري النظر؟

- لماذا اعتقدوا أن الخلافة، وأن إمبراطورية وصلت فتوحاتها حدود الخافقيـن.. ولا يـزال أيّ خليفـة يعتلي عرش أمجـاد لا تموت، مهما كان ضعيفاً؟..

- لمـاذا قـاده الحلـم الذي صدّقـه كلّ من في عنقه قيـد، حتى ولو كان خـارج حدود سـواد العـراق الضيّقة، بدّلوا جلـود القتال في غابات النخيـل والأهـوار والعـراء بالقصـور؟.. وبدّلـوا الجـوع الضـاري، وآلام الفقراء، بالترف والنعمة؟!!.

- لماذا طغت أنانيّتهم على أحلامنا؟ آخ، آخ..!

بدا مرزوق مغمض العينين، ولكنّه لم يسـتطع النوم. تسـاؤلاته هو الآخر، أو تحليلاته، كانت تصل به إلى طرق مسدودة، ثمة أمور كثيرة ناقصـة تركـت الكثيـر مـن الفراغ في المشـهد الذي يتخيّلـه، فما عرفه من ودّ سـالك، أو ما مرّ به من أحداث، كان جزءاً يسـيراً من الحكاية. لا تزال في داخله قوة كامنة متوثبة لأيّما فعل يحقّق وجوده، وينتزع به حريته من أيّ قيد. ماذا لو يبوح لودّ سـالك بكل ما بداخله؟.. لكن كل شـيء لا يـزال فـي دائـرة مـن غمـوض، كلّ شـيء ملتبـس؛ فقصـة ودّ واحـدة مـن آلاف يمكـن أن تـروى، وقـد لا تكـون كلهـا صادقة، أو تُـروى وفق أهواء لا يوحّدها هدف.. وسـتروى من مهزومين مشـتّتين فـي النهايـة. ماذا لو استسـلم هو الآخر، ورهن نفسـه لأبـي ثامر الذي يحتضنه الآن؟.. لكن هذا الرجل لا يصبو من الدنيا، سوى ما يراه منها، ومـا تـراه عينـاه من أفـق يحيط به، وفي دائرته من عشـائر: شـيوخها، ثاراتهـا، حسـابات غزوهـا فيما بينها، لا يرى ما يربطـه بالقريب البعيد

أخـوة في البوادي الأخرى، الواحات، الأهـوار، أخوة في الدين الذي جمع بين أبيض وأسـود، بين عرب وعجم؛ فأيّ أمل سـوف يرجوه منه، إذا ما قال له:

- إني عبدك المطيع.

سيضحك في داخله، ويقول:

- لقد جاءني من غامض علمه، سيف لعشيرتي، فهل أرفضه؟ هذا ما لمسته منذ لحظة وقوفي بين يديه!.

. . .

طلع الفجر، ومرزوق لم ينم..

أبو ثامر، تلك الليلة، لم ينم أيضاً. استعاد حسـاباته كلها من جديد، وأعـاد تكرارها مـرّات ومـرّات. كانت أبرز خلاصة فيها، توقّفه عند أضيق حلقاتها، إذ كان يسأل نفسه كلّ مرة:

- ماذا لو أزوج وطفة لمرزوق؟!

عنـد حسـابات الربـح والخسـارة تعادلت لديـه الكفّتـان، ولا بـدّ من ترجيح إحداهما:

- مـرزوق عصفـور في اليـد الآن، ووطفـة أقودهـا إليـه مكمّمـة لو حاولت أن ترفض!.

طلـب أبو ثامـر مـن زوجته اللحـاق به إلى الربعة، تأخرت، كانت تؤنّب وطفـة التـي لم تنم هـي الأخرى، وقد نهضت من فراشـها مراراً بحجّـة الظمأ. كانـت في غمرة كلامهـا الجارح لوطفـة، التي ظلت على صمتها، حين ناداها الخادم للذهاب إلى الربعة..

- تأخرت! قال لها أبو ثامر..

أجابته وآثار الغضب من ابنتها لا تزال منها مسحة على وجهها:

- كنت بحجّة نفسي!

"السرّ بين الأمّ، وابنتها يُطمر في بئر عميقة"..

- اجلسي يا أم ثامر، في رأسي أمر يؤرقني، ولا بد من مشورتك!.

- خير يا رجل!؟

- وطفة! ثم سكت.

- ما بها؟ سألته.

- افردي وجهك، واصغي إليّ.. قال.

- فهمت عليك، وعرفت ما ستقول..

- ماذا فهمت؟ خاطبها محاذراً!

- بشأن زواجها!؟.. إن أولاد عمومتك ينتظرون إشارة منك!

اكفهرّ وجهه، فلاحظت ذلك.

- كأن الكلام لم يعجبك! ما الذي تريد أن تقوله؟

- وطفة لن تكون لهم يا أم ثامر!

- كيف؟! إنهم ينتظرون جواباً منك!.. أو أنّك تفكر بهذه المصيبة التي حلت علينا؟.. تضيف: أتفكر بهذا الكالح مرزوق؟.

- أهو مصيبة برأيك؟ فإذا كنت ترينه مصيبة فأنت مخطئة.. ثم كلامك هذا لا يسرّ، لا أريد أن أسمع منك ما تقولين: كالح؟!.. كلنا خلق الله.

تستدرك مخاطبة نفسها، كأنما تذكرت شيئاً ما:

- أقول.. سكتت وتابعت في داخلها: ها، ها، لماذا لم تنم وطفة ليلة أمس!؟ ثم قالت له محاولة حسم الموضوع:

- أعدل عن هذه الأفكار.. وطفة لم أربّها له.. وطفة لأولاد العشيرة، لا للأغراب.. أو إلى أبناء أخوالها، إذا شتّ بك الأمر.

- أنت كالنعجة لا ترين إلاّ أمامك!. قال لها بسخرية.

- هذا ما أنا به بنظرك.. أما بما يخصّ وطفة؛ فأنا لبوة!.

- أتنفرين بوجهي يا أم ثامر؟! وقد بدا الغضب يتصاعد في نظراته وحركات يديه.

- أنا ما تعّودت أن أنفر.. لكن وطفة يا....

قاطعها قائلا لها بعصبيّة:

- مرزوق يساوي كلّ شباب العشيرة برجولته، سيكون سندي القويّ، سيعزّز مكانتي بين الشيوخ، وبه لا أحد يستطيع أن يرفع رأسه في وجهي، أو يغمز عليّ!...

أجابته هازئة:

- هذا العبد الذي لا نعرف فصله وأصله.. أبمثله تعزّز مكانتك؟

أجابها هو الآخر بما هو أشدّ هزءاً، وهو يغلي غيظاً:

- لا، لا يا أم ثامر، بل بثامر الذي أنجبته لي من أصلك وفصلك!

- أتعيّرني بأهلي يا زوجي؟ أنت زرعت، وأنت!!..

قاطعها حاسماً هذا النقاش، وهو يشير إلى باب الربعة بيد ترتجف:

- أخرجي من هنا.. ذاك الباب..

فيما هي خارجة:

- افعل ما تريد، اعمل ما يحلو لك.. لكنك ستندم!

غادرت وهي تحدث نفسها: لا يدري أنّه سيخسر كلّ شباب العشيرة، إذا طارت وطفة من أيديهم، أحدهم للآخر لا يتنازل عنها، فكيف يريدها لرجل غريب، وعبداً أيضاً! سواده يخيف حتّى الوحوش في عتمة الليل، حتى رأي البنت لا يعنيه!.

* * *

⊷ 16 ⊶

ليلُ السياط

خرج ويلان صباحاً من غرفته في مزرعة شيخ الضاحية، وهو يصغي إلى جلبة في مزرعة الهولي المجاورة. ولّما كان السياج الكثيف يمنعه من رؤية ما يحدث، تسلّق إلى سطح الغرفة. رأى المرابع "طويرش" يكدن العبد "مهزال" إلى المحراث بدلاً من الدابّة، ولّما يمر على تواجده سوى يومين في المزرعة، بعد أن التجأ إلى الهولي. جعله منذ اللحظة الأولى تحت تصرف وكيله وبعهدته، وهو يوصيه أن يكون خشناً معه، وأن يعامله بقسوة، ويذلّه حتى لا يتمرّد عليه، ويعصي أوامره!.

كان مهزال صاغراً لما يفعل طويرش به، ليكون مستعداً للحراثة.

كما الدابَة تماماً، كانت الكدّانة قد طوّقت عنقه، واستندت إلى كتفيه العريضين اللامعين تحت الشمس، والرسن المزدوج مربوطٌ إلى رأسه. يتباعد الوكيل عنهما ويقف ليشاهد عملية الحراثة على رجل، مزهواً بتنفيذ أمر سيده، لم ينتبه لمهزال الذي ينظر لنفسه مستنكراً ما يفعلون به بابتسامة ساخرة.

يتناول طويرش سوطاً مجدولاً من قصب القنب متدلياً على كتفيه، يضربـه بالسوط للبدء بشقّ ثلم في الأرض، ينيخ تحت ضربة السوط،

مـع زفرة: آخ... يسـوطه ثانية وثالثـة، يلتفت نحوه إلى الخلف ويضحك هذه المرة ملء شـدقيه، يسـتحثه بتلويح السـوط، ليسـرع في شقّ ثلم آخر عند الإياب..

ذراعـا مهـزال تطوقـان خشـبتيّ المحراث مـن الجانبين، بـدأ العرق يتصبّب من جسده، ويبرق أكثر تحت ضياء الشمس. عند لسعة السوط يقهقـه منفجـراً بضحـك هسـتيريّ، عينـاه مسـتغرقتان في أثلام يشـقّها، صدره يفيض عما يمتلئ به من قهر، فيعاود الضحك!..

يقفز ويلان عن سـطح الغرفة ممتعضاً وغاضباً، يتمشّى أمامها جيئة وذهاباً، بعصبيّة، من هول ما رأى، لفترة من الوقت.

يشاهد الشيخ من خلال الشقوق الواسعة في باب المزرعة الخارجي قادماً يجرّ حماره خلفه، والزوّادة اليومية التي يحملها إليه كالمعتاد في يمينه. يستقبله ويلان، ينتبه الإمام إلى ما يرتسم على وجهه من غضب مكتوم، يسأله متوجساً:

- ما بك يا ويلان؟ أراك متوتراً.. ما الأمر؟

لم يسـتطع ويلان السـكوت علـى ما رآه في مزرعـة الهولي. تحدّث واصفاً له مشـهد الحراثة، وعن اسـتيائه من معاملة وكيل الهولي لمهزال كما لو كان دابّة.. حتى ولو كانت الحراثة على دابّة، لكان بها أرحم..

- أحقاً ما تقول يا ويلان؟ سأله الإمام، وكأنما يشكّ بأن إنساناً يعامل على هذا النحو.

- أنـا لا اكذب يا سـيدي، اصغ قليلاً لتسـمع بأذنـك، وإذا لم تصدق؛ فبإمكانك أن تصعد إلى سـطح الغرفة، وتشـاهد بعينيك، أتوسـل إليك، اصعد كي تشاهد، أنا لا أكذب.

- كيف سأصعد، ولا سلم أصعد عليه؟

سارع ويلان إلى جانب جدار الغرفة، وانحنى:

- تعـال يـا سـيدي، اصعـد على ظهـري، ثم أنهض بـك، و أرفعك إلى السطح.

- لا يا ويلان، جـرّ الحمـار إلى هنا، وأنا سـأصعد من على ظهره إلى السطح.. يراهما الإمام، يلوذ الوكيل في ظلّ شجرة حين لمحه.

يصرخ الإمام بطويرش على الفور:

- هيه، يا جار، يا جار!

لم ينتبه الاثنان له، إذ كان طويرش يضربه بالسـوط، ومهزال يحاول الإسراع. يلحق ويلان بالإمام، ويتسلق الجدار، ويصعد السطح هو الآخر.

قال لويلان:

- اصرخ به، إنّه لم يسمعني.

يصرخ ويلان بصوت مجلجل:

- هيه يا طوير.....ش!

يسمع الاثنان الصوت، يلتفتان إلى مصدر الصوت معاً، تجمد قبضة طويرش على مقبض المحراث ويتوقف عن الحركة.

راح مهزال يمسح عرقه بباطن كفّه، وهو يلهث، مرهقاً.

يصرخ الإمام:

- ياجا........ر " لم يسمع" يا جاررر!؟

يلتفت طويـرش إلى مصدر الصوت ويرى الإمام وويلان على سـطح غرفة ويلان في المزرعة، تجوس عيناه المكان بحثاً عن وكيله، يقول في سرّه مرتبكاً، ومستغرباً اختفاءه:

- الآن كان هنا! ثم يلتفت نحو الإمام، ويجيبه بصوت عال:

- نعم يا حضرة الإمام.. ثم يتوقّف عن عملية الحراثة مذهولاً.

- فكّه، أقلّةُ دوابٍ حتى تفلح على إنسان مثلك؟!

- لا أستطيع يا سيدي أن أفكّه!.. يتنفّس مهزال الصعداء، ثم راح يمسح عرقه.

- أهو دابّة لتفلح عليه!؟ قال له الإمام بعصبية، ثم كرر الطلب بلهجة الأمر:

- أقول لك: فكّه! قالها الإمام هذه المرّة، بصوت أعلى غاضباً..

- أتريدني أن أحلّ مكانه يا حضرة الإمام!؟

- أنا سأفكّه. و أومأ لويلان أن يساعده على النزول..

دار الإمام حول السياج المفضي إلى باب المزرعة الرئيسي، وسارع إليهما يرافقه ويلان، وهو على آخر نفس، وانتزع الرسن والسوط من طويرش..

- ابتعد عنه. قال الإمام لطويرش.

ثم أمر ويلان:

- فكّه! وراح يحدث نفسه على سمعهم.

- أيّ عمل مشين هذا!!

ثم قال متوعداً:

- إذا كان وكيلك يا الهولي يقوم بمثل هذا الفعل بمعرفتك، سأعرف كيف!؟ سأعرف!... وصمت.

. . .

ليلاً، وبعد أن هدأت الحركة في مزارع الضاحية، وفي الدروب إليها، يقصد مهزال ويلان في مزرعة شيخ الضاحية ليسهرا معاً، بعدما أنس له في حادث النهار، عند تحرير الإمام له من المحراث. يسمع زمزمة غريبة بين الأشجار، والسياج الكثيف، يُصاب بالذعر يحاول الإسراع

بالسير، يتعثر بأيّ شيء أمام خطاه، حتى ولو كان هذا الشيء نبتّه صغيرة، جعله الخوف يرى حتى الشجيرات الصغيرات كائنات تتربّص به أو أشباحاً تطارده.

يخرج ويلان من غرفته على صوت مهزال المتلعثم يناديه من بعيد.

يعرف أنّه هو بالذات، يسارع الخطو إليه، يقتاده إلى غرفته مستغرباً ما آلت إليه حال مهزال. يهدّئ ويلان من روعه، يسأله عن سبب ذلك، يؤكّد مهزال له رؤيته لأشباح، وسماعه أصواتهم..

يبتسم ويلان:

- الأشباح في كلّ مكان يا مهزال، لكنّها لا تظهر للإنسان إلاّ حين يستبدّ به الخوف..

يقاطعه مهزال:

- لم أكن خائفاً يا ويلان، تعرّضت لمواقف كثيرة تستدعي الإغماء خوفاً، ولم أشاهد ما شاهدته الليلة، لا شكّ أن مزرعة الهولي مسكونة بالجنّ!.

يقول ويلان في سرّه، وهو يفكر بالأمر: لا شيء من لا شيء.. أيكونون الأشباح الذين يكثر الحديث حولهم في هذه المنطقة؟! تريبه هذه الفكرة: لكنني لم أشاهد شيئاً من هذا القبيل حتى الآن، في الليل والنهار، لم أبرح المكان. يتساءل، وهو يحلّل الحادثة: لماذا يحدث ذلك بعد الفلاحة على مهزال بالضبط؟! يتوصّل إلى أن ذلك هو السبب؛ ولكن لماذا اللجوء لمثل هذا الفعل؟ هي لا شكّ رسالة. يتساءل في سرّه: ولكن لمن؟... أهي لمهزال حتى لا يغادر المكان؟ أم للإمام حتى لا يتدخل بشؤون الهولي؟ أم إليّ حتى أظل بعيداً عن مهزالهم هذا!؟.

لم يستطع ويلان الوصول إلى إجابة حاسمة لهذه التساؤلات فقال لمهزال محاولاً تبديد شكوكه حول مسألة الجن:

- كلّ ما لا تراه عينك يا مهزال، هو وهم أنت تصنعه في خيالك ليتبدّى لك جنّاً أو سواه، دعك من هذه الوساوس، وحدّثني عمّا حدا بك لتكون في هذه البقعة من الأرض؟!.

.. أجابه:

- قصّتي طويلة يا ويلان..

- لن تكون أطول من قصّتي، هات ما عندك؟!.

راح مهزال يسرد قصّته لويلان:

جئت متخفياً كعبد من عبيد الوالي الذين أرسل في طلبهم إلى الشام بعد أن استقر له حكم البلاد الشامية، الهولي الذي أخدمه الآن أعرفه مذ كنت صغيراً، وهو كان كذلك، إذ جاء هو الآخر من قبل سرّاً مع آخرين، ليتسقّطوا أخبار واليها ماجور بعد أن أخلى الساحة لابن طولون مدحوراً.. أبو الهولي كان نخاساً كبيراً، ولا يزال، وله في البلاد الإفريقية أذرع طويلة تساعده على تأمين طلباته من هذه التجارة. والدي كان من خاصّة عبيده، وكبرت في كنف أمي التي تخدم نساءه، فخصاني لأظلّ معها في خدمتهم.. أنا مخصي يا ويلان!.. مات أبي ثم لحقت به أمي، ربما ضاق ذرعاً بي، مع أنّه لم يكن يعاملني بقسوة، كما يعاملني هذا الشيطان ابنه الآن. أراد التخلص منّي بعد أن جلب سواهما، وسواي من عبيد آسيويين بيض لخدمته، وهو على حافة قبره. لقد غدا رجلاً هرماً.. ابنه الهولي كما كانت تصلنا الأخبار، التفّ على الوالي ماجور، فوثق به. أطلق الوالي يده في أكثر من التجارة، صار ثرياً، علمنا فيما بعد أنّه اشترى هذه المزرعة، قلت: ليس لي سواه

أكمل حياتي عنده فجئت، ليتها كانت ساعة نحس عندما فكّرت بذلك.. ليتني بقيت في الفسطاط؛ فالسوط الذي تعرفه خيرٌ من السوط الذي لا تعرفه، ولم تذق طعمه بعد!

- السوط هو السوط يا مهزال! عليك ألا تيأس، لطالما الشمس تشرق وتغيب، فلا بّد من فرج. وبسبابته راح يقرع رأس مهزال مؤنبا:

- لكن هذه البطيخة القرعاء ليس فيها أكثر من عقل فراشة!

نظر إليه مهزال مستغرباً ما قال:

- أعبدٌ في الدنيا يُتاح له أن تُطلق يداه يسلّمها لقيد؟!.

يشير ليديّ مهزال:

- هاتان أجنحتك، كان عليك أن تطير بهما إلى أي مكان، لا أن تلتحق بابن سائم أبيك وأمّك ليسومك!

يجيبه مهزال:

- إلى أين سأفرّ، فلا أجد من سيعيد القيد ليديّ والرسن إلى هذه الرقبة، هناك ليس أكثر من الأشقياء الذين يمكنهم اصطيادي، كما لو كنت فرخاً!.

- لو كنت مكانك يا مهزال لعملت مثلهم، وعن قصد جعلت من نفسي شقياً لأصطادهم.. أمجنون أنت!؟

كان مهزال يفكّر ساهماً بما يسمع، اتّسعت حدقتا عينيه، وكأنما صحا من غفوة طويلة، وأجابه ساخراً من نفسه:

- فعلاً، هذا ما لم يخطر ببالي، والذي قلته لك غيض من فيض يا ويلان. لقد جعلتني أتذكّر أموراً كثيرة تتزاحم الآن في رأسي..

يقاطعه ويلان. يسأله باقتضاب:

- مثل؟!

- أتيح لـي ذات يـوم أن أنتقـم بعـد حادثة تعـرّض لها أبـو الهولي، فتصنّعت الجنون حتى نجوت، ويومها حملت هذا الاسم الذي تخاطبني به الآن. اسمي الحقيقيّ هو "سالو". يومها راح الأولاد ينادونني "مهزال، مهزال"، والتصق بي هذا الاسم..

- إلى هذا الحدّ، كانت الحادثة لتقودك إلى أن تتصنّع الجنون؟

- لكنني بذلك أنقذت سيّدي أبا الهولي!. أجابه مهزال.

قال ويلان مغتاظاً:

- فليذهـب إلـى الجحيم!. والحادثة.. ماهي هـذه الحادثة العظيمة التي تستحقّ أن تجنّ من أجلها!؟

- أووه.. اسمع إذن: تعرّضت إحدى الكنائس للسطو، ووقعت التهمة علـى أبـي الهولي، ولـم يجد سـبيلاً، إلاّ أن يلصق الجريمة بـي.. الجنون أنقذني من موت محقق!..

يقاطعه ويلان:

- بـل أنقـذت سـيّدك..! إيـه يـا مهزال.. كيـف صرت مهـزالاً؟ ما الذي جرى؟.

- حين حامت الشـبهة على أبي الهولي علّق في عنقي صليباً ذهبياً صغيراً، ألبسني ثياباً مهلهلة، علق عليها تنكاً، وصنع من خرقة بالية ذيلاً.

طلب منّي أن أخرج إلى الطرقات متصنعاً الجنون، لوّح بخنجره في وجهـي مهـدداً بذبحـي إن لـم أفعل ففعلـت، وكان مـا كان، صرت ذلك المجنون الذي يلاحقه الأولاد من مكان إلى مكان، ويهزأ منه الكبار، ولّما كنت مجنوناً أليفاً، صرت تسلية للناس في الأحياء بين ليلة وضحاها..

فوجئت بعد يومين برجال الوالي يلقون القبض عليّ، لم أكن خائفاً منهـم، بـل كان فرحـي كبيـراً حيـن رأيت نفسـي وجهـاً لوجه أمـام ابن

طولون في قصره، ورأيت ما فيه من أبّهة: حرس وخدم. كان في حضرته القاضي وقسّيس وصاحب الشـرطة، وأبو الهولي الذي حدق إليّ بنظرة وعيد، ذكّرتني بالخنجر الذي شهره بوجهي من قبل!.

اعتراني الخوف فجأة، وتسلل إلى أطرافي التي راحت ترتعد تحسباً لموت ينتظرني. علمـت فيما بعد أن القضية وصلت إلى الوالي، بعد عجز القاضي عن معرفة الحق، والباطل فيها، قال لي الوالي:

- لا تخف يا بني، قل لي ما الذي سرقته من الكنيسة؛ فأعفو عنك!؟

حوّلـت نظري إلى أبي الهولي، كان ينتظر منّي ذلك، فأشـار خلسـة إلى عنقه. فسّرت إشارته بأن أقول للوالي:

- اذبحني..

فألقيت بنفسي عند قدمي الوالي طائعاً!

- اذبحني يا مولاي. اذبحني.

آمرني الوالي أن أنهض، وأقف أمامه وقفة متزنة، ثم سألني:

- ما الأشياء التي سرقتها، وكيف، ومن كان معك؟

تخيّلت كيـف سـيتمّ قطع عنقـي، دفعني الخـوف لأن أرفـع يدي نحوها، فلمسـت أصابعي الصليب، ظنّ أنّي أشـير له كاعتراف منّي بأنّه أحد المسروقات. قال:

- لا تخف، تابع، وماذا سواه!؟

قبـل أن أجيـب بأيـة كلمـة أدافـع بها عن نفسـي، تدخّـل أبو الهولي قائلاً للوالي:

- هنـاك مـكان يـأوي إليـه "سـالو" لمّا يفتـش بعد يا مـولاي، أرجو مـولاي أن يرسـل أحـداً إليه؛ فربمـا كانت المسـروقات فيه. مرّت فترة مـن الزمـن ذهـب فيهـا صاحب الشـرطة، وعاد ومعه صندوق خشبي

أسـود مصدّف ومفضّض، أحسسـت بكل لحظة منها تمرّ كزمن طويل، تعرّقت خوفاً، بلت في سـروالي دون أن أشـعر إلاّ بشيء ساخن يسيل علـى فخـذي. اقتادنـي شـرطيان بإشـارة مـن الوالـي، وأنا مغمـى عليّ لأصحو على لسع السوط الذي ينهال على ظهري، ويهرأ جلدي. بقيت بعدها عدة أيام، وأنا لا أسـتطيع الحركة، ثم سـارت الأمور كما كانت، و كأن شـيئاً لم يكن.

علمت فيما بعد أن تسـوية هذه القضية تمّت على حسـابي، وكان جنوني والسياط التي تلقيتها فدية لها..

- وأنت على هذه الحال يا سالو، ستظلّ تقدّم مثل هذه الفدية!

- أنا مهزال يا ويلان، وسـالو نسـيته، نسيت ذلك الاسم الذي حمّلني الكثير من المآسي..

قال له ويلان بأسى:

- وتحـت اسـم مهـزال جعلـوا منـك دابّـة، وفلحـوا عليـك. أنـت سـالو!!!. إنـسَ كلّ تلـك الحكايـات، وابـدأ مـن جديـد، أنـت هنا في مـكان غيـر ذلـك المـكان، الهولـي سـيظل الهولي، الأفعى ولـو بدلت ثوبها سـتظلّ أفعى!

- ماذا تريدني أن أفعل؟ سأله سالو.

- هل سألت نفسك ماذا ستفعل؟ أجابه ويلان.

- ربما أذهب إلى الوالي ليسـتبقيني في خدمته، أعرف أنّه لو رآني سيعطف عليّ، إنّه الآن في الشام، ما رأيك يا ويلان؟

- قد تكون هناك قضيّة ما، وتكون أنت فديتها أيضاً! أجابه.

- إذن، ماذا سأتصرف؟ سأله سالو..

أجابه ويلان:

- لو فكّرت بأنك لن تخسـر شـيئاً؛ فلن يصعب عليك شـيء، وإن لم؛ فسيأتيك وكيل الهولي صباحاً، تأكّد أنّه لن يخبرك بما في نيّته أن يفعل بك، أو ما يبيّته لإذلالك..!.

بـدا سـالو شـارداً يفكّـر، علامـات الخـوف ذاتهـا ظلت محفـورة على جبينه، وعيناه في انكسارهما المزمن، ينظـر إلى ويلان حائراً، ويسأله:

- ألن يأتي الإمام صباحاً؟!.

- صباحاً سيكون يوم الجمعة، هذا اليوم للراحة والعبادة، ولا أعتقد أنّه سيأتي.

ثم قال وهو يشير إلى رأس سالو:

- لا خير في هذه الرأس يا صاحبي.. ستدوسك الأقدام أينما كنت..!.

بعد هنيهـة راح سـالو يتثـاءب، ثم استسـلم للنـوم. ينهض ويلان، ويخرج من الغرفة، ليعود بتنكة في يد، وحجر في يد، يقف فوق رأسه ويطرق على التنكة بعنف، يجفل سالو ويهبّ مذعوراً..

يقول ويلان له بهدوء:

- لا تخف.. فعلت ذلك ممازحاً.

. . .

شيخ الضاحية، وهو يتلو خطبة الجمعة -وعن قصد- رأى أن تكون فحواها كسابقتها: العطف على العبيد والخدم من رجال ونساء، وعلى الزوجـة والولـد، والإشـفاق عليهـم. كان ينظـر بين الحيـن والآخر نحو الهولـي، وعينـا الهولـي تتأملان الإمام وفيهما تسـتطير الشـرور متيقّناً في قرارة نفسـه أنّه المسـتهدف بما يقول الإمام جرّاء مـا حدث مع مهزال "سالو"..

. . .

مـع الشـروق فـي صبيحة اليـوم التالـي، كان أحد المزارعيـن قاصداً حقلـه فـي الجهـة الجنوبيّـة من قنـاة "بولويـز"، جفلت دابّته بـه، فكاد يسقط عنها.

يتطلع حوله فيرى مشهداً، تقطّعت له نياط قلبه، رجل أسود البشرة يتدلّـى مـن شـجرة التـوت، التي كان يسـتظلّ بها مرزوق أيّـام فراره من حاكميّة الشـام، وغدا الشـبح المجهول، الذي لا يزال يحسـب المارّة من هـذا المـكان له ألف حسـاب. لم يكن الرجل المشـنوق، أو الذي شـنق نفسه حسب الروايات الكثيرة التي نسجت عنه سوى "مهزال"..

عـاد المـزارع علـى أعقابـه يتملكّه الخوف من هذا المشـهد، ينشـر الخبـر فـي البلدة وسـرعان مـا يصبح هذا الخبر على كل شـفة ولسـان، لتسـتقرّ كلّ التـأويلات فـي دائـرة ضيقـة واحـدة لدى العامّـة صغيرهم وكبيرهم، أن الشـبح أو الأشـباح المزعومة التي يرونها، هي التي شنقت هذا المسـكين، أمّـا الحقيقة فلم يقاربها سـوى الإمام، وطويرش المزارع لدى الهولي، ولو أنّها ليسـت الحقيقة المؤكدة، بعد تشـعّب قضيّة هذه الجريمة، التي طالت الكثيرين، حتى الإمام ذاته لدى القاضي، ولم يصل إلـى إدانـة أحد بعينه؛ ولّما لم يكن بمسـتطاعه أن يقيّده ضدّ مجهول، فكّر بأن يحوّلها إلى الوالي، بعد أن حامت الشبهات حول الهولي، كانت كل خيوط الجريمة تتوقف عنده.

كان الوالـي قـد عاد إلى الديار المصريّة، فظلّت القضية في الأدراج. العامّة وحدهم قيّدوها بذمّة أشباح الغسـق، الذين ازدادت سـطوتهم في النفوس بعدها.

★ ★ ★

﹏ 17 ﹏

قلبٌ يقيس المسافة بين الخوف والقلق

"الحب تفّاحة في أعلى الشجرة، ينساها القطّافون، أو لا يستطيعون بلوغها" تقول الأسطورة..

الحبّ يتعتّق كما الخمر..وإذا ما انكشـف يفسـد.. وكالقمر مأساته النقصان إذا ما اكتمل أو المحاق.. من شـرارة يشـتعل، قد تكون التفاتة أو ابتسـامة أو كلمة أو همسـة.. فماذا لو لم يشتعل من كلّ هذا، وكان كحبّ المكان الذي يبلغ بالمرء الارتواء، ماءً وهواءً وغذاءً، وألفة مع أهل وصحب، أو الزمان المتحقق فيه الكرامة والحريّة والحب والخلود....

مـرزوق غدا، بالنسـبة لوطفة، مثل جبل "بدران"، تراه شـاهقاً، ترى بسـواد بشـرته الليل ونجومـه، بصوتـه أنغـام الطبيعة، بظلّـه، بمضارب العشيرة، بدءاً من ربعة شيخها إلى آخر راع للقطيع فيها..

لا تعـرف وطفة كيف ولماذا تعلقت بهـذا الغريب، و لماذا تزداد تعلقـاً به يومـاً بعد يوم، وصار هاجسها الدائم حتى وهي تأكل وتشرب، ولماذا تقضي آناء الليل سـاهرة، لا يشـغلها سـوى طيفه الذي لا يغيب عنهـا، مـا سـواه يهدهدهـا لتغفـو، أو ينقـر بسـبابته على نافـذة روحها لتصحو، أو يمسح دموعها حين يراودها بكاء، حبّه المستبدّ يسطو على

كيانها كله، على الرغم أنّه لم يلمّح لها بشيء. ظلّت على عنفوانها، شرف البدويّة في الحبّ أن لا تصرّح، أو تلمّح لأن ذلك بالمقابل يكلّفها دمها، أو انطفاء حلمها بأن تكون حليلة لمن تهوى وتحبّ، إنّها أقانيم الحبّ في البوادي، أمام هذه الأقانيم كان يزداد حب وطفة لمرزوق أواراً، كانت تطوي هذا الحبّ تحت جناحها، فيغدو فروسيّة، تماهيه بعشقها لفرسها التي لا تخذلها في الميدان. مثالها الأعلى في الصبر أمها، في الشمم والدها شيخ العشيرة، في رؤية البعيد والحكمة زرقاء السوح فيضة.

مرزوق لا وقت لديه للحب، بقي على الضفة الأخرى منه، ترك مسافة دونها، لا يهبّ فيها الهواء الذي يخلط أوراقه أو يعبث به، كتم نداءات قلبه بكل ما فيه من قوة حتى لا تصلها. وضع نصب عينيه إحياء آخر الجمرات التي تبضّ تحت رماد الثورة التي انطفأت، ولا يزال ينقّب عن أسباب انطفائها، وكان العبيد من الزنج والأعراب المستعبدين وقودها، تلعب الريح بهذا الرماد، تشتته و تشتّت ما فيه من جمر، تذروه في أماكن لا يفكّر إلاّ بالوصول إليها، روحه لم تهدأ عن الطيران إليها، قلبه معها في عذاباتها الجديدة، مع أحلامها التي تكسّرت، مع الأجساد التي صارت سماداً زكياً للأرض، والدماء ملحاً حارقاً في الأهوار، والعظام قصباً جريحاً على فم الريح..

لا أحد يعرف ما يدور بخلد مرزوق.

أبو ثامر يطوّقه بعطفه ليضيف سيفاً قوياً يسند سيوف عشيرته، وطفة تحاصره بسحرها ليكون لها وحدها شعلة الحبّ الأبديّة.

أمّ ثامر تريد لهذا الجنيّ، الذي ظهر في جبل بدران، أن يعود إلى قمقمه ويختفي.

زرقاء السوح لم تجاهر بما رأته بصيرتها، إلاّ لأبي ثامر حين سألها:

- ماذا ترين من أمر هذا الأسمر الغريب يا فضّة؟ الاسم المحبّب الذي تُنادى به بدلاً من فيضة.

- لا تعوّل عليه أن يبقى هنا ليس مرزوق أكثر من عابر سبيل، ومع هذا فلن ينقذك سواه.

- لكنّي أرى أنّه كمن يريد أن يستقر هنا؛ فهو لا ينقطع أو يتأخر حين أطلبه، لم يخرج عن عاداتنا أو تقاليدنا بشيء، لم يمسّ حتّى الآن أحداً بسوء أو أذى، ويبدو ودوداً مع الجميع!

- هذا ظاهره لا باطنه يا شيخ، ألم تلاحظ ما في عينيه من قلق؟

- لا، لم ألاحظ ذلك يا فضّة.

- ذلك لأنّك تنظر إليه بعين الرضا وحدها، أنا لا أعرف ما الذي تفكّر فيه، أنت تريده صهراً للعشيرة، بل صهراً لك أنت، وهذا ما لن يكون، لأنّك لو أقدمت على ذلك، أو لو عرفت العشيرة -مجرد معرفة- ما تنوي، فإنك ستفتح بذلك باباً للشرّ وستقضي عليها، سيفرح المناوئون لك، فهناك من يسعى منهم لأن يكون تحت جناح الوالي في حماية طريق الحج..

أرى أن تظل الأمور على عواهنها، ولا تلقي بالاً لمرزوق، سواء رغب الاستقرار بيننا أم لم يرغب..

...

كان مرزوق في تلك الفترة الزمنية، التي التقى بها الشيخ بزرقاء السوح فضّة، يصرّح لودّ سالك بأنّه سيغادر جبل بدران، ويزور الأمكنة التي حطّت بها فلول الفارّين من أنصار صاحب الزنج إلى الأرض الشاميّة.

يوافقه ودّ سالك ضمناً على ذلك؛ وفي الوقت ذاته، يحاول ثنيه عن المغادرة خوفاً عليه:

- إنها مغامرة غير محسوبة النتائج يا مرزوق، عدا عن أنّك ستهجر أناساً أحبّوك، ويداً بيضاء امتدّت إليك، كما أنّك لم تقل لي ما الذي تريده من مهزومين بائسين، لا يزال طعم الهزيمة والقهر تحت جلودهم؟!

- ستعرف فيما بعد يا ودّ سالك!

- لماذا لا تقول لي الآن، فأنا قلق عليك!؟

- قلت لك ستعرف فيما بعد!

- لماذا لم تطرح عليّ فكرة أن نغادر معاً يا مرزوق؟

- انت الآن في مكانك أقوى!

- أفسّر ذلك أنّك ستعود إلى هنا؟!

- ربما!

بعد يومين كان مرزوق بين يديّ الشيخ في الرّبعة؛ فبوح فضّة للشيخ حول مرزوق شوّش أفكاره، أراد أن يسمع بأذنه ما يدور في رأس هذا النوبي، كما أن مرزوقاً وجدها فرصة مناسبة، ليصارحه بأمر المغادرة..

الاثنان في حالة ترقب، كلّ ينتظر الآخر أن يبدأ الحديث، الاثنان تغلي في صدريهما نار الكلام، كلّ ما خبره الشيخ من الصبر، أو ما خبره مرزوق من التكتّم، ستؤتى ثماره في هذه اللحظات، كلاهما كمن يعضّ على إصبع الآخر، من سيقول آخ أولاً سيخسر الجولة. الشيخ علمته البادية: طبيعتها القاسية، عشرة أناسها، النظر إليهم من علٍ، وهو يسوس قيادهم، أن لا يسوقهم بعصا واحدة، فكابر في الصبر على مرزوق، لعلّه يبدأ الحديث أولاً.

مرزوق أيضاً علّمته العبوديّة أقصى الصبر، كان يخرج من الامتحانات التي يمرّ بها منتصراً، حتى حينما تكون القيود في يديه وقدميه. يعاود النظر إلى الشيخ، كان الشيخ يطيل الإطراق بالأرض، يبلّل شفتيه بريقه، الذي يجفّ بين حين وآخر، يتساءل في سرّه، عمّا إذا كان يفعل الصواب بسلوكه هذا حيال الشيخ أبي ثامر، الذي أكرمه منذ اللحظة الأولى، التي رأى نفسه بها في حياض عشيرته، ولا يزال يعامله معاملة سيّد لا عبد، ومعاملة ضيف لا أجير، عدا أنه رأس العشيرة وسيّدها الذي يأمر فيُطاع.

يرفع الشيخ رأسه، فيرى مرزوق بعينيه بريقاً يوحي بأنه سيبدأ الكلام، يبادره مرزوق سارقاً منه اللحظة الحاسمة، لا ذلاً ولا انكساراً بل احتراماً وعرفاناً بالجميل. قال مرزوق للشيخ:

- ما الذي تريد أن تقوله لي يا شيخ؟

تنحنح الشيخ وعدّل من جلوسه، رفع ذيل عباءته المتدليّ، ألقاه إلى محزمه، نظر نحو مرزوق يتأمّله بإعجاب:

- أمور كثيرة يا بنيّ أريد أن أقولها، لكن أريد أن أسألك أولاً.

- معاذ الله يا شيخ.

راح يستحثّه على المتابعة، ويطمئنه على نقاء سريرته:

- قل ما تشاء، فأنا أصغي إليك، احسبني كوالدك، تأكدّ أن كلامك لن يكون بذاراً على صخر، كلّ كلمة تقولها سيكون لها مكان هنا أو هنا. وأشار بيده إلى الرأس وجهة القلب.

سأله الشيخ:

- هل أعرف منك ما الذي تفكر فيه الآن؟

- أمور كثيرة، لكن يستحسن أن تسألني، وأنا أجيبك.

- هل تفكر بالبقاء هنا؟

- بالطبع لا. يلاحظ الخيبة التي ارتسمت على وجه الشيخ فيقول:

- لكن قد أعود!.

فوجئ الشيخ بهذا الوضوح، الذي أبداه مرزوق. سأله:

- أليس من الأفضل لك ولنا الاستقرار في عشيرتنا؟.

- لن أكون بعيداً عنها بأيّة حال.

تساءل الشيخ في سرّه: إلى أين سيذهب إذاً لطالما سيظل قريباً منا. ثم التفّ عليه بسؤاله:

- أأستطيع أن أساعدك بشيء؟

- لن أجد غضاضة بأن أطلبه دون مواربة.

- هذا ما أتمنّاه منك.

في اللحظة ذاتها وسوس له الشيطان، أن يلجأ مرزوق إلى العمل على قاعدة: "بوق (أسرق) ولا تشحذ "! فيضيف لأعدائه عدواً..

كرّر استعداده لتقديم أيّة مساعدة لمرزوق، حتى يقطع عليه طريق الغدر؛ فيما إذا كان يفكر بذلك، ألحّ عليه:

- أطلب الآن أيّ شيء، وسيكون بين يديك!

- قد أطلب، لكن ليس الآن، أرجو ألا تسألني ما قد سأطلب فيما بعد.

انتهت الجلسة ما بينهما عند هذا الحدّ، شغلت أفكار الشيخ تساؤلات كثيرة، عمّا يمكن أن يطلبه مرزوق منه، لم يستطع أن يتكهن بشيء، كان مطمئناً تماماً لمرزوق، كانت كلماته الأخيرة له:

- في أيّ وقت يمكنك أن تغادر، وفي أيّ وقت يمكنك أن تعود.

أضاف بعد لحظات من الصمت: دون إذن منّي، يمكنك أن تأخذ

مـا تشـاء من العشـيرة، وسأوصي الجميـع بألا يقـف بوجهك أحد لو فعلت ذلك.

...

عنـد منتصـف الليـل خرج مـرزوق من خيمتـه الصغيـرة، اتّجه نحو خيمة ودّ سالك وهو يمشي الهوينى، كان ودّ في عز نومه، تردّد مرزوق بين أن يوقظه لوداعه، أو أن يقبّله على جبينه دون أن يشعر به ويمضي، اكتفى بـأن ألقى عليه نظرة طويلة، تراجع إلى الخلف ونظره معلّق به، ثم أدار ظهره ومضى. كان نهاراً قد رسم طريق الخروج من بين مضارب العشيرة، ورسم المكان الذي يقبع به حارسها تلك الليلة، والمكان الذي آوت إليه كلابها. تسلّل مغادراً جبل بدران، ونصب عينيه الجهة التي قدم منها، وشاء القدر لأن يقضي فترة من الزمن في هذا الجبل، كانت أيامها بساعاتها ودقائقها أجمل أيام عمره.

عنـد عتمـة آخر الليـل، رأى من بعيد أنـواراً شـحيحة تبـصّ من جهة الشـرق، يـدرك أنّهـا منبعثـة من بلدة كوكب، يغذّ السـير شـمالاً، واضعاً نصب عينيه جبل قاسيون، حتى لا تضيع منه الجهات.

ما أن بدأت خيوط الفجر ترتسـم في الأفق، حتى وصل مرزوق نبع شـوّاقة، الـذي يـروي حديثة الضاحيـة، لـم يحـاول هـذه المرّة في سـيره تجنّب الآخرين، وقد اعتادوا رؤية ذوي البشـرة السـمراء، وخبـروا قصّـة شـتاتهم في الأرض، كان يـرى المزارعين في طريقه أو حقولهـم.

سـار محاذياً سـاقية شـوّاقة، التي تدير مياهها رحى طاحون صحنايا أيضاً، لم يشـاهد سوى دابّتين مربوطتين في الجهة الجنوبية منها، يتابع سـيره، يدخل حقول حديثة الضاحية، تتّضح له مشاهد كان قد رآها من

قبـل: تلـة المصطبة، قصر شـاكر، الخان، بيـوت المزارعين، شـجر الكينا والسرو المعمّر، صفوف شجر الحور الباسق.

كان وكيـل مزرعـة شـاكر يجـرّ خلفـه جـواداً، يخرج مـن القصر بعد هنيهة شـاب أسـمر، يجري مسـرعاً نحو الوكيل، يستوقفه الوكيل ويدور بينهمـا حديـث مـا، ينتبـه الشـاب لمـرزوق، يشـير للوكيـل بيـده نحوه ويـدور بينهمـا حديـث قصير آخر، يدرك مرزوق أنّـه المعنيّ به. ما هي إلاّ لحظـات، حتـى امتطى الوكيـل جواده، ومضى به نحو الشـرق، يقدّر مرزوق أنه يقصد المدينة..

يلتقي مرزوق بالشاب "قشلق" في مزرعة ابن شاكر وجهاً لوجه.

دون مقدمات قال قشلق لمرزوق:

- أوصانـي الوكيـل قبل أن يغادر أن أسـألك عمّا تريـد وقال: لا مانع لديه أن تشتغل معي في المزرعة، إذا كنت ترغب بذلك!.

يجيبه مرزوق وهو يتأمّله، ليتأكد من هذه البراءة، التي لمسـها في كلامه، في نظراته، في وقفته أمامه، في حركاته:

- أريدك أنت!.

صعقه الطلب لأولّ وهلة، فأجابه:

- تريدني أنا؟ ما الذي تريده منّي؟.

- أريد أن أراك دائماً!.

- لماذا؟ أجابه مستغرباً.

عرف مرزوق أن اسم هذا الشاب قشلق، وتعرّف إلى طبيعة عمله.. أمّا مرزوق، فلم يقل له عن اسـمه الآخر، الذي حمله في عهد عبوديّته لدى الخليفة، ولدى حاكميّة دمشق السابقة لابن طولون "شاكر" استأذنه مغادرة المكان على أمل اللقاء به.

ألحّ قشـلق عليه لمعرفة المكان الذي سـيذهب إليه. قال له:

- لن أكون بعيداً عنك. ألحّ عليه لمعرفة المكان تماماً، والعمل الذي سيقوم به، أجابه مرزوق بأنّه لن يعمل لدى أحد، ولن يسلم رقبته لأحد، و سيأوي إلى أيّ مكان يجد فيه ملاذاً من الأشرار والوحوش، وأخبره أنّه يعـرف المنطقـة، وكيف كان يبيت في أنفاق أنهارها، ويتغذّى من صيد وفاكهة، ليظلّ يحسّ بطعم الحريّة..

أخبره قشلق بأن المنطقة لم تعد آمنة بعد ظهور الأشباح فيها: عند أنهارهـا وسـواقيها وأنفاقهـا، لم يتوجّس مرزوق من قصة هذه الأشـباح، يسـأله عـن أشـكالها، وعـن فتـرات ظهورها، وعـن مدى أذاهـا، دون أن يظهر له شـكّه بوجودها، ويخبره بأنه أقام منذ مدّة ليسـت ببعيدة في أشدّ الأنفاق وحشة، ولكنّه لم يشاهدها.

قـال له قشـلق في معـرض حديثه عنها، وعمّا يرويـه الناس حولها، بأنّ شـبحاً مسـالماً أنقذ ذات يوم صبيّة حاولت الانتحار غرقاً في قناة "بولويـز"، وأنّ الأشـباح بدأت بالظهـور منذ تلك الحادثة ولم تزل، وكلّ يـوم تـروى أكثر من حكاية عنها. أدرك مرزوق انّه المعنيّ بحادثة تلك الصبيّة، وبأنّ الخوف المعشّـش في رؤوس الناس، هو السـبب بانتشار الحكايـات. هـمّ بالانصـراف ثانيـة، فألـحّ عليـه قشـلق كـي يبقى ذاك النهـار معـه ويبيت لديه، واتّضح له أن الوكيل لن يحضر ثانية، بسـبب انشـغاله فـي المدينـة. وافقـه على البقـاء لعله يعرف من قشـلق عن أمكنـة تواجـد العبيد شـيئاً، وفرح قشـلق بموافقة مـرزوق على البقاء ليسـليّه ويؤنسـه، ويسـاعده على أعمال كثيرة يجب عليه إنجازها في ذلك النهار..

* * *

‏–• 18 •–

‏الصحراء تمحو آثار العابرين

‏قضت وطفة الليلة التي غادر فيها مرزوق جبل بدران قلقة، كأن هاتفاً من المجهول أنبأها بأن شيئاً ما يخصها وحدها قد حصل. لم تكن تعلم بقرار مرزوق، لكنها كانت دائمة الخوف من أن تنهض ذات صباح، فلا تجده في عشيرتها، ويختفي بطريقة ما قبل أن يعرف ما يجيش بصدرها نحوه.

‏صباحاً ارتدت ثيابها على عجل، خرجت من خدرها قاصدة ربعة أبيها، رأت أباها واقفاً خارج الديون، وودّ سالك مقبلا نحوه، بلغ توجّسها أقصى مداه، حين لم تبصر مرزوقاً وأباها كعادتهما في الجلسات الصباحية التي انقضت. انكفأت تتمشى خلف خيمة قريبة ليتاح لها مشاهدة الربعة عن كثب، كأنّما في قدميها رصاص، أو كأنّما تريد للأرض أن تنشق لتبتلعها، أو أن تمرّ عاصفة فتنتزعها من هذا المكان، أو تتحول إلى غيمة، فتحملها رياح شديدة لتمطر في بلاد لا تعرف المطر، أو إلى رعد يهزّ الكون، فيدمّر هذا السكون الذي خيّم فوق جبل بدران، أو إلى برق يحرق كل ما حولها من خيام..

قطع عليها هذا الشرود صهيل فرسها في مربطها الذي ليس ببعيد، تتذكر لحظة انكسارها في الميدان، وتلك الذراع السوداء التي التمعت أمـام عينيهـا، وتلك القبضة الحديديّة التي اختطفت سلاحها من يدها.

لمحتها أمّها القادمة إلى الربعة، فأقبلت نحوها، لم تنتبه وطفة لها.

كانـت وطفـة قـد غالبت موجة من الأسـى، لاسـتحالة التشـفّي في اللحظـة ذاتهـا، فبكـت.. ربّتـت الأمّ على كتفها، فالتفتـت نحوها، وهي تمسـح دموعها بذيل شالها: وطفة عاشقة!..

لا أحد كالأمّ تتجلىّ له الأسـرار الجوّانية، الحبيسـة في صدر ولدها، البنـت بخاصـة.. فـي سـرّها لعنـت السـاعة، التـي جـاء بها هـذا العبد، فأشـعل النار ومضى.. قالت لوطفة متوعدة:

- سـأزفك للشـيطان إذا رأيتك على هذه الحال بعد اليوم!

"الحب يُعمي ويصمّ"، تلّقت وطفة ما قالته الأمّ دون مبالاة، كانت تصغـي لنداءات قلبها، صوت الحب وحده يدوّي فيه..الحب أعمى..!!.

...

مـرزوق يصغـي لقشـلق وهـو يروي لـه ملحمـة عاشـها بتفاصيلها، ملحمـة تتكـرر مثـل حكايات الأسـاطير في الزمـن، تتشـابه فيما يُقطع فيهـا مـن رؤوس، وتعلّـق في رؤوس حـراب المنصرين، أو على أشـجار الدروب وواجهات القصور، وفيما يبقر فيها من بطون، ويُسال فيها من دمـاء، ومـا ينبعـث فيها من صراخ و أنين، ومـا يصلصل فيها من أغلال، ومـا يُعانى فيها من عذاب..

تتشـابه برموزها، بأدواتها، بفجائع نهاياتها، بوقودها، بما يشـتعل وينطفـئ فيهـا مـن أحلام.. تنتهـي إلـى بطـون الكتـب، وإلـى مقابـر التاريـخ كموميـاوات، أو إلى طيور محنّطة للزينة في بيوت السـادة،

أو ثعالب الوقت، أو حتى أولئك الذين يرون القمر في سماوات جوعهم كرغيف مقمّر..

قشلق لا يعرف عن سرديات العبوديّة إلاّ ما رآه منذ شبّ عن الطوق بين يدي أمّ لم ترضعه حليب حرّة، قدمت وهو في حضنها، مع مائة امرأة من قومها، كجزء من الجزيّة، التي يؤدّيها قومها لوالي مصر، تربّى بين القيود، أُعطيت أمّه كهبة لأحد صنّاع القيود، باعها هذا الحدّاد لأحد تجّار العبيد مع ولدها، وادّعى أنّها غرقت في إحدى الترع.

يكبر قشلق بين نخيل البصرة، في منزل أحد موظفي الخراج، يعلّمه القراءة والكتابة والحساب، يصير مساعده في الجباية، يتعرّف إلى الناس، كان يرى أفواج العبيد، التي تُساق إلى كسح السباخ وشقّ الترع، يرى كيف يعذّبون، كيف يموتون جوعاً أو مرضاً..

يعرف ما رآه، ولكنّه لا يعرف ما قالت المدوّنات، وما سطّره المؤرّخون للمنتصرين عن الرقّ وتجارة النّخاسة، وعن مبررات الشرائع والأنظمة، وحتى فلاسفة العهود القديمة للاسترقاق، وتنظيم تجارته كأداة للثروة والغنى، وكيف كانت تزدهر في الحروب، وفق ما تنتجه هذه الحروب من أسرى، وكيف تبدأ القرصنة حين تتوقف الحرب، ويسهل صيد العبيد من الأماكن السهلة، من الأقوام المستضعفة، التي لا أنظمة قويّة تحميها. كان شرقي إفريقيا هدفاً، وبحر إيجة، وحوض البحر الأبيض المتوسط الشرقي أيضاً.. كان التصدير إلى الرّيف الإيطالي، إلى صقليّة وإلى ريفها، كم أُغرق هذا الريف بآلاف العبيد، وبأقسى أشكال الاضطهاد.

يقول التاريخ:

".. يغلـي بـركان العبوديـة، وينفجـر عـام 135 ق.م. ويثـور العبيـد بزعامة عبد سوري هو "يونوس" ويشكل دولة، ويُلقب بـ "أنطوخيوس"، ويصدر نقوداً، ويكوّن مجلسـاً لتصريف أمور دولته، يستولون على أكثر من صقلية، يهزمون عدة حملات رومانية على مدى ثلاث سنوات.

يقمـع القنصـل "وبيليـوس" هذه الثـورة، ولكنها كانـت دافعاً لإلغاء الـرق عـام 104 ق.م، ولما كان هذا القرار يتعـارض مع الإقطاعيين، فلم يحرّروا عبيدهم..

ينفجـر البـركان مـرة أخـرى، تثـور جموع العبيـد في مـزارع صقلية عـام 103ق.م. يقودهـم هـذه المـرة أثينيـون وسلافيون، تنصـاع الدولة للمتنفذين، وتسحق هذه الثورة..

ثـم تشـبّ نار هـذا البركان عام 73 ق.م ليشـهد المجتمـع الروماني أعنـف ثـورة ضد العبودية حين تصدى لزعامة العبيد رجل تراقيّ الأصل يدعى سـبارتاكوس، وكم تعرض سبارتاكوس كسواه من العبيد للاضطهاد والتعذيـب في مسـتعمرات العبيد المصارعين، فالرومـان كانوا يدربّون العبيد، ويسـتخدمونهم في مصارعة الوحوش الضارية، ليتسّـلوا بمناظر الدمـاء تسيل في ملاعـب روما، يجمع سـبارتاكوس تحـت قيادته أفراد أربع وسبعين مستعمرة من مستعمرات العبيد وينسحب بهم إلى قمة بركان فيزوف.

ينضـم إلـى سـبارتاكوس العبيـد الزراعيـون، والآبقـون مـن تراقيين وغالييـن وجرمـان، وتفشـل جميـع محـاولات الحكومـة الرومانيـة في هزيمتهـم، حتـى أصبح هـؤلاء سـادة القسـم الجنوبـي مـن إيطاليـا بأجمعه، غير أن كراسـوس يسـتطيع سـنة 71ق.م أن يحاصر الثائرين، ويمنـع عنهـم المـؤن، ويشـتّت شـملهم بعـد حصـار دام سـتة أشـهر،

وقد برهن سبارتاكوس وصحبه على بسالة نادرة، وخرّوا صرعى في "أبوليا" و أنهى كراسوس الحرب بمجزرة وحشية لا تغتفر، فقد شنق ستة آلاف من العبيد؛ وهم كلّ ما تبقى من جيش العبيد الضخم على طول الطريق من كابوا إلى روما..".

...

قشلق يفتح ذاكرته على اتساعها لمرزوق، الذي يصغي له بكلّ جوارحه.

قشلق يفرغ ما في داخله من غيظ وسخط في صدر مرزوق. يقول:

أمّي لم ترتكب خطأً بأنّها ولدتني، من حقها أن يعانقها رجل، أن تنام معه، أن تستمتع، الحيوانات تفعل ذلك.. لكن ليس من حقّ والدي أن يرزق ما بظهره فيها، لينجب أولاداً في المكان غير المناسب، في مكان، لا حريّة له فيه، ويعامل فيه كدابّة أو كمتاع..

كنّا نجبي الخراج، ولكن لم يصل منه إلى بيت مال المسلمين إلاّ اليسير.. كنّا لا نستطيع الوقوف في أبواب ذوي اليسار، لنحصل على ما يترتّب عليهم، كان أحدهم بهديّة يشطب اسمه من قائمة التحصيل، المساكين وحدهم من كان عليهم أن يقدّموا ما يطلب منهم، حتى لو باعوا أولادهم لهذه الغاية.

كان يرافقني في الجباية عبد بيده سوط، ومكلف آخر من موظفي عامل الولاية.. كم كانت كلمة السوط هي الأسبق.. تعاطفت ذات يوم مع رجل كسيح، فعوقبت بعشرين جلدة. لأعمل في الجباية أيضاً لدى "أصغجون" والي الأهواز، جعلني هذا الوالي بعهدة " شاهين بن بسطام" أحد كبار موظفيه، كان الاثنان يتقاسمان الخراج علانية، أخطأت في الحساب ذات مرّة، فعوقبت بقطع مرتبي لعام كامل، ثم تمّ نقلي إلى

ولاية عبدان، فسلّمني واليها " سعيد بن يكسين" إلى صاحب الخراج " فضل بن المدبّر" لم يكونا أفضل من سابقيهما إلاّ بشدّة الولاء للخليفة، إذ كنت بيديّ هاتين أحمل له ولوزيره وحاجبه ونسائه وحتى لجواريه الهدايا من مجوهرات وثياب.

كنت ألاقي في قصر الخلافة أجلّ التكريم، والاستضافة أحياناً لأيّام. كنت أشاهد كلّ ما كان يجري في القصر بأمّ العين: تملّق قادة جيشه، نفاقهم، الإعراب عن استعدادهم للتضحية والموت في سبيل الخليفة والإسلام والمسلمين!

في آخر زيارة إلى قصر الخليفة بإمرة صاحب الخراج، ومعنا هدايا تخلب الألباب، ليس من الوالي وموظفيه فحسب، بل من سادة عبدان: التجار، ملاك الأراضي والعقارات، مالكي السفن وزوارق الصيد.. انفردت بي الجارية مريام، ثم انضمّت إلينا الجارية ضحى، والجارية توبة، بدأت الحديث الجارية ضحى فقالت وعلامات الخوف على وجهها:

- نريد منك خدمة، ونرجو ألا تخذلنا.

سألتها:

- وما تكون؟

قالت:

- أمامنا رحلة قد تطول.. ثم سكتت، هي تنظر إلى رفيقاتها كأنما تسألهما، أتتابع ما بدأت به، أم تظل على صمتها. استشفت منهما حثها على المتابعة، أضافت:

- قد تطول رحلتنا، سنستودعك أمانات نرجو الاحتفاظ بها ريثما نعود.

تستطرد مريام بعدها بالكلام:

- قد تطول رحلتنا، أو قد لا نعود، فإذا عدنا نرجوك إعادتها كما هي، ولك منا الامتنان، ومكافأة ترضيك.. أردفت توبة قائلة:

- وإذا لم نعد، فهي حلال لك.

يذكر اسم ضحى....

فيضرب الزلزال ذلك النوبي الآبق من زمنه، من قدره، بوشمه، بما تركته القيود فيه من ندوب، وهو يبحث عن الحرية، في أماكن تعج بالصيادين، مليئة بأسواق النخاسة والمال، يحول فيها الخوف الآبقين إلى أشباح، يزرعهم أجنة في وضح النهار، يتكاثرون في الغسق..

ضحى؛ كانت الزلزال الذي حدث دون إنذار.

الزلال لا تنبئنا بقدومها، لا تخبرنا بما ستمحو من دروب، وما تخلف من صدوع.

تنقلنا إلى مكان جديد في قلب الزمن.

تستشري فيه وحوش لا تستطيع أن تردها عنك.

إلا بيدك انت.

لا بعصا نبي، ولا بعصا ساحر.

أشار مرزوق لقشلق أن يتوقف عند هذا الحد، وسأله عن الجواري:

- أين يمكن أن يكن الآن برأيك؟

- أعتقد أنهن في هذه الديرة، علمت بعد غيابهن أنهن ذهبن برفقة الخليفة المتوكل، حين كان قاصداً الشام، عاد الخليفة فيما بعد دونهن.

- هكذا إذاً!

ثم طلب من قشلق أن يتابع الحديث من حيث توقف..

بدا قشلق وكأنما يتذكر اين انقطع حديثه، ثم تابع:

- فجأة؛ ظهر من يزيد الطين بلّة على العباسيين، ظهر "الخبيث" كما كانـوا يطلقـون على صاحب الزنج، ظنوا أول الأمر أنه سـينطفئ كفقاعة صابـون، لكنـه كان يظهـر ويختفي كالأشـباح، يقال لهم أنـه في البصرة، فيظهر في الأهواز، يقال إنه في الأهواز، فيظهر في عبدان، يقال إنه في عبدان، فيظهر في البحرين. يحمدون الله أنه ابتعد، فيفاجئون بعودته معـززاً بأنصـار جدد. صرنا نسـمع عنـه حكايات أغرب مـن الخيال، كان يدرجها صاحب الشرطة، وقادة الجيش في خانة الإشاعات. كان الخليفة المهتدي بالله محمد بن الواثق على خلاف مع قوّاده الأغراب منهم، ثم تحـول إلـى صراع رهيب معهم، منذ اغتيالهم المتوكل قبل ثلاث سـنين، مـن ظهـور صاحـب الزنـج المسـلح، بعد أن أصبح هـؤلاء القـوّاد، القوة الموجّهة لسياسة الدولة.

كان على رأس هؤلاء، موسى بن بغا، وصالح بن وصيف و بايكباك.. "تصـور يا مـرزوق أنهم عذبوا المتوكل أمام أعيننـا، وأذلوه إذلال ال...!! ثم قتلوه"...

هنا يظهر علي بن محمد، صاحب الزنج، على حقيقته.

يخـرج مـن موضـع يدعـى قصـر القرشـي فـي "برنخـل"، وكان أول مـا فعلـه أنـه قبـض على خمسـين عبـداً لرجل يقـال له العطـار، كانوا فـي طريقهـم إلى عملهم في كسـح السـباخ، ثم اتجـه إلى موضع آخر فأخذ منه خمسمائة غلام؛ وهكذا طفق يتجول في المنطقة المجاورة يتصيد العبيد...

كان مـرزوق مسـتغرقاً فـي الإصغـاء لقشـلق، فجـأة بدا علـى وجهه الامتعاض، لاحظ قشلق ذلك:

- كأنك لم تصدق ما أقول!؟.

- أكانوا مثل العصافير أمامه كي يتصيدهم!؟.

- الغريق يتعلق بقشة! لقد كانوا في غاية التعب والإرهاق.. والجوع.. طعامهم لم يكن سوى شيء من السويق والتمر..

يقاطعه مرزوق:

- كل ذلك ليس مبرراً لأن يسوقهم أمامه بسهولة!.

- لا أختلف معك بهذا، فعلي بن محمد، أذكى من أن يضع ذلك فقط في حسابه، لقد كانت عينه على الراعي قبل القطيع!.

كانت لديه معلومات كافية عن وجهاء الزنج، فألقى يومها القبض على طريف، وصبيح الأعسر، وراشد المغربي، راشد القرماطي، الذين وقفوا في صفه على الفور، حين أبلغهم أن لا هدف له سوى إنقاذهم، مما هم فيه من بؤس وشقاء.

في تلك اللحظات كنت قد وصلت إلى ذلك المكان، وأنا في طريقي إلى قرية الجعفرية، زوجتي كانت في زيارة لأهلها بتلك القرية. توقفت على جسر الترعة المقابلة لهم، شاهدت القرماطي آت بجماعته إلى نقطة تجمع يقف فيها "علي»، وأمامه المئات وخلفه رجال بذات لون بشرته الحنطية، عرفت منهم علي ابن أبان، شاهدت وكلاء مالكي هؤلاء الزنج يتقدمون نحو علي في مركز التجمع، أحد رجاله راح يشير لآخر نحوي، أدركت أنني قد وقعت في الفخ، انطلق في طلبي خمسة من جنده يلوحون بعصيهم.

أحدهم صرخ بي من بعيد ألا أتحرك ساقوني أمامهم.... أخرج اثنان من الوكلاء محفظتين جلديتين من ثيابهما في محاولة لإغراء علي بالمال لعله يطلق سراح العبيد، فأمر رجاله ببطح الوكلاء أرضاً، ودعا غلمانهم إلى ضربهم بالعصي، كانت تلك الواقعة أول عملية انتقام

للعبيـد مـن سـاداتهم، وبدايـة العـداء مـا بيـن علـي بن محمـد، وبين الملاكين ونوابهم..

بعـد فتـرة قصيـرة طلـب علي من الجميـع الهدوء والصمـت، وألقى خطبـة قـال فيهـا إنه مرسـل مـن اللـه رحمة بالعبيـد، وسـيضرب أعناق أسيادهم الذين استضعفوهم وقهروهم، وفعلوا بهم ما حرّم الله عليهم أن يفعلوه بهم، وجعلوا عليهم مالا يطيقون.

دبّ الحمـاس بالعبيد فهاجوا تأييداً له، وفي الحال عقدوا حلقة من الرقص، وراحوا يرقصون بفرح. تلك كانت فرصة لي أن أتقدم نحو علي، وأقول له:

- إني فداك!.

أخـذ بيدي، ونحّاني جانباً، وسـألني مـن أكون، فصدقته القول، ربت على كتفي بيده، بارك اندفاعي مبتسـماً لي، غمرني فرح عارم، شـعرت بأنني قشلق آخر يولد من جديد..

***

19

سلاح في يد الريح

لـم يكن في حسـاب قشـلق أن وكيـل المزرعة سـيعود، لمحه قادماً على دابته من بعيد، أشـار لمرزوق أن يغادر المكان، ماهي إلا لحظات حتى اختفى مرزوق بين الأشجار.

يصـل الوكيـل وهـو يجول ببصـره المكان مسـتغرباً، قال بين الشـكّ واليقين يسأل قشلق:

- أأنت وحدك هنا!؟

دون أن تظهر عليه علامات الارتباك أجابه:

- أجل أنا وحدي هنا!

قال له الوكيل:

- كأنـي رأيـت أحـداً يتسـلل مسـرعاً بين الأشـجار، ويقفـز من فوق السـور الشـرقي، ثم سكت متسائلاً في سـرّه: لطالما يقول قشلق أنه لم يكـن أحد سـواه هنا، أيكون الشـبح الذي يتحدثون عنـه!!؟ بعينيّ رأيته يقفز من فوق السـور! أكمل كأنما فطن لشـيء ما: أووه.. أيكون العبد الذي رأيته صباحاً هنا!؟.

يسـأل قشـلق، ليقطع الشـك باليقين، ينكر قشـلق أن العبد مرزوق بقي عنده هذه الفترة.

ظل وسواسـه حول الشـبح هو الأقوى. الكذب دائماً أسـرع، وأيسـر بالتفريخ من الصدق، وحاضنته أكثر دفئاً، والداته أشـد شـغفاً به، وهي تقطع سرّته، وتضعه بين يدي الحياة!

. . .

يتجه مرزوق شـرقاً، يسلك الطريق المحاذي لقناة "البويضة" يتملّى جبـل قاسـيون، وتلـك السلسـلة الجبليـة التي تنتهي عند قمـة حرمون. يتسـاءل فـي سـرّه؛ أيقصد الشـام الرابضـة مثل لبـوة في حضن أشـجار غوطتها، ولا يـرى منها سـوى بعض المـآذن؟.. أم يأوي إلى نفق القنـاة، فيسـتريح، ويكون لديه فرصة للتفكير بخيارات أخرى، بعـد أن أطلق العنان لنفسـه، دون أن يتوقف عند مفرق دروب، لأي منها نهاية، وهو الكاره للنهايات التي تقوده دائماً إلى استعباده من جديد!؟.

كان قـد قطع المنطقة المكشـوفة من القناة، ولم يكن يسـيراً عليه ولـوج النفق المغطى، بسـبب النباتات الشـوكية المتشـابكة مع قصب النهـر، وتدفـق المـاء غزيراً فـي ذاك الموضع، وتحسـبه لأفعى قد تظهر فجأة، فلا يستطيع ردها عنه، أو وحشاً ضارياً يأوي إلى هذا النفق نهاراً، ولا يكون بمقـدوره الدفاع عن نفسـه بسـبب ضيق المكان، وشـوكيات الخارج، وعتمة الداخل.

من بعيد كانت امرأتان تستقلان دابتيهما، قادمتان من الحقول إلى مزرعة الحديثة لمحته إحداهما، فلاحظ أنها تشير إلى رفيقتها نحوه.

يقفـز مجازفاً بنفسـه إلى المـاء يتخفى داخـل النفق، متجاوزاً كل محاذير ولوجه فيه.

ألسنة النساء كانت الأشد براعة في تجسيد صورة الشبح، وتجديدها على نحو يقيني، وبات الذهاب إلى الحقول والسير في الطرقات جماعياً، هو ما يتيسر نهاراً. أما حين يأتي الليل، فتوصد الأبواب، ليبالغ هذا النساج البـارع بحياكة سـتار عـازل كتيم، مما يلفق من أكاذيـب وأوهام، يتوالد خلفـه الزيف، ويكبـر أولاد الحكايات، والأخيلة بكل تجلياتها، و صورها.

...

يخـرج مـرزوق بعد حين من قنـاة البويضة، التـي كانت موحلة في ذاك النهـار، يتابع السـير متمهلاً وحـذراً، خوفاً من مفاجأة، يصل أطراف المدينـة التـي تتعافـى في ظـل حاكمها الجديد. يشـاهد عبيـداً يجرون العربـات المحملة بالحبوب، والخضـار، نحو معدة المدينة الضامرة من الجوع، أو عبيداً يرافقون أسيادهم كالطواويس في عربات يجرها هؤلاء العبيد بالتناوب، أو تجرها الخيول.. يتذكر الليلة التي يدخل فيها الشـام للمرة الأولى، والقيد في عنقه بسلسلته المنتهية في قبضة نخّاس، وكيف يقدم لحاكمها.. تعصف به التداعيات، تعيده شـوطاً إلى سـحابة عابرة، في حديث قشلق له عن ضحى، وأشواطاً إلى ضحى ذاتها، الجارية التي لا تزال نسائم الذكرى تحمل طيفها كعصفورة جريحة، وتلقيه في قلب الهبوب، فيعلق في سياج كثيف الشوك والظل، ويصحو من شروده بها، على تلاشي طيفها من جديد..!.

يتذكـر وطفة التي شـغف بتحديها له، يتذكـر الوجوه التي ألفها في جبـل بدران، يسـتعرض ما كان يبتسـم له منها، ومـا كان يضمر له ما لم يستطيع تفسيره. يخزه ذلك العهد السري لأبي ثامر، أن يظل وفياً لخبزه وملحه، وألا يخذله إذا ما دعت الحاجة إليه، ليكون سيفاً تحت الطلب.. يدخـل عبـاب المدينـة، يهيـم علـى وجهه فيهـا، لا يعـرف تماماً ما

الـذي سـاقه إليها سوى بـارق مـن حـدس أن تكون ضحـى في أحد قصورها، كان مشوشاً..!.

خريطة طريقه يعميها غبار أيام، شموسها تشرق وتغيب على قلق وخواء، دروبها كثيرة ومتشعبة، كلها تقطعت تحت قدميه.. انقطعت به عند أمه.

.. وفي سامراء.

.. وفي وداع ضحى.

.. وفي الموصل كعبد.

.. وفي بساتينها كشبح.

.. وفي جبل بدران كلاجئ..

يتسـاءل حائـراً؛ أي الخيـوط يصـل منهـا مـا انقطـع ليبدأ مـن جديد، أم يسـلك دروبـاً في هـذا المجهـول من التيه، أم يشـق دروبـاً جديدة، ويسحق صخرة العبودية الجاثمة في عقله، وعقل أمثاله!؟.

كان كل ما يخشـاه أن يكـون شـبح العبودية كامناً لـه عند مفترق ما، أو منعطـف مـا، أو ينقـض عليـه من عالم الغيب، في هيئـة حمامة.. أو نسـر، أو صاعقة من سـماء.. يسـقط في جبّ الأسـئلة.. في قاع ليس له قرار.. أيعيش حراً على هذا النحو؟ وأي معنى لهذا الانفلات؟ يتسـاءل.. أيعود إلى الأرض التي ولد فيها، وهناك لا يعرف ما ينتظره، أم يعود إلى سامراء، أم يظل في البلاد الشامية، ويلجأ إلى إحدى مزارعها، ليعمل في الحقـول، أم يذهـب إلى حاكمية المدينة، ويقدم نفسـه لواليها كجندي أو كعبد لا فرق!؟.

يقـف عنـد مفترق دروب كثيرة، تنعطف قدماه نحو المجهول، يجد نفسـه أمام جامع المدينة الكبير، والمصلون يخرجون بعد أدائهم صلاة

العصر. يلمح وجهاً رآه من قبل، وجه شـاب يرتدي جلباباً أبيض، يعتمر طاقية بيضاء، توحي أنه من الشباب المتدينين حديثاً، والمولعين بالدين. يلحق به خلسـة، يلاحظ الشـاب ذلك، وتثار شـكوكه. يتيقن مرزوق أنه الشـاب، الـذي كان علـى النطـع ذات يـوم، ولـولاه لـكان الآن فـي عداد الموتى.. توقف الشاب أمامه، سأله مشككاً:

- أراك تتبعني، أتريد مني شيئاً؟

- أنا عرفتك، فهلاّ عرفتني؟

راح الشاب يتأمله محاولا تذّكره، فلم يفلح. قال له مرزوق مؤكداً:

- أنا السّياف الذي أنقذتك من الموت ذات يوم.

اكفهـرّت سـحنة الشـاب، كأنما تذكر ذلك اليـوم. أجابه خائفاً من أن هذا العبد يضمر إلقاء القبض عليه من جديد:

- لكنني تبرأت من هذه العقوبة فيما بعد!.

- كيف؟

- برأني حاكم المدينة الجديد.. ولا أزال أحفظ لك ذلك الجميل.

يستدرك قائلاً له:

- حديثنـا سـيطول، سـتذهب معي إلـى المنزل، إنـك الآن ضيفي، لا تحاول أن تعتذر عن تلبية دعوتي لك..

عرف كل منهما اسم صاحبه، وهما في طريقهما إلى منزل عبد الله، الذي حمل اسم حنا في بلدة معلولا، وتشرب فيها الكثير من تعاليم السيد المسيح، وتعلم اللغة التي يتحدث بها أهل البلدة في شؤونهم اليومية.

احتفـى عبـد الله بمرزوق فـي منزله الذي لا يختلـف بمكوناته من الداخـل عـن أي منزل شـامي عريـق مغلق علـى بحيرة تتوسـط باحته، وجدرانه المكلسـة البيضاء، والنقوش الشـرقية التي تزينها، وأبوابه التي

مـن خشـب الـزان، و مقرنصاته، وسـقف "المنزول"، الذي اسـتضيف به مرزوق، وما فيه من تحف..و..

كل ذلك لم يدهش هذا العبد، كانت الأبهة بالنسبة إليه ليست أكثر مـن فضـاء ضيق يعتاده المـرء، كما تعتاد الطيور أقفاصهـا. قدم له عبد الله ما لذ وطاب من طعام وحلويات وفواكه وشراب.

يسترسـل عبـد اللـه بحديثـه لمـرزوق، بقصد تسـليته. لـم يبالغ بما حدث معه، بدءاً من لحظة فراره من النطع، حتى اللحظة التي التقيا بها ذاك اليوم، لم يثر مرزوق مما سمع سوى تنقله بين معتقد ديني وآخر بهذه البساطة، فروحه القلقة كانت تحلق به في فضاءات أخرى، وأمكنة أخـرى، معتبـراً لقـاءه بعبد اللـه ليس أكثر مـن مصادفة، كأيـة مصادفة يرتبها القدر، لئلا ينقطع خيط التواصل بين البشر وليضل التواصل بينهم ممكناً. يلاحظ عبد الله لا مبالاة مرزوق، الذي بدا شارداً، فسأله:

- ألم يعجبك ما أقول؟

- بلى.. أعجبني منه حسن تصرفك، وما قد يعتبره سواي رياء..

- عليـك أن تصـدق بـأن لا فـرق عنـدي بعـد الذي جرى معي سـواء أصليت في جامع أو كنيسة، لكن ستفعل وأنت محكوم بمعتقد المكان، الـذي رضعـت فيه حليب الأم، كلنا خلق الله، كلنا أبناء آدم وحواء، أهل معلـولا تركونـي على سـجيتي وهواي. يكمل مبتسـماً: أليـس من الجيد أنني الآن اثنان بواحد!؟

هنا وهناك يختلفون حتى بسوق أبنائهم ترغيباً وترهيباً، ليسيروا على طريـق إيمانهـم. الكل يبحث عن الله، هنـاك رأيت الله مثلما أراه هنا..

يسأله مرزوق عن أكثر ما أثار فضوله في معلولا، قال:

- تلـك المغـاور والكهوف التي سـكنها الإنسـان الأول، وذلك المكان الذي لجأت إليه القديسة تقلا، وغدا مكاناً مقدساً، ومحجاً للناس بجميع

أطيافهـم ومذاهبهـم، ويلجـأ إليه الزاهـدون بالدنيا. حدثـه كيف لجأت إليه صبية و دخلت في سلك الراهبات بعد محاولتها الانتحار غرقاً ذات يوم، وأرسل الرب لها ملاكاً من عنده، ورأت كما لو أن نوراً بهيئة إنسان بـدا لهـا كقطعـة من ليـل تختطفها من يـد الموت، و تنتشـلها من قلب الماء وتختفي، وكأن شيئاً لم يكن. صحت على أنها كانت سترتكب إثماً، فوجدت بانسحابها من دنيوية الحياة غفارة لها، إنها أوليا، التي انتشرت حكايتها بين الجميع..

لـم يقـل له مـرزوق أنه الذي أنقذ أوليا، لكن أن يكون المنقذ ملاكاً، أو أن يغدو ملاكاً لمجرد قيامه بمثل هذا الفعل، الذي يقوم به أي امرئ حيال امرأة تقتل نفسها، فهذا هراء!

لـم يـرق لـه أن يكون ملاكاً حتى لا يدخل دائرة لا يسـتطيع الخروج منها، حين اعتبر هذا الأمر ليس أكثر من أنشـوطة في عنقه، قد تخنقه عند خطيئة ما لم تكن في حسبانه.

حدثـه عبـد الله عن صولات أبيه في عالم التجارة، والأرباح الخيالية التي كان يجنيها، وشـطارته في حسـاب العرض والطلب، وما كان لتقواه مـن دور، في اسـتئمان الناس البسـطاء لـه، بإيداع مـا لديهم من ذهب وفضة ولقيّات وأموال، واستثمار منها لمن يرغب بشيء معلوم له ولهم..

حدّثـه عبـد اللـه عـن العبيـد الآبقيـن الذيـن كان يـرأف أبـوه بهـم ويحميهم، إلى أن يجد حلولاً لمشاكلهم مع أسيادهم، عن جوارٍ ينقذن من مصائر مروعة يتعرضن لها.

قاربـت زيـارة مـرزوق النهايـة، عندمـا حدثـه عبـد الله عـن جارية اشتراها والده، بقصد تقديمها كهدية للقاضي، عرفاناً له بالجميل لتبرئته، وراح يصفها له:

رأيتها من خلف ستارة عليّتي تساعد أمي على سقاية الورود في جنبات صحن الدار، فشب قلبي معها، وهي تنقل بين حوض وحوض، وأصيص وأصيص، كانت مثل قمر تنتقل، وترش الماء على الورد!.

سمعت أمي تسألها معجبة:

- من أين لك كل هذا الجمال يا ضحى؟ توقف قلبي عن الخفقان حين التفتت نحو أمي، ورفعت رأسها إلى السماء، وهي تشير، لأرى ذلك الوجه الصبوح الملائكي.. أجابت، وهي تشير بسبابتها إلى الأعالي:

- من عند ربي!

يتوقف أيضاً قلب مرزوق، حين سمع اسم ضحى. تساءل في سره أتكون ضحى التي أعرفها؟!

مع مغالبة الدهشة لمرزوق، يسارع إلى سؤال عبد الله عن أوصافها، يتطابق الوصف تماماً مع ضحى التي يعرفها، لون البشرة، العينان، القامة..

قال عبد الله مستدركاً:

- لكن سفر القاضي، مع ابن طولون إلى مصر جعله يستأمنها لدى أحد أعيان المدينة، ريثما يعود القاضي من الديار المصرية.

راح مرزوق يداوره بأسئلة تفضي تقاطعات الإجابات عنها إلى معرفة المكان، الذي قد تكون فيه ضحى.. ومما قالته الأم لابنها عبد الله:

- لدى صاحب القصر المؤتمنة لديه ضحى، لا يمكن أن تكون في قصره. الأرجح أنها في أحد مزارعه الكائنة عند طرف المدينة الشرقي.

سأله مرزوق أن كان يعرف شيئاً عن هذه المزارع، أجاب:

- لا أعرفها تماماً، ولا أعرف أيها له، وأيها لسواه..

* * *

‒ 20 ‒

مرزوق يعثر على ظلّ ثورة

وتجري الريـاح بما لا تشـتهي سـفن مـرزوق، يقصد طـرف المدينة الشـرقي، يسـلك طريقـاً تحـف بـه أسـوار المـزارع، و الأشجار الظليلـة بجانبيه، غابتان من شـجر عن يمينه، وشـماله، سـواقٍ تقرقر مياهها عن قـرب وعـن بعـد، طيور تغـرد في جوقات لا يشـاهد منها إلا قريبها إن تنقل، أو طار من شجرة لأخرى، أو كان يحلق في فضائه. سحره المنظر، وهـو يتبدل مع متابعته السـير. ينكسـر المشـهد عند زنجيّ نائم تحت شجرة جوز لا يحدها سور، يتملى مرزوق سمرته الداكنة، شعره المجعد آثار وشم على كتفه الأيمن.

يحـس الزنجـي بوجود مرزوق، يحدق بـه، يؤنسـه حضوره المفاجئ، ينهـض ويجلـس، يجلـس مـرزوق قبالته بعد إلقـاء التحية، يقـول معرفاً بنفسه: أنا مرزوق.

- وأنا ممهي..

دون مقدمات يشرح له ممهي قصة طرده من مزرعة أبي محمود.. يسـأله مـرزوق عـن مزرعـة القاضي، عن ضحـى، كل أسـئلته كانت تصطدم بجدار: لا!

يطغى على لاءات ممهي رجاؤه لمرزوق كي يتوسط لإعادته إلى مزرعة أبي محمود، أكد له أن طرده كان دونما سبب، لكن مرزوقاً لم يصدق. مع ذلك وعده بأن يقابل أبا محمود، ويتوسط كي يعيده، ألّح عليه ممهي أن يذهب على الفور، وقبل أن يغادر أبو محمود المزرعة، إذ سيظل شريداً لو أقفل بابها وغاب. وأي أمل بتوسط عبد لعبد، ذلك كحلم إبليس بالجنة. ذلك ما جال برأس مرزوق في لحظة خاطفة!

يعده مرزوق أن يعود في اليوم التالي، معللا ذلك بـ "ربما كان طرده، بسبب أمر عظيم، حينها سينال حصة من غضب سيده، أو تسير الأمور إلى مالا تحمد عقباه، من ردود أفعال هو بغنى عنها".

يعود مرزوق في اليوم التالي إلى المكان ذاته، على أمل أن يكون أبو محمود في مزرعته كي يتوسط لممهي. يجد ممهي نائماً تحت الشجرة ذاتها، يوقظه ويحاول أن يصطحبه إلى المزرعة، فأبى.. يتركه ويقصدها وحده. يلتقي بأبي محمود، يطلب منه أن يستعيد عبده، يرفض فيلح عليه بالطلب، يصر على موقفه وقد بدا حانقاً ومتوتراً، يظهر الغضب عليه جلياً وهو يشرح له سبب رفضه. قال لمرزوق:

- أعتقد أنني الوحيد الذي لم يعامل عبداً مثلما أعامل ممهي.. لم أعامله كعبد، بل كحرّ، المشكلة فيه، حررته من قيود يديه، قدميه، عنقه، أدخلته داري، اصطحبته لصلاتي، ألبسته ثيابي، جمعته بأصدقائي، أعطيته الحرية بأن يزرع ما يشاء، وأن يربي من الحيوانات و الطيور ما يشاء.. ما الذي كان يحدث؟ أحمل زوادة إلى المزرعة، أفردها لنأكل معاً، ينتظر لأقول له: كُل. أقول له: كُل، ينتظر لأناوله رغيف الخبز، أعطيه الرغيف، ينتظر لأضع له الأدام، يحمل طعامه، ويجلس بعيداً عني، حتى طريقة جلوسه ظلت أقرب إلى الإقعاء، مع كل لقمة يقضمها

ينظر إليّ كمن يستأذنني مضغها وابتلاعها. من كل حيوانات المزرعة و طيورها. لم تستهوه سوى الأتان، وطائر الكوكو الذي جلبته في قفص خلال إحدى أسفاري. أعطيته نقوداً ليذهب إلى السوق، ويشتري ما يشاء من لباس أو سواه، فاشترى سعداناً صغيراً من "قرداتي" مصري، كان السعدان مريضاً، لم أعترض على تلك الشروة، بعد أيام مات هذا الحيوان، وهات يا بكاء.. جعل ممهي للسعدان قبراً قبالة غرفته.. وغير هذه المناكفات الكثير، كل ذلك لم يكن له عندي أية أهمية.

كنت ألوذ بالصبر، وأعلل نفسي بالأمل، أن ممهي لابد أن يتغير مع الزمن، وفعلاً تغير؛ إنما لما هو أسوأ. صار يغافلني أو يستغفلني، ويفعل ما أنا أريد أن أفعله، أو يخمن أنني أريد فعله، صار يتقرب من الأولاد، لا لشيء؛ إلا ليتصدقوا له مما في يدهم من كعك أو حلوى، وأنا لا أبخل عليه بشيء من هذا. ضبطته أكثر من مرة يتلصص على البنات، بناتي، لا لشيء، إلا ليحاول أخذ دوري، ودور أمهن في تربيتهن. كل ذلك كان يهون أمام أمر كان من الصعب السكوت عليه: زوجتي!.. صار ينتظر يوم الجمعة بفارغ الصبر، وذلك ما تيقن لي، وما كان يوحي لي شعوري، وإحساسي به، أحجم عن الذهاب معي إلى صلاة الجمعة، وراح يقنعني بإمكانية الصلاة والعبادة في أي مكان، ذلك ليظل قريباً من زوجتي التي تتنزه مع الأولاد في المزرعة كل يوم جمعة، لأن أعمالي تفرض علي، أن تكون عطلتي الأسبوعية في مثل هذا النهار... وهذا قد يهون أيضاً، لكن أن يشط أكثر من ذلك؛ فمسألة صعبة، لا يمكن بأية حال أن تحتمل، صار يغار عليها أكثر مني، يغار عليها حتى من كلب المزرعة وهي تداعبه أو تطعمه. ضبطته حين عدت من الصلاة ذات مرة يجلس على كتف ساقية قبالتها، وهو ينظر نحوها مشدوهاً،

خاطبتـه باسـمه مرات عدة حتى انتبه لـي.. قلت له بعد تلك المفاجأة، التي لم تكن تخطر على بال:

- ما رأيك أن أزوجك يا ممهي؟

- لا. لا!.. أجابه بحدّة.

قلت له:

- سأطردك من المزرعة، إذا لم توافق على الزواج!؟

أجابني غاضباً، وعروقه تكاد تنفر من رقبته:

- لا. لا..!

شعرت في تلك اللحظة أن ممهي كان في داخله يتهيأ له أن زوجتي هي زوجته، وهو زوجها الأصيل، وأنا طارئ أعتدي عليها..

قال لمرزوق أخيراً:

- لينصرف ممهي من هذه المنطقة نهائياً، وإلا سلطت عليه كلابي، فلدي من الزعران من يأتي لي به مشوياً، أفهمت؟!.

آلم مـرزوق مـا صار يسـمعه عن أحـوال العبيد من رجال ونسـوة وغلمـان وأطفـال، ومـا آلت إليه حياتهم بعد أن كانوا يعولون الكثير من الآمـال والأحـلام الوديـة علـى ثورتهم، التـي لم يبق منها سـوى قلة ألقتها الهزيمة إلى شـتات في الأرض. راح يتعرف إلى من يشـاهده منهم عن كثـب، ليعـرف حقيقة مـا جرى، ويعرف عن أحوالهم شـيئاً مـا. كان كل شـيء غائمـاً، غامضاً، ملتبسـاً بالنسـبة إليه، ولا يريد أن يسمع ما تنقله، أو تروجه ألسنة المنتصرين من حقائق.

مـرزوق يطوف المدينـة.. مـرزوق لا يعرف النهايـة الوخيمـة التي حلت بممهي.. الضربات التي تلقاها ممهي على رأسه، لم تترك فيه ذرة من عقل.. "المجنون ممهي" هو ما تركته الأيام لذاكرة المدينة.

* * *

21

دماغٌ يتساقط كالغبار

العبيد: "مكرود - زنزار - لاشياما"...

على اتساعها، كانت المدينة تضيق بمرزوق كلما شاهد عبداً ينتظر المجهول، عند قارعة طريق، أو نائماً في فيء شجرة، أو في ظل جدار. متاعه من الدنيا يدان فارغتان، أو صرّة ليس فيها أكثر من خبز يابس، وحبات زيتون، أو قطعة من قمر الدين حولتها حرارة الشمس، إلى عجينة تداخل فيها الزيتون بالخبز، أو بقطعة جبن رائحتها المتعفنة لا تطاق.. يؤثر مرزوق الخروج من المدينة، والالتحاق بأية قافلة تجارية طريقها إلى الديار المصرية. لم يكن له ما أراد، كانت إحدى هذه القوافل تتأهب للمسير، بعد أن تجمعت أمام خان باب الجابية الكبير.

يرفض وكيل القافلة اصطحابه، كما يرفض اصطحاب ثلاثة سواه، كانوا يلحون عليه، ليكونوا عبيداً له، يخدمونه ويحرسون القافلة.

يعرفهم مرزوق فيما بعد:

الأول: "مكرود"، قال اسمه بعربية مكسرة، أي "مقرود"

الثاني: "زنزار"، أي "جنزار"

الثالث: لاشياما..

يصعقه الندم على تسرعه باتخاذ مثل هذا القرار.. فهو أين سيذهب أو سيرتحل، سيدخل الفضاء -الذي تنزع إليه أو تتطلبه روحه- من عنق زجاجة، وهو لا يرى منه إلا كمائن النخاسة المزروعة في كل مكان، بعد أن غدت تجارة الرق، أكثر سيلاناً للعاب الوالغين بعشق المال لدرجة الجنون، والموت في سبيله..

يعلم مرزوق أن سواحل قارته السوداء، هي الأكثر إغراء لذلك النهم الوحشي، لكنه لا يعلم أن التجار اليهود، صارت يدهم هي الأطول بهذه التجارة، وأن التجار الأوربيين، صارت لهم مواضع أقدام على تلك السواحل..

الشيء الذي لا يعرفه مرزوق هو أن ابن طولون، لم يستطع أن يحمي الديار المصرية، من أن تكون ممراً لقوافل العبيد المتجهة، إلى ريف إيطاليا الجنوبي، أو إلى سواد العراق، أو إلى أن تكون وقوداً للحروب على الأرض، في أي مكان تشب فيه نارها..

قال مقرود لمرزوق: خذنا معك!

جنزار ولاشياما، يحدقان بمرزوق بتوسل أن يفعل ذلك، بعد أن ضاقت بهما سبل العيش الحرّ، في الوقت الذي لو شاء مقرود أن يبيعهما، أو يرهنهما لفعل ذلك، مع أنه عبد مثلهما، لكن تواجده في المدينة من قبل، شكل لديه خبرة أكثر، وصار أدرى بتفاصيل الحياة فيها، وفشل مراراً في سعيه ليجد عملاً كحرّ..

قال مرزوق في سره:

- لا بد من جبل بدران إذاً؛ ثم أزمع أن يقول لهم واثقاً:

- هيا..؟!

. . .

كانت قافلة الحج إلى بيت الله الحرام، قد انطلقت صباح ذلك اليوم من المدينة، ولم يصل الأربعة إلى طرفها الجنوبي، حتى كان طريق الحج والدروب المتشعبة منه وإليه، يعج بجند الحراسة المأمورين من قبل الحاكمية بقطعها، ومنع حتى المزارعين من الوصول إلى بساتينهم، وحقولهم لهذا الغرض.

استطاع الأربعة التسلل عبر البساتين، حتى وصلوا إلى قناة "بولويز" التي يعرفها مرزوق تماماً، وتخفوا في نفقها الغربي، حتى حلول المساء.. خرجوا ليلاً من القناة، وخرجت معهم قصة الأشباح من جديد، حين كانت آخر مفارز الجند، عائدة من مهمتها، بعد تسليم صاحب الشرطة هذه المهمة، لزعيم عشيرة مكلفة رسمياً، بحراسة طريق الحج، على طول الطريق عبر الديار الشامية، بدءاً من نهاية الغوطة الغربية، وانتهاء بأطراف بادية الشام..

الذعر الذي أصاب المفرزة، جعل حكايات أفرادها الذين شتتهم الخوف، والتي نسجها خيالهم المشوش، حكايات أقرب إلى الحقيقة، وسرعان ما انتشرت بين صفوف الحامية، وفي المدينة وضواحيها، يضيف إليها الخيال الشعبي، صوراً ممعنة في شطط البعد عما في الواقع من صور، كأن يكون الشبح بارتفاع مئذنة، أو أن تكون له عين واحدة في منتصف جبينه، أو أنه يقذف النار من فمه في وجه عدوه، كان كل ذلك يهيئ للحراس الليلين في المدينة نوماً هانئاً، لا باب فيها يفتح، لا أحد يسير في شوارعها ليلاً، سوى المجنون "ممهي" الذي كانت صورته -ربما- واحدة من هذه الصور. أحدهم قال لهم عن هذه الأشباح:

- لا أشباح في هذا الكون، الأشباح في رؤوسنا فقط، انزعوها من رؤوسكم، المستفيد منها ليس إلا من يصنع الأبواب والتوابيت،

أيضاً صاحب السوط، أيضاً من يولي فاسداً، فيصوره للناس شبحاً كي يفعل ما يشاء!!

. . .

... كان ثلاثة فرسان من عشيرة حراسة طريق الحج، يجوبون السهل الممتد حتى طريق حوران، بينما كان مرزوق ومن معه من الجهة الغربية منه. ينفرد أحد الفرسان، يطلق العنان لجواده نحوهم، يمتثلون صاغرين أمامه، بينما جواده يشق فضاء السهل بصهيله:

- ماذا تفعلون هنا؟ سألهم.

- لا نفعل شيئاً، بل قصدنا جبل بدران. أجابه مرزوق.

- هه، جبل بدران! وماذا تريدون من جبل بدران؟

- الشيخ أبو ثامر..

- علّم يا عبد!

- الرجل الكريم!

- لا يكفي!؟

- خيوله أصيلة!

- لا يكفي!؟

- فارسة الفرسان، وطفة!

فكر الفارس قليلاً، شدّ العنان، لوى رأس جواده:

- على رسلكم. وانطلق الفارس عائداً، كان الفارسان بانتظاره بعيداً، قطع العبيد شوطاً آخر من السهل، وهم في صمت مطبق.

تعتلج في صدر مرزوق هواجس مبهمة، يسأل نفسه:

- ماذا لو سألني الشيخ، أو غير الشيخ عن صحبي هؤلاء؛ أأجيب: لا أعرف عنهم شيئاً!؟ فقال لهم:

- لا تزال أمامنا مسافة طويلة حتى نصل جبل بدران، هناك سأُسأل عنكم؛ فالبدو محاذرون، ولا يسكتون عن جهلهم بالغرباء، يجب أن أسمع منكم كل شيء. التفت إلى مقرود:

- هات ما عندك!؟

- من أين أبدأ لكم حكايتي؟ سأله.

- من أولها..! أجابه.

- أجدادي الأوائل من رأس النيل الأعلى، أحدهم تزوج من غير قبيلتنا فطُرد. يقال أنه تزوج من امرأة كينية، وعاش عند ذويها، وصار له نسل بالمئات، الثاني لا يزال نسله في النيل الأعلى، الثالث جدي لأبي، استرقه مصريّ، ثم فرّ منه، والتحق بقافلة للمسلمين قاصدة فرات البصرة، كان ذلك أيام مصعب ابن الزبير. الأعمال الشاقة والمذلة والجوع، كل ذلك جعل من العبيد الزنج وسواهم هناك، يأتلفون ويثورون في وجه الملاك. احتلوا المزارع، وطردوا أصحابها، تزوجوا وأنجبوا، تكاثروا حتى ضاقت المزارع بهم، تمددوا نحو البصرة، ومنهم من صار يزعج أهلها؛ فأرسلوا وفداً إلى الوالي خالد بن عبد الله القسريّ، وكان سريع الاستجابة لمطالب الوفد، أرسل جيشاً فرقهم، وقتل من قتل منهم. بعد حوالي خمسين عاماً جُلبت إلى هذه المنطقة أعدادٌ كبيرة من الزنج للعمل في الزراعة واستصلاح الأراضي، وشقّ أقنية الرّي، وبناء السدود والجسور..

رفع مرزوق يده في وجه مقرود، كي يتوقف عن الكلام، وسأله ممازحاً:

- وهل كنت معهم!؟

- نعم كنت نطفة في ظهر أب لم يولد بعد. الزنجي قد يتناسى

السياط والألم ولكنه لا ينسى حامل السوط.. ما أقوله تحفظه حتى حبات التراب في فرات البصرة عن ظهر قلب.

- أنا لا أريدك أن تسكت يا رجل. تابع..

- لم نخلق زنوجاً لنكون عبيداً.!.

أجابه مقرود، وغيمة حزن شوشت عليه مسار حديثه:

سأختصر لكم الحكاية.. أتدري من كان من جدودي يا مرزوق؟ إنه رباح، أسد الزنج، "شير زنجي" بلغتنا، وكنت أحمل اسمه حتى كبرت.

كم تلّقيت من الركل على قفاي من السيد الذي ساقني للوالي، لأكون جندياً في جيش العباسيين، لا بسبب هذا الاسم، بل بسبب اللقب. لم يقل لي مرة يا رباح.. بل يا شير كإهانة، لم أتصوّر أحداً أذلّ عبده كما أذلَني، تخلصت من اسم جدي في الجيش، قلت لهم:

- اسمي مقرود، وانتهى الأمر.. أعود للحكاية: في عام 75 هـ كانت الأحوال في العراق لا تسرّ أحداً، استغل الزنج الوضع، ونصّبوا جدّي رباح زعيماً، ولقبوه أسد الزنج، لكنه في السنة ذاتها.. مالت كفّة العباسيّين على الأمويّين، فراحوا يضمّون الزنج لجيشهم بالآلاف، قويت شوكة الزنج في الجيش العباسيّ. "ولما وليّ يحيى بن محمد الموصل، كانت معه جماعة كبيرة منهم..؛ فلما فعل ما فعل من الإسراف في قتل الرجال والنساء و الأولاد قبّح الزنج في اغتصاب النساء، فاعترضت يحيى امرأة، وعيّرته بتسليم النساء إلى الزنج، فأثر فيه كلامها، وجمعهم للعطاء فلما اجتمعوا أمر بقتلهم عن آخرهم نجا واحد منهم".. لولاه لما كنت بينكم الآن، ذلك الجدّ فرّ إلى العراق الأدنى، تزوج عبدة مثله ومن سلالتهما أنا. أما حكايتي فتحتاج لأيام كي أرويها لكم بتمامها دون نقصان، اسمعوا حكاية هذا المقرود:

كانت أمي تقول دائماً:

"حرام على العبدة أن تفتح رجليها لرجل! يوم فعلتُ ذلك واستسلمت لوالد شير فُتحت عليّ أبواب جهنم، الكارثة في بطن تنتفخ على جوع، قطعت سرّة شـير بين تلال الملح، لم يشأ "ابن بردودا" أن تساعدني عبدة عند المخاض. ولد شير في يوم أسود، في يوم لم يقدم لنـا بـه أي طعـام، طيلة ذلك النهـار كنّا نأكل الهواء، وأرضع شـير حليبي المـرّ ممزوجاً بعرق التعب. كلّ نهار تحمله نخلة، والهواء يهز له هذا السرير، أو الشمس..

كان فـي رأسـي عقـل دودة، يـوم زحفت إلى رجل، وعقـل كلبة يوم فتحت رجليّ لرجل..

لِتَمُت العبدة التي تلد وتربي عبداً لأوباش هذه الدنيا"..

كانت ولادتي سنة 230 هـ سنة عواصف وجوع..

كبرت فوق سـباخ العباسيّين وبيـن حرابهم، وقاتلـت إخواني الزنج بسيفهم. كانت دماء الزنج تسيل على جبهتي القتال في أي معركة كان يشـنّها قـادة صاحب الزنج علي ابن محمد، أو قـادة جيش الخليفة أبي أحمد الموفـق. بقيت تحت إمرة ابنه هارون حتى انقلب السـحر على السـاحر، وانتصر جيـش الخليفة فـي كل معاركه حتى سـنوات الحصار الأخيـرة علـى مـا تبقى من جيش الزنج مـا بين 267 و 270 هـ إذا شـارك الخليفة بنفسـه في القتال، بعد أن غادر بغداد لنجدة ابنه، فجاء جيش ضخم، وأسطول كبير من الشذا، والسيمريات، والمعابر..

كنـت حينهـا قـد التحقـت بكتيبـة الفرسـان التي كانت تحـرس هذا الأسطول مـن البّـر. التحاقـي هذا لـم يكن منّـة، قبـل تلك الأيام بفترة، كنـت في المشـاة، وهزمنا قوات صاحب الزنج، في موقعـة جرت بين

قرية الرمل و الرصافة، انسحبت هذه القوات إلى "طهيشا" التي وُلدت عندها، كنّا نشّن عليهم الغارات، وكانوا أبرع منا في غاراتهم علينا.. كانوا يظهرون لنا بين النخيل، أو من الأنهار مموّهين بالبردي، وبالحَلفاء كالأشباح، كانوا يشقون الأرض، ويطلعون في وجوهنا كما الجنّ، قتلوا الكثير منا، وقتلنا الكثير منهم..

تجمّع الزنج من جديد في "طهيشا، وسوق الخميس والصينية" فلاحقناهم. استطاع الجيش أن يستولي على " الصينيّة"، وأخفق بالاستيلاء على ما عداها. جعل الجيش هدفه احتلال مدينة "المنيعة" التي بناها القائد الزنجي سلمان بن موسى الشعراني كعاصمة للزنوج في سوق الخميس في نواحي واسط، وفشل في احتلالها..

جاءتنا الأوامر لتطويق فرقة زنجية في "عبدسي" يقودها "ثابت بن أبي دلف"، و"لؤلؤ". تمّ أسر ثابت وقتل لؤلؤ، وقتل وأسر الزنج الكثير من جندهما، ومن كان معهم من الأعراب، استولينا على الكثير من الغنائم، كان من نصيبي فرس دهماء قتلت فارسها.

كنت أحد أفراد المجموعة التي ألقت القبض على ثابت وقيدته. لم يكن من السهل علينا ذلك، قتل سبعة منّا، ولم يلق سلاحه ويستسلم. سار أمامنا مقيداً لنسلمه لهارون، ما الذي حدث؟ كان مع كل كلمة ننهره بها ليسارع الخطو، يلتفت ويبصق علينا..

فيما كان مقرود مسترسلاً بحديثه، كان مرزوق شارداً يفكر بتلك الأحداث، التي يرويها زنجيّ يقاتل عبيداً مثله، ودون أن يرف له جفن. أغضبه ذلك، لم يستطع أن يبتلع قصة رجل ينحرف مساره من الجِدّة إلى اللامبالاة، راح يكوّر بصقة في فمه، لاحظ مقرود ذلك، فغالبه الضحك، أشاح مرزوق بوجهه جانباً، وتف ما في فمه.

قال في داخله مبرراً لمقرود لا مبالاته، وبالتالي ضحكه:

- ربما لم يكن أمامه من سبيل ليفعل غير ما فعل!

قال لمرزوق مبرراً لنفسه ما كان يفعل: "من يأكل من خبز السلطان يضرب بسيفه"!.

قال هـذا المثـل، وانتظـر رد فعل مـرزوق، سـأله مرزوق مستغرباً ضربه لهذا المثل:

- ومن يأكله السلطان ماذا عليه أن يفعل..!؟

- أنت ماذا كنت ستتصرف لو كنت مكاني؟

- لـو أنـك تعرف قصتي، لطمرت نفسـك بالتراب خجلاً، وتكفيراً عما ارتكبت من ذنوب.

- أي ذنـب ارتكبتـه؟ لـم يكن باسـتطاعتي حينذاك أن أفعل شـيئاً. قال مقرود.

- خنت أمّك! أجابه مرزوق.

- يبدو أنك لا تريد أن تسمع بقية الحكاية. قال مقرود.

- لا أريد أن أسمع مثل هذا الهراء. التفت مرزوق إلى جنزار قائلاً له:

- وأنت؟.. هات أسـمعنا، لكن إذا كان ما سـتقوله تباهياً ببطولاتك، يستحسن أن تظل على صمتك.

بلع جنزار ريقه، وخفض رأسه:

- لم أكن بطلاً لم أقتل أحداً وجهاً لوجه، كنت حرّاقاً في سفن النار، كان كل ما أقوم به، هو إشعال النار في الحرّاقة، ورؤية ما يشتعل.

- اخـرس! أجابـه مـرزوق علـى الفور، وأضاف: وكنت تشـتعل فرحاً حين ترتفع ألسـنة اللهب في الجانب الآخر، أليس كذلك؟ أليس هذا ما كان يحدث؟!

لاذ جنزار بالصمت..

راح لاشياما يروي قصته بعد إلحاح مرزوق عليه:

- حاولت مراراً أن أعرف نسبي، سألت، بحثت، عييت، لم أصل إلى الحقيقة، كلّ ما عرفته أنني من أم غانية، ربما! أمي لا أعرفها، كنت في المهد حين غرقتْ في النهر، أو أغرقت نفسها، أو أغرقها أحد، وفي أي نهر، لا أحد يدري..

* * *

"السيد الذي كان يحكمنا،
لا نستطيع لمسه.
النبلاء كانوا خدامه، والناس ذباباً.
كان الفارس الشجاع الذي يمتطي
ثلاثة جياد بالوقت نفسه.
هو قوي كالنسر، كالسيل، كالعتمة..
يطرد كل شيء أمامه.
ينطلق بسيفه، كما لو أنه يمشي على سجاد.
كل ما يقع أمامه يصبح فريسته.
إنه يرقد مثل مجرى السيل، جبل كبير سقط!
.. وبقيت التلال الصغيرة.
لا يزال على صهوة جواده بنظر أعدائه ".

- من نشيد إفريقي -

‏ــ 22 ــ

‏جرح ملحمةٍ قديمة

‏عنـد طـرف المدينـة الغربـي، كانت عربـة مسـرعة يجرهـا حصانان، صرخ الحوذيّ بهؤلاء العبيد، وهو يلوح بالسوط طالباً منهم التوقف.

‏كان يمتطي العربة المكشوفة من الخلف رجل عظيم الهيئة، على رأسـه شـملة حريرية خضراء، ويسـراه ترفع فوق رأسـه شمسـيّة تقيه حرارة الشمس. يقفز الحوذي من العربة، والسوط بيمناه، بينما كانت يسـراه تحمـل سلسـلة تسـتعمل عـادة لتقييـد العبيد مـن أعناقهم!.. وبحكم الخوف تسـمّر مقرود وجنـزار ولاشـياما في أماكنهم، دون أدنى مقاومـة...و بحكم العادة كان أحدهم يضع طوق العنق لصاحبه، ولم تكن مهمة الحوذي سوى إقفال الطرق، وببساطة ربط السلسلة خلف العربـة، بينما مرزوق كان قد سـارع، وابتعـد قليلاً وهو ينظر إلى هذا المشـهد. لـم يكـن غريبـاً عليـه، إلا بخنـوع هؤلاء، لقـد شـاهد أكثر من عمليـة قنـص، لكـن مـا واحدة تمّت بمثـل هذه السـهولة، كان يتحرق غيظاً، وهو يفكر ما سـيفعل.

‏قال صاحب العربة للحوذيّ، وهو يشير بيده نحو مرزوق:

‏- خذ سلسلة أخرى، واجلب ذلك العبد، يبدو أنه لن يأتي إلا بالقوة!

حمل الحوذي السوط والسلسلة، واتجه نحو مرزوق، وهو يستلطفه بخبث، كي يأتي طائعاً إليه..

مدّ مرزوق يده متخابثاً هو الآخر، انطلت الخدعة على الحوذيّ، وما أن استقر طرف السلسلة بيده، انهال عليه بها حتى سقط أرضاً، وسقط السوط من يده، وهو يصرخ متوجعاً، يقف صاحب العربة، ويصرخ بمرزوق أن يكف عن ضربه.

حاول مرزوق أن يضع طوق السلسة بعنق الحوذيّ، ولكنه استطاع انتزاعها من يد مرزوق، دار بينهما صراع عنيف وأدمى أحدهما الآخر، كانت الغلبة لمرزوق، فألقى الحوذيّ أرضاً وقيّده، وجره إلى خلف العربة، وربط السلسلة بها بإحكام.

كان العبيد الثلاثة ينظرون إلى مرزوق بفرح تخالطه الشماتة بالحوذيّ، والخجل منه. اتجه مرزوق نحوهم، شتمهم، نهرهم، طلب منهم ألا يفكروا بمتابعة السير معه. توسّلوا إليه، عنّفهم، وكال لهم المزيد من الشتائم، بسبب استسلامهم للحوذيّ، وعدم مقاومتهم له، أخيراً قال لهم:

- عودوا إلى ذلكم.. أنا لا أرافق الجبناء!

غادروا المكان، وهم ينظرون إلى الخلف، بينما اتجه مرزوق نحو صاحب العربة، التقط سوط الحوذيّ، ولوحّه بوجهه، ثم قذفه به، وبصق عليه:

- هذا لا يليق إلا بكم.! قال له، وأضاف قائلاً بسخرية: يمكنك الآن أن تقود عربتك بنفسك.!

حاول صاحب العربة أن يستميله إليه، وهو يتأمله بإعجاب:

- تعال معي، وإليك ما تشاء...

قاطعه مرزوق، ولم يدعه يكمل كلامه، وأجابه باستهزاء مهدداً:

- أغرب عن وجهي بعربتك، وإلاّ!..

أجابه، وهو يظهر الإشفاق عليه:

- إلى أين ستذهب؟ ثم قال مستعطفاً مرزوق: أنا متأكد بأنك دون مأوى، وآبق من أناس لا يقدرونك.. تعال معي، واتكل على الله، لديّ مزرعة ولديّ فيها سكن لك يليق بك!.

- إذا كنت تريد عبداً، فعبدك خلف العربة.. وإذا كنت مشفقاً عليّ، فاحتفظ بشفقتك لسواي.. أمّا أين سأذهب؛ فكلّ الأرض لقدميّ!.

ما أن غادرت العربة المكان، وقبل أن تغيب عن ناظري مرزوق، وتنعطف في طريق فرعيّ، حتى نبق العبيد الثلاثة في وجهها يهشّون حصانيهما، ويتوسلون السيّد كي يصطحبهم معه، غابت العربة في المنعطف، وغابوا معها، وهم على هذه الحال..

تألم مرزوق مما رأى، تساءل في سرّه مستنكراً:

- أمعقول هذا؟ أيّ مخلوق يسعى إلى ذله بنفسه؟.. أألحق بهم، و أقلب الدنيا عليهم!؟

ثم تساءل بمرارة:.. لا شكّ لو فعلت ذلك، واصطحبتهم مجدداً، سيكون من السهل عليهم خيانة أنفسهم قبل خيانتي! ربما يغدرون بي بأي لحظة.. هؤلاء استمرأوا الذلّ، لا أمل منهم، استمرأوا الطعام المرّ، حُسم أمرهم.. فليذهبوا إلى الجحيم!.

لكنه لم ييأس من أن يجد في طريقه من يرافقه في هذا السديم إلى المجهول، الذي لا يشعّ فيه سوى بصيص الأمل، ووجوه تغيب صورها وتختفي، صورة أبي ثامر، وطفة، ضحى، الدروب إلى متاهات تنتهي عند سواد العراق، أو في بلاد النوبة، أو في غابات إفريقيا.. أو!.

يغذّ مرزوق السير نحو الغوطة الغربية، يتوغل فيها ليجد نفسه في الجهة الشرقية منها، تتضح له المزارع المتفرقة فيها، يرى المزارعين هنا وهناك في حقولهم، لم يكن يعنيه من أمرهم شيئاً، يواجههم في الدروب، يعرض عنهم، يتذكر ما كان قد رآه من مشاهد في هذه المنطقة، لم يلوه الحنين إليها، كان كمن يشاهدها لأول مرة.

رأى عند آخر مزارع "بلاس القدم الشريف" من جهة الجنوب ثلاثة، عرف من أشكالهم أنهم أقرانه العبيد، غمره فرح داخلي، حين رآهم دون سائس يقودهم، وأنهم -على اختلاف ألوانهم- ذوو ملامح صارمة، أيستوقفونه قبل أن يستوقفهم؟ سرّه أن أحدهم طلب التعرف إليه، قال له:

- الآن اسمي مرزوق.

ثم عرّف كل منهم باسمه: ناماري.. مستجيب.. سرور.

استعرضهم مرزوق بنظرة بانوراميّة:

ناماري: زنجي، فارع الطول، شعر أجعد، ثلاثة خطوط طولانية قصيرة تعلو جبهته، كوشم يعبر عن رمز قبيلته.

مستجيب: ذو ملامح عربية صرفة، سمرة بفعل حرارة الشمس، قامته أقرب إلى الطول، شعره بني مسترسل.

سرور: بشرة تميل إلى الاحمرار، فارع الطول، شعر بني خفيف مسبل، ومربوط إلى الخلف.

لم يسيروا بضع خطوات، حتى طلب منهم مرزوق أن يقتعدوا الأرض، سألهم أين وجهتهم، أجاب سرور:

- الحقيقة أنّنا نبحث عن مكان آمن نعمل فيه معاً. اتفقنا ألا نعمل فرادى، وألا نعمل بصفة عبيد، حتى لو متنا جوعاً.

طلب سرور من مرزوق أن ينضم إليهم.. لم يفكّر مرزوق طويلاً. وافق على ذلك شريطة أن يسير الجميع بإمرة واحد منهم، دون اعتراض على أية جهة يشاء الذهاب إليها، أو أي عمل يراه مناسباً لأي منهم، أو لهم مجتمعين، حتى ولو أدى ذلك إلى الموت..

راحوا ينظرون إلى بعضهم بعضاً مستغربين مثل هذا الرأي.

لاحظ مرزوق ذلك، أردف قائلاً:

- لدي اقتراح آخر!؟..

سأله سرور متعجلاً معرفة هذا الاقتراح!؟

- ما هو!؟

- نتبارز!

- كيف، وليس لدينا سلاحاً نتبارز به؟.

- بسيوف من خشب! وأطلق ضحكة طويلة، كلّ منكم يأتي بعصا، انظروا إلى الجذوع اليابسة التي هناك..

قاطعه سرور:

- وهذا الاقتراح لا، لا نريد أن نبدأ السير معاً على طريق من الصراع!

قال مرزوق:

- إذن لديّ اقتراح أخير، آمل أن توافقوا عليه..

استعجله سرور أيضاً:

- قل ما هو؟!

- ننطلق معاً كلٌّ باتجاه، لا يعود أحدنا إلا بصيد، يفوز صاحب الصيد المميز، والأسرع بالحضور إلى هذا المكان قبل سواه، السهل ممتد أمامكم حتى سفوح مرتفعات "الكسوة" فيه ما تبتغون، لن نقبل بأقل من غزال نشويه هنا.

قال سرور:

- بالنسبة لي، أتنحّى سلفاً عن هذه المنافسة، لأنني بوجود ناماري سأخسر الشرط، لذا سأبقى هنا، وأجهز الموقد والحطب.

- وأنا أيضاً. قال مستجيب.

قال ناماري:

- وأنا أعتذر عن أن أكون آمراً لكم، سأذهب وآتي لكم بطريدة.

فتح مرزوق باب الحديث مع سرور ومستجيب بعد أن غادر ناماري المكان، بسؤاله لهما عن سبب وجودهما في هذه الديار، اختصر سرور حكايته بقوله:

- كنـت عبـداً لأحد التّمارين في سواد البصرة، غضب عليّ ذات يـوم، فباعنـي إلى تاجـر يهوديّ كان لا يفارق تلك المنطقـة المكتظة بالعبيـد أمثالـي، لـم يلبـث هذا التاجـر أن باعني لأحد الملّاكين، كان هـذا المالك قـد اشترى خمسمائة عبد سـواي بواسطته، قادنا وكيل المالك إلـى إقطاعيّة، منحها له والي البصرة، عند نهر المرغاب، هناك رحنا نعمل في كسـح السباخ بظروف صعبة..

فـاض نهـر المرغاب، فانتقلنا إلى إقطاعيّة لـه في البطيحة، كنا نبيت في العراء، وطعامنا يقتصر على السـويق والتمر. تسـرّبت لنا أخبار عن تمـرد الزنج في أكثر مـن مكان، جاءنا شـخص ذات ليلة متسـللاً، وراح يحرّضنـا على الفـرار معـه، والانضمـام إلى المتمرّدين، اسـتجاب كثير منّـا لـه، أحدنا وشـى بنا لأزلام الوكيل وأعوانه، كانت الغلبة لكثرتنا في مواجهة قلّتهم، قيّدناهم في ذلك المكان، مع من آثر البقاء من العبيد، والتحقنـا بفرقة القائد عليّ ابن أبان.. كـم خضنا معارك مع هذا القائد، ضدّ جيش العباسيّين، وكنّا ننتصر بها جميعها... الحرب كرّ و فرّ!!.

دفع أحد قادة الجيش العباسيّ، أعداداً كبيرة لمواجهتنا، فحاصرتنا في منطقة مستنقعات، وفتكت بالكثيرين منا، حلّ وباء الملاريا، امتدّ إلى كور دجلة، هلك كثير في بغداد وسامراء وواسط وغيرها، أصيب قائدنا عليّ ابن أبان بهذا الوباء، وأنا والكثيرون منّا.

لم تلبث أن هدأت الأحوال قليلاً، بعد احتلال العديد من القرى، ساقونا إلى أرض واسعة فيها الكثير من المستنقعات، هناك قمنا بشقّ قناة لتصريف مياهها، علمنا أنّها لأحد اصحاب عليّ ابن أبان، فكّرت بالفرار، حرّضت عدداً من العبيد، وفررنا فعلاً، لاحقنا جند عليّ وقتلوا سبعة منا..

لجأ اثنان من الناجين إلى سامراء، واثنان إلى البحرين، أما أنا فلجأت إلى إحدى العشائر البدويّة، في الطرف الغربي من البطائح. هذه العشيرة كانت تؤمن الأرزاق لجيش الجند من البلاد الشاميّة، قدّمت نفسي لزعيمها، كعبد أكون في ملكه، لم يستجب لطلبي هذا، ساهرني طوال الليل، وهو يسألني وأنا أجيب عن أمور شعرت أنّه يتوخّى منها تعزيز تجارته مع الزنج، وعدم قطع صلته مع دهاقنة العباسيين، لغاية بل لغايات لم يتبيّن لي منها، سوى أنّها تجاريّة، ولا شك انّها تتعلق بالعبيد والنخّاسين والمجوهرات. أرسلني في صباح اليوم التالي، مع قافلة تجارية تحمل التمر والدبس إلى الشام، كانت تعبر حرم عشيرته، بعد أن كلفني بأمر لا طاقة لي عليه، كما أنني لم أتوقّعه، ترددت في البداية، ثم وافقت إذ وعدني بالزواج من ابنته، كما وعدني بفرس أصيلة، وعدد من الجمال..

- لكنّك لم تقل ما الأمر الذي كلّفك به يا سرور!؟ سأله مرزوق.

تردّد سرور في أن يبوح بالحقيقة، ثم قال:

- أن أثأر لمقتل ولده.

- ممّن؟

- من شيخ عشيرة، ترتحل ما بين جبل الأشعريّ وجبل بدران، ذاكرتي الآن لم تسعفني لتذكّر ما يكنّى به، قال لي يومها: لا أرضى بديلاً عن دم ولدي، بأقلّ من دم هذا الشيخ.

- أيكون أبا ثامر!؟ سأله مرزوق.

- أجل هو، كيف عرفته؟ أجاب مستغرباً.

أشاح مرزوق عن الإجابة حول معرفته بأبي ثامر.

- هل تحدّث لك عن السبب الذي دفعه ليثأر لولده منه؟

- لا. إنّما عرفت سبب مقتل ولده من الشيخ أبي ثامر نفسه فيما بعد.

* * *

23

سوادٌ يئنّ في الظلام

راح سرور يروي لمرزوق ما حدث معه، حين وصل إلى جبل بدران:

- قبل أن أصل مضارب العشـيرة بمسـافة، انطلق نحوي ما اعتقدت أنّه أحد فرسـان العشـيرة على فرس تسـابق الريح والغبار يعجّ خلفها، لكـن الفارس كان ابنة الشـيخ، اسـتقبلتني ورحّبت بـي كضيف، قادتني إلى ربعته، أكرمنـي الرجـل، بالـغ في إكرامـي، نحر جـزوراً، دعا بعض شباب العشـيرة لمشاركتي الطعام، سـاهرني حتى سـاعة متأخرة من الليـل، وهـو يـروي لـي قصصاً عن الأعراب. ممّا رواه لـي حادثة مقتل قاطع طريـق، كان لصـاً عريقـاً في الاعتـداء على القوافل، عرفت وهو يروي تفاصيل تلك الحادثة أنّه ولد الشـيخ الذي دفعني للثأر، قلت له على الفور، دون تردّد أو خوف:

- أتـدري يا شـيخ ما السـرّ الذي جاء بـي إلى هنا؟ للحـقّ أقول لك: جئت لأثأر له منك!

كأنّما صحا الشيخ من غفلة، نظر إليّ مندهشاً من صراحتي له.

سألني وقد بدت على وجهه علامات الغضب:

- ألم تعاهده على ذلك؟

- بلى. أجبته.

تجهّم ثم قال لي بعد لحظات من الصمت:

- أنت بذلك أسأت الأمانة، فأفشيت السرّ. نكثت، فحنثت العهد. تجابنت، فلم تقتل غريماً.!

أجبته:

- أليس من الأفضل ألاّ أغدر بمن أكرمني، وأخون ملح من أطعمني زاده، وفتح لي صدره، وأقتل رجلاً كان يدافع عن حياض عشيرته؟

أليس شراً أن أثأر للصّ من رجل كريم مثلك، وأريق دماء بريءٍ لم يخرج من حدود عشيرته، ويقصد الآخرين في منازلهم؟.

جمع أبو ثامر شبّان عشيرته، جعلني بجانبه، وضع كفّه على رأسي، وقال لهم بلهجة الأمر:

- انظروا إلى هذا الشاب جيداً، اسمه سرور، تذكّروا صورته جيداً.. هذا عليه الأمان في أن يدخل أو يخرج من وإلى حرم عشيرتنا متى يشاء، وفي أي وقت، لن يعترض طريقه أحد، لن يردّ له أحد حاجة، يجاب طلبه أياً كان هذا الطلب، حتى ولو كان خيلكم.

ثم رفع كفه عن رأسي، هبط بها إلى كتفي، هزّني قائلاً:

- إذا شئت البقاء هنا، فمرحباً بك، وإن اخترت طريقاً آخر، فالله معك.!.

قصدت الشام، عملت في الشام لدى حدّاد صقليّ في سوق الحدادين، لم تمرّ عدّة أيام على عملي لديه، حتى حضر نخّاس، وراح يساوم على شرائي من الحدّاد، استغربت كيف يساوم الحدّاد على ما لا يملكه. غافلتهما وهربت من الدكّان إلى بساتين الغوطة، التقيت بين أدغالها بآبقين أمثالي، وبمطاردين من جند الوالي.. ثم بعد ذلك تركت المكان، والتقيت بناماري ومستجيب. ومع ذلك، فقصّتي نقطة في بحر ناماري.

وأشار بيده نحو مستجيب مضيفاً: أو من قصّة هذا النّمس، وما تعرّض له.

- تأخّر ناماري. قال لهما مرزوق.

- من يتأخر يأتي بالغنيمة! أجابه سرور.

قال مرزوق:

- إنّها فرصة لنسمع من مستجيب شيئاً؟!

كان مستجيب ينظر إليه، وهو يخمّن في داخله أن يُطلب منه ذلك، فبدا شارداً وحزيناً، كأنّما لا يريد لشريط ذكرياته، أن يكرّ على الماضي ويُستعاد، لما فيه من ألم، لكنّه لم يجد منفذاً للتملص من البوح، تحت نظرات مرزوق التي تتطلّب منه الكلام..

قال مستجيب:

- قصدت أخوالي في البصرة، بعد وفاة والدي، وفيها التحقت بجيش الزنج، مع كثير من غلمانهم..

قاطعه مرزوق:

- وأين كنت في البصرة؟ وأهلك من أين بالأصل؟

- لا أريد أن أتذكّر ذلك، ولهذا اختصرت!

- جميل أن تتذكّر الماضي.. أحبّ أن تبدأ منه!

. . .

لـم يلحّ مرزوق على مسـتجيب كثيراً، راح مستجيب يـروي قصّته، بـدءاً مـن ذلك الماضي البعيد، والظـروف التي دفعت جدّه للرحيل من اليمن إلى البحرين، الإقامة فيها، وزواج أبيه فيما بعد من أمّه البصراويّة وولادتـه ووفـاة والديه، الأمر الذي جعله يلجأ إلى أخواله، بعد أن سـطا أقاربه على كلّ ما ورثه من دار وأرض ودواب.. قال:

- كنت كالمستجير من الرمضاء بالنار، هربت من الدبّ إلى الجبّ، دفعني ظلم أخوالي في البصرة إلى العمل في السباخ، لدى مالك للكثير

من الأرض والعبيد يدعى زبيدة، وكان صاحب مكانة لدى والي البصرة. كان رئيس غلمانه ظالماً وبخيلاً، تقتيره علينا بالطعام لا يطاق، يعاقبنا لأقلّ ملاحظة أو هفوة، بمنع الطعام عنّا ليوم أو ليومين، هذا كان أشدّ علينا من ضربنا بالسياط.

ذلك كان سبباً لفراري، والالتحاق بجيش الزنج مع كثيرين، لا أعتقد أن أحداً من صحبي هؤلاء الآن على قيد الحياة، كانت وعود صاحب الزنج تذهب أدراج الرياح، بين معركة وأخرى. كان القائد بعد كل معركة نخوضها وننتصر بها، يقودنا إلى العمل في مزرعته، أو لبناء دار له. لم يختلف الأمر علينا بين زبيدة* ، وغيره مثل حماد الساجي* ، ورميس* ، وعقيل* ، الذين كانوا أوّل من واجه الزنج بالمتطوّعين، وبعدد كبير من أهل البصرة من أهل حيّ المسجد الجامع، وجماعة من الهاشميّين، والقرشيّين. رأيت أن الأمر لم يختلف بين هؤلاء، وبين قائد الزنج وأعوانه، الذين استطاعوا خلال أقلّ من شهرين، أن يضمّوا إلى صفوفهم؛ ليس أعداداً كبيرة من الزنج فحسب؛ بل فرقة كبيرة من الفرسان العرب، الذين كان لهم دور كبير في احتلال البصرة. أتدري يا صاحبي أن أهل البصرة أكثر من يكنّ العداء، ليس لصاحب الزنج الذي خرّب مدينتهم، بل لحاكميها العباسيّين، ولكلّ الطبقات العليا، التي تشدّ على يد أميرهم الكبير، الخليفة!.

دهاقنة البصرة هم أوّل من ساهم بتسليم مدينتهم للزنج، تصوّر يا صاحبي كيف حتى واليها جحظة* يخونها ويخون أهلها، يقبض ثمن خيانته لهم رشوة، لم تكن أكثر من ثلاثين ألف دينار، ليسلم لقائد الزنج مدينته، المساكين أهل البصرة، لم يجدوا أيّ موظف يحاربون تحت قيادته!..

لجأوا إلى إبراهيم بن محمد المعروف بـ"ببريه"* وهو أحد كبار الموظفين، وإلى هارون بن عبد الرحيم* صاحب البريد، وحتى إلى

وجهاء البصرة، لعلّ واحداً من كل هؤلاء ينضوون تحت قيادته، فلم يجدوا أحداً، كان الكلّ قد هربوا خارج المدينة..

. . .

كان سرور مستلقياً يتناوم، وقد أصابه الملل من تكرار الأحداث على لسان مستجيب. نهض قائلاً:

- سألحق بناماري، لقد تأخّر!.

- ألا تريد أن تسمع؟ سأله مرزوق.

أجابه بأسى:

- كأنّما البصرة منذورة للخراب!.. ليقل لك باختصار: خربت مدينتهم على يد هؤلاء وأولئك، وكفى!!.

قال له مرزوق: الحق بناماري..

في سرّه يريد مرزوق أن يسمع المزيد، عمّا كان يحدث خلال السنوات، التي ضاعت من عمره كما كان يعتقد، ندم على أنّه لم يعد إلى بلد -على عبوديته فيه- له به الكثير من الذكريات على الأقل، ولم يكن له فيه أيّ دور. كم تمنّى أن يكون قد شاهد صاحب الزنج، ليهزّه من صدره، ويصرخ به:

- أنت انحرفت يا عليّ بن محمد، إلى طريق الخطأ، الطريق الذي يسير فيه كلّ أنانيّ ومتجبّر، وكلّ من لا يرى أبعد من ظلّه.

يتذكر مرزوق أنّه لم يكن أكثر من عبد لا ينظر إليه أحد، حتى أقرانه إلاّ من زاوية واحدة، يؤمر فيطيع.. من هذا المنظور كان صاحب الزنج يقاتل بهم أعدائه.

كان سرور قد التقى بناماري، وهو في طريق العودة من الصيد مطوّقاً عنقه بثعبان ضخم يتدلّى طرفاه، الرأس، والذنب، حتى الأرض، كان قد اصطاده، وفي يمناه أيضاً يحمل أرنباً لا يزال حياً.

قال لسـرور، كيف كان يلحق بالثعبان، واسـتطاع أن يجهز عليه، ثم لحـق بالأرنـب الـذي كان منهكاً، وكان ناماري أسـرع منـه، فقبض عليه. حدثـه نامـاري، كيف فشـل باصطياد ذئب، ظهر أمامـه فجأة من خلف أحـد الرّجـوم، وعـن غزالة ترضع صغارها، كيف تركهـا ومضى، وعدا عن أنّها مرضعة، لم يعتد أن يقتل أنثى الحيوان أيّا كانت فصيلتها.

- هات الأرنب كي أحمله عنك يا ناماري. قال سرور.

- أخشى أن يفلت منك.

- أجهز عليه، فأحمله.

يلتفت ناماري نحو سرور لائماً:

- هذا لا لنأكله يا بطل!

- وماذا ستفعل به!؟

- سأطلقه!.

- لطالما ستطلقه، لماذا اصطدته؟

- لـم أصطـده، إنما أنقذتـه؛ وما أنقذته من أن يكـون الآن في بطن ثعبـان، ليكـون بعد قليل في بطنك! حدّق به جيداً، إنّه أنثى، سـأطلقها هناك عند ذلك السهل المزروع بالذرة، لعلها تجد ذكراً يؤنسها.

...

انظـر! قـال مسـتجيب لمـرزوق.. ها سـرور وناماري قـد أطلاّ، أترى مثلي أنّهما لا يحملان بأيديهما شيئاً؟

يحدّق مرزوق بهما جيداً:

- أشعل النار يا مستجيب، اقدح حجريّ الصوّان، بما تحت الحطب، كما علّمتك. افتح عينيك. ألا ترى ما الذي يحمله ناماري؟

يحجب مستجيب ضوء الشمس بكفه عن عينيه، وينظر إلى البعيد:

- كأنما يحمل ثعباناً. قال، ثم سارع إلى كومة الحطب، انحنى فوق جهة منها وراح يحكّ ويقدح، أحد حجريّ الصوّان بالآخر.. انتبه مرزوق له:

- قف بوجه الهواء، الهواء لا يساعد شرارة الحجر على إشعال الهشيم في البداية. اقدح بسرعة وقوّة.

يحاول مستجيب إشعال النار، فلم يفلح، دنا مرزوق منه:

- هات الصوّان!.

- رفع كفّه في الفراغ، حدّد اتجاه الهواء، انحنى، وبأوّل محاولة اشتعلت النار. يتصاعد اللهب والدخان.

لم يصل ناماري، حتى كادت النار تخمد مخلفة جمرات يعابثها الهواء، فتتأجّج من جديد.

انتشرت رائحة الشواء في السهل. تحوّلت البقعة الصغيرة التي تناولوا فيها طعامهم، وخلفوا فيها رماد نارهم، وحجارة موقدهم، إلى طلليّةٍ للعابرين من المكان. تتشبّث فيه لفترةٍ من زمن، لعمرٍ قصير قد ينتهي عند أوّل فصل خريف، وأول فصل شتاء.. وإلى ساحة فرح تعبق فيها رائحة الرماد والشواء، وعرق أجساد تحمل تاريخها المليء بالحزن والقهر.. والذكريات، لتوقظ الأرض بألوان من الرقص والدبكة، صبغتها أدغال إفريقيا، وشمسها الاستوائيّة، ورمال جزيرة العرب، ونخيل العراق، وجنّة الشام، بإيقاعات تضرب من الجذور الممتدة إلى الإنسان الأول، تطوف على الكهوف التي نقشها في الصخر، تلملم كلّ ذلك الحزن الذي عرفته البشرية، وجعلته أوتارها، وموسيقاها الأبديّة..

كان مرزوق أشدّهم تجاوباً وتناغماً مع إيقاعات تراثيّة، وأكثرهم صخباً سرور، وأهجنهم مستجيب، وأرشقهم ناماري؛ إذ انْتُزع فتى يافعاً

من قبيلته التي كسواها، لم تسلم من السطو، وخُطف أبنائها ليكونوا في عداد الرقيق.. أو الموتى..

بعد هذه الاحتفالية، استلقوا من تعب الرقص والدبكة والغناء، كانت رؤوسهم هي الأقرب إلى بعضها بعضاً، وسائدهم هي أيديهم المتشابكة تحتها، على شكل صليب كانوا ممددين كأنّما الأرض جعلت من أجسادهم صليبها. تمكّن ملاك النوم من مستجيب فغفا، وإله الشرود من سرور فسرقه إلى الذكريات.

مرزوق وحده كان يصغي لناماري، الذي استرسل في الحديث. يقول: حين تموت الحمير تفرح الكلاب يا صاحبي! يقول المثل.. ومن بديهيّات الحياة، أن القويّ غالباً ما يستبد به الغرور؛ والغرور ابن النعمة، والنعمة ابنة الخيرات، والخيرات ابنة المال، والمال ابن الشيطان، والشيطان ابن النفس البشريّة.

قاطعه مرزوق:

- وإلى أين تريد أن تأخذنا بكلامك هذا يا ناماري؟

- إلى المكان الذي قطعت فيه سرّتي يا مرزوق. يتنهّد ويكمل: إمّا أن تصغوا إلى ما سأقول، أو سأقفل فمي.. لأوّل مرّة في حياتي، أحدهم يسألني مثل هذا السؤال، وأجدها فرصة لي أن أنزع كلّ ما في رأسي وصدري، من أشجان عالقة فيهما، أخاف أن أغصّ بها وأختنق.. بالمقابل فيهما أفراح قليلة أخاف أن تصدأ مع الزمن، ويمتدّ هذا الصدأ إلى القلب فيتسمّم..

- إذاً علينا أن نتابع السير، في الطريق قل ما تشاء. نهض مرزوق، ونفض ما علق على جسمه من تراب، و ناماري بينهم..

* * *

24

فوق أكتاف المنهكين

على وقـع خطواتـه، وخطوات رفاقـه، راح يروي نامـاري، لا حكايته فحسـب، بـل ملحمـة زنجيّـة طويلـة، فيهـا مـن الآلام ما يجعـل الذاكرة تفضـح أسـرارها المخبـأة، وتؤجّج جمراتهـا الكامنة تحـت رمادها. وقع نظـره علـى حجـر صغير أسـود، انحنى والتقطـه، راح يدوره بيـن يديه، كأنّما يفتّش في سطحه عن شيء ما، ربّما لم يثره به أيّ شيء، فطوّحه في الهواء. بدا في حالة تذكّر وذهول.. فجأة انطلق يغنّي:

" مامي ني اينا..

تسيهبيلا مبانا

.. لي

أولونا ".

ردّد ذلك مرّتين، ثم توقف عن الغناء، ثم فوجئوا به يرفع يمناه إلى الأعلى، ويبتهل:

أيّها الإله "نهيال" أسـعفني على تذكر الحقيقة: جدودي الأوائل من بلاد الواق واق، نهاية العالم، جدودي هؤلاء من شـعب الملغاش، وصل إلـى هـذه الجزيـرة جيلنا منهـم، هي هضبـة عالية ينمو فـي مرتفعاتها

البامبو والسافانا، والنخيل الزيتي. تعيش فيها سلاحف، وأفراس نهر، وطيور ضخمة، قالت لي أمي ذات يوم:

"إن أصلنا الأساسي ليس من تلك البلاد، إنّما من المهاجرين الأفارقة البانتو، الذين جاؤوها بمراكبهم الشراعيّة، أقاموا فيها، اختلطوا بسكانها، جدّاتي الأوائل -كما علمت من كبار السن، ورغبة منّي في معرفة كلّ شيء عن الجذور الأولى- أندونيسيّة وهنديّة وسومطريّة وماليزيّة".

انظروا إلى سحنتي، عيوني، شفاهي، شعري، لتعرفوا أنّي مزيج من دماء هاته الجدّات "ملغاشي" تصبغني دماء أعالي النيل، التي اختلطت بدماء الجدود هي الأخرى. كلها شكّلتني "ناماري" الذي يسير معكم في هذه الأرض، ولا يعرف أن كان سيستمر له نسل في هذه الدنيا الواسعة، أو سينقطع. كلّها تشكلت منها، ليضاف إلى"الزولو" إنسان جديد هو أنا، يبتره من قبيلة "الدنكا" التي ولد فيها ملغاشياً ينتمي للزولو نخّاس إفرنجيّ، يحرمه من شمس أفريقيا، ورائحة أرضها. فكّرت حين كنت بعمر لا يزيد عن اثني عشر عاماً، بأن أغامر وأذهب إلى أرض جدودي الأوّلين في بلاد الواق واق. كانت القبيلة تحتفل بعيد الإله، انتظرت حتى أرخى الليل سدوله، تسلّلت إلى ناقة كانت تربيها أمي من أجل حليبها، وتألفني بسبب تكليف أمي لي بإطعامها، لم أكن أحسب أي حساب للمخاطر التي سأتعرّض لها. في الطريق وحوش، زواحف، قبائل لا تطيق غريباً يدخل حرماتها، وأخرى هو عندها من أقسى طقوسها، كدت أكون وجبة لزعيم إحداها، لولا أحد خدمه الذي أنقذني في اللحظة الأخيرة، كان هذا الخادم قزماً يجيد الكثير من لغات إفريقيا، ويعرف الكثير من خبراتها.

قبـل تلـك الليلـة التي كنت سـأُنحر فيها، لم يسـألني من أين جئت، ربما عرف ذلك من لغتي، وهو يبادلني الحديث بها بطلاقة؛ لكنه سألني:

-إلى أين ستذهب؟

-إلى بلاد الواق واق. قلت له.

ضحـك طـويلاً حتى انقلب على قفاه من الضحك، بعد أن هجع راح يحدّثني عن تلك البلاد، بعد أن قلت له إنّها بلاد جدودي الأوائل فقال:

الـواق واق هــي بلادي أنـا لا بلادك، هــي بلاد "الهونتـوت" رجـال الأحراش، هي بلاد قصار القامة أمثالي.

آه لـو تعرف سـبب وجودي في هذا المـكان، والمكانة التي أنا فيها لدى زعيم القبيلة هنا!؟.

أنا مثلك هربت من أهلي وقبيلتي، تنقلت أياماً وشـهوراً، وتعرّضت للمـوت أكثـر من مرّة، حتـى وصلت إلى هنا. قنصنــي بعض رجال هذه القبيلـة، قدّمونـي لزعيمها كغنيمة، فأكـون وجبة طعام له، ضحك منهم قائلاً: لن أتغذى بخنفساء! دعوا هذا الزيز، اغربوا عن وجهي...

طلب مني أن أغنّي له وأرقص، ففعلت.

هذه هي مهنتي هنا.

الآخرون تدهشهم أشكالنا كأقزام.

فرعـون مصر أرسـل من قنـص العديد منّا، ليسـلّوه بالغناء، والرقص، في قديم الزمان.

كلّ منطقتي"هيكوم" و"أوين دكونغ" مقصد القنّاصين الآن.

يريـدون العبيـد لغايـات أخـرى، يريدونهـم للعمـل فـي الأدغـال الكثيفـة، أو للفرجـة!. ليسـوا فـي نظرهم سـوى قردة بشـكل آدميين، منهـم مـن يعتقـد أنهم خلقوا قبل أن يخلق الإنسـان من الطين. يجب أن يعتقـدوا ذلـك؛ فلغـة أهلـي لا تزيـد عـن ثلاث وسـتين كلمـة، يتم

التفاهم فيما عداها بأصوات القردة، كما أن معرفتهم بالحساب لا تتعدى الثلاثة... الآن كلّ ما علينا أن نفعله هو الفرار من هذا المكان بأقصى سرعة، دون أن يلاحظنا أحد.. سأحدثك كثيراً ليس عن أهلي فحسب، بل عن كل ما شاهدت فيما بعد. كل قبيلة هنا لها في مواقع متقدّمة رجال يكمنون، ينذرون قبيلتهم عن أي طارئ، أو خطر داهم، بأصوات الحيوانات أو الطير، لا يميّزها سوى العارف بما توحي إليه من معان. على أية حال، أنا أعرف سرّ هذه الأصوات، ممّا يسهل علينا تفادي الوقوع في هذه الكمائن.. أما بشأن ناقتك، فلندعها لهم، لأنها ستكون عبئاً علينا، لا عوناً لنا..

يتابع ناماري قائلاً:

-غادرنا ذلك المكان، سلكنا طريق الأحراش الذي يعرفه هذا القزم، تعرّضنا فيه لكثير من المخاطر، والمآزق التي كان أسرع منّي بالنجاة منها.

ساعدتني كثيراً، الحيل التي كان يلجأ إليها لإنقاذي من موت محتّم.. قاطعه سرور قائلاً:

-تتحدّث يا ناماري، وكأنّك لم تفرح في حياتك مرّة واحدة!

أجابه ناماري:

-لا، بل فرحت ثلاث مرات، وربما أربع...

-متى وكيف كان ذلك؟ سأله.

-الأولى: حين نجوت من أن أكون وجبة طعام، وقد ذكرتها لكم.

الثانية: حين لمست أوّل امرأة في حياتي غير أمّي، حدث ذلك بعد انتصارنا على جند الموفّق في قرية... غاب اسمها عن البال الآن.. خلال مطاردتنا لفلولهم فيها، واجهتنا قوة من أهلها كانت كامنة لنا في إحدى دورها الكبيرة، قُتل منّا أكثر من ثلاثين، لكنّنا في النهاية، قبضنا على

أكثر من مائة رجل، وأسرنا خمسة عشر. انفلتنا بعدها نأسر النسوة والأطفال. لمحت صبيّة تحاول أن تجد ملاذاً تختبئ فيه.

انطلقت خلفها قبل أن أبلغها التفتت إلى الخلف، توقفت، انكفأت نحوي، وهي تمسح دموعها، لم تلبث أن انقضّت عليّ مثل لبوة كاسرة.

دخلت معها في صراع عنيف، تمزقت ثيابها، طرحتها أرضاً، ألقيت بثقلي فوقها، نشبت أظافرها في عنقي، تمكّنت منها، التقت عيوننا بنظرة تحد، كدت استسلم لها، وأنا أتوخّى الحذر من إلحاق الأذى بها، جسدها الحارّ أشعل في جسدي جذوة نار، لهيبها تصاعد على رأسي، التقت عيوننا ثانية، قرأت في عينيها التوسّل، الخوف، الانكسار، نداءات الأنثى النبيلة، لم تكن عيناي أقلّ استجابة لها، تراخت يدها.

أفلتت يدي مشفقة عليّ، راحت تمسح دمي النازف من عنقي بباطن كفّها وأصابعها، انقلب لهاثها إلى أنفاس حارقة، رفعت يديها كأنما ترجوني أن أكفّ عنها، وألّا تكون في عداد الأسيرات، تبيّن لي أنّها خرساء، استسلمت لطلبها، أشرت لها أن تتظاهر بالموت، ففعلت.

مسحت بدمائي التي كانت ما تزال تنزف، وجهها، وصدرها، وخرجت. كان فرحي يومها مضاعفاً.

-والثالثة يا ناماري؟ سأله سرور متعجّلاً.

أجابه:

-حدثت قبل تلك الحادثة بستّ سنين:

-كنت عبداً لأحد سادة البصرة، غضب منّي ذات يوم بسبب جارية رآها تنظر إليّ خلسة -هذا ما علمته فيما بعد- فأمر وكيله أن يبيعني.

قال للوكيل:

-لا أريد أن أرى هذا الشيطان، بعه لنخّاس لا يعرف الله، أو لأفقر الناس في السوق، ولو بثمن بخس، كي يموت عنده جوعاً، أو أجّره لأيّ

شخص، إذا لم تجد من يشتريه.. بعد مداولات الوكيل مع الشارين في السوق، باعني لاثنين تشاركا على دفع ثمني، وسريعا تحرّر عقد البيع، وشهد الشهود. دفع كلّ منهما خمس دراهم للوكيل، نظر إليّ بشماتة وتشفٍّ، وغادر المكان..

مضيت مع الرجلين، وسلسلة قيد عنقي تنتقل من يد أحدهما إلى الآخر، وهما بين أخذ وردّ، وشدّ السلسلة، باليد التي كان من يمسك بها متوتّراً في النقاش المحتوم الذي دار بينهما حول مسائل مختلفة تتعلق بشراكتهما. عند وصولنا دار الأول والسلسة بيده، أصرّ الآخر على اصطحابي معه، وبين تناوب شدّ السلسة، والاثنان يتشبثان بها نفرت عروق رقبتي، جحظت عيناي، عانيت من ألم لا يطاق. آلت السلسة أخيراً إلى الرجل الثاني، وقد كان أقوى زنداً، وأقوى حجّة، تنفست الصعداء..

ذقت الأمرّين لدى هذا الرجل، كما عند الآخر فيما بعد. كان الاثنان لا يرحمان، فتعبت، تعبت حدّ الإعياء.. كانا بخيلين مقتّرين، أضناني الجوع. كنت أصاب بدوار شديد، كنت أتخيّل كيف الناس يأكلون. كم فكّرت بالانتقام منهما، أو من أي أحد في هذه الدنيا النى جئت إليها، وعلى اتساعها تضيق عليّ!! حتى من نفسي فكرت أن أنتقم، لأنّني كنت عاجزاً عن الانتقام من أحد. كان الهم يعتريني في اللحظات التي أذهب بها بحجة نفسي. كنت لا أفرغ ما يدخل معدتي من الطعام الجافّ بسهولة، كانت آلامي كلّ مرّة أشدّ من آلام امرأة تلد، كان يخرج منّي مثل بعر الدواب، كل ّخمسة أو ستة أيام.

جاء الفرج أخيراً! قلت في سرّي، انتابني فرح غامر، يوم اشترى أحدهما حصّة الآخر، وغدوت ملكاً لواحد فقط!.

أما فرحتي الأخيرة كانت عند اختطافي من قبل زنجيّ مثلي، وأنا في طريقي إلى العمل عند ذلك المالك مع العديد من العبيد، في شقّ

ترعة لتصريف مياه آسنة تغمر مساحة من أرضه. عرفت أن الزنجيّ من الزنوج الثائرين مع ذلك الرجل عليّ بن محمد، "صاحب الزنج".. حاولت التمنّع بالسير معه. قلت له:

- لن أذهب معك مرغماً، اتركني كي أذهب معك بإرادتي، لكنّه لم يفهـم لغتي، كما لـم أفهم اللغة التـي كان ينهرني بها، هدّدني بسيف قصير كان في يده، استسلمت له طائعاً، وقلبي يكاد يطير من الفرح. ساقني إلى معسكرهم، كان عليّ صاحب الزنج يلقي الكلمات الأخيرة من خطابه برجاله، من زنج وسواهم: "بكم سيكون النصر إن شاء الله".

رأيت عليّاً يحوّل نظره نحوي، فيما أنا آخذ مكاني في الصف الأخير مـن جنـده، قادنـي إليـه جنديّه الذي أسرني، وقـف إلى جانبـي، تأبّط ذراعي، وشدّ عليها بقوة، ونظره معلق بالسيّد، كأنّما يقول له: أنظر إلى صيدي الثمين هذا! -وهو يعنيني-.

يشـرد نامـاري قليلاً، يحدّق في نقطة من الفـراغ غير محددة، ينتبه إلى رفاقه الذين ينتظرون منه متابعة الكلام، يقول: أعود إلى حكايتي مع القزم، فاتني أن أقول لكم ما اسمه، اسمه "سوما" كان هو الذي يقودني.

تماماً كنت كأرنب يقوده فأر، لقد كانت خبرته واسعة، كأنّما يعرف كلّ الأمكنة التي يتوغّل فيها، وأكثر اللغات التي علينا أن نتفاهم بها مع من تتقاطع معهم طريقنا، كان قد بدأ فصل الشتاء، قال لي:

- سنشـاهد بعـد تلك الواحـة قبيلة، هي جزء مـن قبيلة "النامان"، وقـد نزحـت إلى هذا المكان، كانت فخذاً في القبيلة، فكبرت وصارت قبيلـة. لا تـزال تحمـل كل عاداتها، إذا كان حظنا طيبـاً، يكون عيدهم السـنويّ بقـدوم المطر، هـؤلاء مـن "الهوتنـوت" القدامـى، الذين صـاروا مـن الماضـي، ولـم يتبقَ منهم سـوى بعـض عاداتهـم القديمة ومعتقداتهم..

ما إن قطعنا الواحة حتى اشتدّ هطول المطر، ظهرت أكواخهم، كانوا يخرجون منها إلى ساحة تتوسط هذه الأكواخ، قال سوما:

- لا شكّ أن احتفالهم سيبدأ الآن؛ فلنسرع لنحظى بزعيمهم، وإلاّ فلن نفلت من العقاب. كان الجميع يلبسون جلوداً مقلوبة، إذ من عاداتهم أن يلبسوا جلود الغنم، وصوفها إلى الداخل شتاءً، وعلى العكس صيفاً، عدا الفتيات البالغات، فكنّ عاريات تماماً يتأهبن للسير، والرقص تحت المطر، وغسل رؤوسهن وأجسادهن، ليلدن أطفالاً أكثر في المستقبل.

كانت أغنام كثيرة مذبوحة ومعلقة، معدّة لهذا الاحتفال، والنسوة يقمن بإعداد المواقد لشيّها. سارع عدد من الشبان الذين يحرسون القبيلة بأقواسهم، وطوّقونا، طلب سوما منهم أن يقابلونا بزعيمهم ففعلوا، كان الزعيم يتأهّب هو الآخر للجلوس على المحفّة، التي سيحمل عليها إلى الساحة، وكان لزاماً علينا أن نقدم اسمينا، وعمرينا له حسب العادة المتبعة لديهم حين يعرّف أحد على نفسه...

طلب الزعيم من سوما بعد التعارف أن يرقص أمامه، أمر بإحضار قارعي الطبول، والكلّ يجيدون ذلك، قام سوما بأداء حركات بهلوانية، ثم رقص رقصة القرد. ترافق الاحتفال بالمطر مع الاحتفال بتزويج شاب وفتاة، انسحبت الفتاة من بين الفتيات، وغادرت مسرعة إلى كوخ ذويها، لحق بها عدد من النسوة، خرجن بها بعد أن لبست جلدها، وقد صبغ صوفه الأبيض بألوان زاهية. تقدم عريسها من الزعيم، انحنى أمامه، ثم جثا على الأرض وسجد، ظلّ العريس ساجداً إلى أن أمره بالنهوض.

تحول الجميع من الاحتفال بالمطر، إلى إقامة احتفال للعريس والعروس.

تخللـت طقوسـه البسـيطة، الكثير مـن الرقصات والغنـاء، وتقديم الطعـام، ولم أجد أشـد احتراماً للمرأة، مـن احترام هذه القبيلة للمرأة في حياتي..

الأمّ لها القول الفصل، كذا الأخت الكبرى والعمّة، للمرأة دور ملموس فـي إعداد مراسـم مراحل الحياة: الولادة، البلـوغ، الزواج، الزواج الثاني، الوفاة، تحديد الواجبات للطلبات الاجتماعية، ولمكانة الشخص.

الأسـلوب الصحيـح لتصرّف الفـرد مع رفاقه وطبقته، مـع الذين هم أدنـى منـه أو أعلى. مراسـمهم معقـدة، منذ الولادة يهيـأ الطفل للمرور بطقـوس القبيلة للاعتراف بـه كرجـل، وعضـو كامـل فيها. تجـري هذه المراسـم بتحضير حفلة سـرّية، لا يحضرها سـوى الأشـخاص المؤهّلين، والمعدّيـن لهـا، لا تتـم إلا بعد تحضير وليمة من نوع معين، فالشـخص هو الذي يعلن عن انتقاله من طبقة إلى أخرى، بأن يصرّح قائلاً:
سأصبح "نوو".

وحتى يبعد عن نفسه الخطر في تماسه مع الآخرين، وكي يتساوى مع أفراد مجموعته الجديدة، يجب أن يتساوى معهم بـ"حقنة روحيّة" يفتح جرح في أحد أجزاء جسـمه، يتغير مكانها حسب الصفة المؤهّل إليها والدرجة، توضع في الجرح بعض الدهون الوسخة، من جسـم أحد الرجـال المقدّسـين. يسـري ذلك على الرجل عند زواجه للمـرّة الثانية أيضـاً، كمـا عنـد زواجـه الأوّل...لفت نظـري غياب العريس لفترة خلال عرسـه، عرفت فيما بعد أنّه غاب عن الاحتفال لهذا الغرض، عند البلوغ يحدث ذلك، وعند الدخول في إطار الصيادين، وغيره.

ليصبح "نوو".. كلّ مرحلة تلغي سـابقتها، يجب على الفرد أن يولد مـن جديـد، كتنظيف خاص لجسـم الـ"نوو" عن طريق شـخص مقدّس، يرتـدي نوعـاً جديداً من اللباس، ويشـارك مجموعته الجديدة طعامهم،

ثـم يعـاد تقديمه إلى كلّ أفراد عائلته. بعدها يعود إلى القيام بواجباته العائليـة اليوميـة. أما مراسـم البنات، فتبدأ بعـزل الفتاة فترة من الزمن، في كوخ مظلم بجانب كوخ والديها، وتبقى هناك هادئة مغطاة ببطانية من جلود الأغنام، ولا تتكلم إلا همسـاً. مع ذلك يمكنها اسـتقبال بعض صديقاتهـا، اللواتـي يطحـنّ لها أوراقاً زكيّـة الرائحة، جعلنها على شـكل بـودرة، يغطّيـن فيها الفتاة كلياً، وعلى الفتـاة البقاء في الكوخ، لا تمسّ المـاء البـارد، كمـا عليها أن تحمي نفسـها من أشـياء أخرى كثيـرة، ولما يحين موعد خروجها، تأتي امرأة مسنّة من اللواتي نجحن في زواجهن، وأنجبـن عـدة أطفـال، وتجـاوزن مرحلـة الحمل والـولادة، هـذه المرأة تكلف بالعناية بها، في فترة الانعزال وما بعدها.

.. تُعنـى هـذه المـرأة بجسـم الفتـاة بالدهـون الممزوجـة بروث البقـر لتنظيفها.

.. ترافقهـا، وهـي تخـرج مـن الكـوخ ممسـكة بيدها بحضور نسـوة تنتظرن خروجها.

.. ترافقهـا وهـي تقـوم بإعـداد الطعـام للنسـوة اللواتـي يشـاركنها بإعداده.

.. تعلّمهـا كيـف تحلـب البقـرة، بعـد أن صـارت حـرّة، وهـي متّكئة علـى ذراعهـا.. حليـب أوّل حلابـة يكـون مقدّسـاً، ولا تشـربه إلاّ المـرأة المشـرفة، والفتيات اللواتي في سـنها.. عند المسـاء يتم غسـلها، تسـير خلف المشرفة، وخلفها مباشرة امرأة عجوز، وفتاة عازبة.. عند الوصول إلـى المـاء تأخـذ المرأتان غصناً؛ بينما تكون الفتاة قد سـارت إلى مكان موحل، حتى يبلغ الطين أعلى ساقيها..

* * *

25

طيفٌ يعبر بخفقة جناح

كان مـرزوق يصغـي لنامـاري على مضـض، لم ينتبه نامـاري لتبرّمه، ينهض مرزوق فجأة، يخاطبه بعصبيّة:

- وماذا يعنينا من كلّ هذا الهراء!؟

- أهذا تسمّيه هراء يا مرزوق؟

ينهض الجميع، يقول سرور لمرزوق لائماً:

- ما كان عليك أن تخذله، بالنسبة لي أتابع ما يقوله كلمة بكلمة..

وقال مستجيب:

- أنا أيضاً أصغي إليه بشغف.

أجابهما مرزوق:

- الآن علينـا أن نفكـر بمـا نحـن فيـه، مـا يقوله ناماري لـه غير هذا الوقت..

ثم وجّه سؤالاً مباغتاً:

- ألستم ظمآنين مثلي. يكاد يقتلني العطش!؟

- وأشـد ظمـأً منـك. قال سـرور، وأضـاف: لكن أين سـنجد الماء في هذه الأرض القاحلة..؟

- هيّا نتابع السير. أجابه مرزوق.

انطلق مرزوق أمامهم فانطلقوا بعده، ثم انتظمت خطواتهم ليسيروا على نسق، عدا ناماري الذي قصرت خطواته، فسار خلفهم، وغلالة حزن ترتسم على وجهه. التفت إليه مرزوق بنظرة ودّ فيها ما يوحي باسترضاء ناماري، التقت نظراتهما، قرأ مرزوق ما بعيني ناماري من عتاب يخفي الكثير مما هو مكتوم، قصّر خطواته حتى حاذاه بالسير، وضع يده على كتفه برفق، تابعا السير دون أن ينظر أحدهما إلى الآخر، بعد فترة قصيرة بادره مرزوق بسؤاله:

- أزعلت مني؟

- بصراحة لقد صدمتني، كنت وأنا مسترسل بالحديث عمّا عانيت ورأيت وسمعت خلال الفترة التي سبقت، أشعر بأن روحي ما تزال هناك في إفريقيا، تعانق أهلي تحلق مثل طير فوق غاباتها، أنهارها، جبالها. روحي ما تزال هناك تحت شمس إفريقيا تسكن مع أهلها في أكواخهم، تفرح لفرحهم، وتحزن لحزنهم..

قاطعه مرزوق:

- لكنّنا الآن لسنا هناك، إنّنا الآن وفي هذه اللحظات كشجرة مقطوعة، أنتم عشتم أياماً عصيبة، ذقتم ويلات حرب مجنونة، لم تبق ولم تذر. نجوتم بأرواحكم، وأنا أسمع وأمتلئ ألماً وشجناً، لأن ما حدث لا يتقبله عقل، لا يزال العبد أينما وجد عرضه للموت، للجوع، للإذلال.

- ألا ترى معي، كأنما الزنج، وكلّ أطياف العبيد، الذين اندفعوا مع صاحبهم لحرب العباسيين، أصيبوا بلوثة جنون معاً حين فعلوا ذلك!؟

- كانوا ينشدون الخلاص.. هذا عذرهم!

- أليس مجنوناً من يهرب من جحيم إلى جحيم؟.

- هـم لم يهربوا حسـب ظني من جحيـم إلى جحيـم، بل من جحيم إلى أمل. إلى حلم!.

- لكـن هربهـم -وأنـا واحد منهم- لـم يكن لأملهـم، أو لحلمهم، بل لأمل رجل أو أحد، ولحلمه، هو عليّ بن محمد.

- لا أعتقد أن ذلك هو الحقيقة!

- أين الحقيقة إذاً؟

- سنعرف فيما بعد.

- حتى لو عرفنا؛ فإن كل شيء قد انتهى!

- أنا أرى على العكس تماماً، كلّ شيء قد بدأ الآن.

- ثورة عليّ يا صاحبي، نيزك سقط، وانطفأ، وغدا رماداً!

- لطالمـا علـى الأرض عبد يئـنّ بقيـد، فلـن تنطفـئ نار السـعي إلى الخلاص.

سيأتي من يؤجّج هذه النار لنفسه، كما فعل صاحبنا، ولن يظلّ حيّاً سوى القيد. ليس أمامنا غير طريق واحد، هو العودة إلى بلادنا.

- هنـاك عنـد محط أول قدم، سـنجد نخّاسـاً ينتظـر، أو قرصاناً. هذا ليس حلاً..

- ما الحل إذاً برأيك؟

- نتركه للقدر.

- أما أنا، فلا!

. . .

وصل النقـاش مـا بين مرزوق وناماري إلى طريق مسـدود، لم يحتدّ أحد منهما، حاول مرزوق أن يكسـر الصمت الذي سـاد لفترة، والجميع ما زالوا يغذّون السير، كلّ منهم يفكّر بعالمه الخاص:

- نشـف ريقـي من العطش يا ناماري، بينمـا كان ناماري يحدّق في البعيد نحو الشمس. فاجأهم قائلاً:

- مـاء! ثـم أشـار بيده نحـو بقعة مخضـرّة في منخفض مـن الأرض، تقول لنا خضرتها:

- هنا يوجد ماء! إنّي أرى طيوراً تحطّ عندها. أترونها مثلي؟

سـارعوا الخطـو حتى وصلـوا إليها، لم يجدوا ماء بـل بقعة تجمّعت فيهـا ميـاه مسـيل ينحدر نحوها، جفّت مخلفة تربـة طرّية ورطبة، لكن بعـض الغربـان التـي كانت تحط قربهـا، فرّت حين اقتربـوا منها وظلّت تحوم. قال ناماري لهم:

- لا شكّ أنّها تحوم فوق جيفة.

جالـت أبصارهم في المكان، عيناه كانتا الأسـرع في رؤية المشـهد: أنّهـا جثـة إنسـان، وعليهـا بقايا من ثيـاب. تراكضوا نحوهـا، ناماري كان أسـرعهم، تفحّصتهـا أنظارهـم، أجمع الكل على أنها جثّـة رجل أربعينيّ مـات قـتلاً في هذا المـكان، ولمّا يمرّ على مقتله أكثر من سـاعات، لأن قتله حتى لو كان من يوم سـابق، لتناهشـته وحوش البرّية، عيناه فقط نقرتهمـا الطيـور، وبعـض وجهـه، وظاهر كفيّه. مقتله لـم يكن في ذات المـكان، وإلا لسـال منـه دم، وتبقع في التراب جـرّاء الطعنات التي في جسمه. ناماري راح يفسر الحادثة:

- إنّه محمول على دابّة إلى هنا، الأرجح أنّها حصان أو فرس، انظروا إلى هذا الأثر، إنّه حوافر خيل..

قال لهم مرزوق:

- إكرام الميت دفنه! فلنحفر له قبراً، وندفنه..

- وأنا أقرأ على روحة الفاتحة. قال مستجيب.

اعترض ناماري:

- لا بل يجب تركه في العراء، كي تأكله الضباع!

حدّقوا به مستنكرين ما يقول، تناول مستجيب حجراً حادّاً كان تحت بصره، اندفع ناماري نحوه، انتزع الحجر من يده:

- قلت يجب أن نتركه للضباع!

سأله مرزوق محاولاً إقناعه:

- كيف يا ناماري نتركه دون دفن؟ حرام هذا!.

- بل حرام دفنه! راح ناماري يعلل رأيه بموروث كان قد تأثر به، من رفاقه العبيد المنحدرين من قبيلة "النائدي" الإفريقية، وطريقة تعاملهم مع موتاهم، وراح يشرح لهم ما عليهم أن يفعلوه:

- نطوي رجله اليمنى لأنه رجل، ثم نأتي ليلاً وننادي الضباع، نتفقده في ليلة أخرى؛ وإذا كانت الجثة ما تزال على حالها نبحث عن معزة.

نذبحها، ونضع قطعة منها تشويقاً للضباع كي تأتي..

قاطعه مرزوق مستغرباً ممّا يقول:

- وإذا لم تأته الضباع.. أنتركه في العراء!؟

- ماذا يضيره هذا؟ يكون فيه شيء من السحر!

- أيترك هكذا! مستحيل!

- لا نبحث عن فعل السحر به، نحرق الجثة بعد أن يبوح بكل شيء.

- ما هذه الخزعبلات؟!!

يشير مرزوق: مات مقتولاً، فلا سحر به، ولا من يحزنون. استلّ خنجره من زنّاره، وسبقهما إلى الحفر بنصله.

تنحّى ناماري جانباً، وهو يقول غاضباً:

- لن أشاركم جريمة دفنه، الضباع خلقها الربّ، وعليها أن تجد ما تقتات به، في هذه البراري القاحلة!

حمل الثلاثة الجثة إلى الحفرة، واروها فيها، أهالوا عليها التراب.

رصفوا التراب بحجارة صغيرة، بينما كان مرزوق يبحث عن حجر مناسب كشاهدة، عثر على حجر أقرب إلى الاستطالة، ركزه عن رأس القبر:

- الآن تعال اقرأ الفاتحة يا مستجيب.

- أنت أولى! قال مستجيب، وظلّ على موقفه.

أشار مرزوق إلى سرور أن يتقدم، وما لبث ناماري أيضاً أن وقف خلفهم.

- نتلوها كلنا معاً. قال مرزوق.

وقفوا خاشعين وقرؤوا الفاتحة، ثم غادروا المكان، واتجهوا شرقاً.

- يبدو أنّنا في مفازة. قال مرزوق. أضاف وهو يلوم نفسه على تعنته الخاطئ في تحديد الجهات:

-أنا المخطئ، وحقكم عليّ!

توقفوا، والحيرة تبدو على وجوههم..

قال لهم ناماري، وهو يشير إلى مرتفع من الأرض تنعدم رؤية ما خلفه:

- سيروا على مهل، وأنا أصعد ذلك المرتفع أستطلع ما خلفه، إن لوّحت لكم بيميني، تقدموا؛ فأكون قد رأيت خضرة، أو ما يدل على شيء يقودنا في الاتجاه الصحيح؛ أما إذا رفعت يدّي الاثنتين قفوا في أماكنكم، أنا سأعود إليكم.

غادر ناماري المكان عدواً سريعاً، كأنما لا أرض تحت قدميه، بلغ المرتفع، صعد حتى نهايته من الجهة الأخرى، كان مرزوق أكثرهم

دهشـة بخفّة ناماري، شـعر في داخله بالندم من جديد على زجره له، سواء حين راح يروي حكايته، أو حين أبدى رأيه في دفن القتيل، قال في داخله:

- إن مثـل هـذا النمـر لا يزجر! أيّ امرأة حملتـه!؟.. إنه جنّي، وليس أنسيّاً..! ثم حوّل نظره إلى مستجيب وسرور، مقارناً في سره بينهما، وقد بـدا عليهمـا الإرهاق جليّـاً، وبين ناماري الذي لم ينل منه عناء المسـير ما نال منهما.

توقف ناماري قليلاً في أعلى التلة، ثم ما لبث أن هبط إلى الطريق الآخر منها، وغاب عن الأنظار، بدا الاستغراب عليهم، كأنّما يتساءلون:

- ما بدر منه ليس ما ننتظره!

قال مرزوق مبدّداً ما قد اعتراهم من شكوك حوله:

- لعله راح يتأكد من شـيء ما!؟ لكنه في سـرّه خشـي من أن يكون قد افترق عنهم.

قال سرور متوجساً:

- أخشى ألاّ يعود!

عقّب مستجيب متوجسّاً هو الآخر:

- لا أعتقد أنّنا سنراه ثانية!

كان مرزوق متخوفاً هو الآخر:

- هيّا نسرع بالصعود إلى التلّ، ونتابعه..

قاطعه سرور:

- يكـون قـد اختفـى! أضـاف: مثله ينطـح أباه إذا غضـب، ويأكل أمّه إذا جاع!.

وصلـوا رأس التـلّ منهكيـن، شـاهدوا خربة ومعالم وبيـوت كأنّما

أصابها زلزال، خلفها من الشـرق خضرة في وادٍ شـكّلته السيول، قليل الانحـدار يمتـد جنوبـاً، شـاهدوا أربـع خيـام صغيـرة، دابتـان، ذلول، فرس شقراء.

شـاهدوا نامـاري يلتفّ من خلف إحـدى الخيام، خرجت منها خلفه امرأة، كأنّما تقول له شيئاً ما، وهي تشير بيدها نحو الشرق.

يتّجه ناماري نحو الفرس، يحرّر رسنها من وتد دُقّ في الأرض.

يتعامل معها بهدوء، وملاطفة قبل أن يمتطيها، بدت أنّها سكنت له.

قال سرور:

- يبدو أنها ليست أصيلة!

أجابه مرزوق، وهو يهزّ رأسه بالنفي:

- الفـرس تعـرف خيّالهـا..! ثم انطلقت تعـدو بناماري. قال مرزوق في سرّه:

- إنهـا تشـبه فـرس وطفة، إن لم تكن هي ذاتها! يتسـاءل: إن كانت هي؛ فماذا في الأمر؟

يعتلـي نامـاري الفرس، يلكزها، تنطلق به، يرى رفاقه، يشـير لهم أن يهبطوا من التل لملاقاته، تملأه مرزوق، وهو يقترب منهم، تأكّد له أنّها فرس وطفة بنت أبي ثامر. تساءل في داخله متوجساً:

- لكن لماذا هي هنا!؟

قال لهم ناماري فور التقائه بهم، وهو يشير إلى الخيام:

- هناك امرأة طلبت التعرّف إليكم!

- هل قالت لك شيئاً غير ذلك؟ سأله مرزوق.

- لا، فقط سـألتني من رفاقك؟ أجبتها، اسـتغرقت في ذهول عميق، كأنّما تتذكّر، هذا كلّ شيء.

كانـت الفـرس تنظـر إلى مرزوق محاولة التقرب منه، والتحسـس به،
اختطف رسـنها من ناماري. ما إن شـدّ مرزوق رسـن الفرس حتى راحت
تصهل، وترفع قائمتيها الأماميتين، وتخبطهما بالأرض، بدت كأنّما ترقص.
فعلت ذلك أكثر من مرّة، صهيلها كان يشقّ الفضاء..

ساروا نحو الخيام، رسن الفرس لا يزال في قبضة مرزوق، وهي تهدج
خلفهم بفرح جنونيّ..

خرجت زرقاء السوح فضّة، خلعت شالها عن رأسها، وراحت تندب،
كان ندبها موجهاً لمرزوق:

"عفراقكم يا خلّي، قلبي غدا بالويل

والريح سودا خذت مني عطور الهيل

والنور بعيوني غبش، ما شوف غير الليل

ع غيابكم قلبي احترق، وانهدّ منّي الحيل

وريحة فرس ظلّت معي تنده صهيل الخيل

خيّالها بين الذياب يلوب، وروحي كنجم سهيل"

همس ناماري في أذن مرزوق مبتسماً بخبث:

- ستظلّ هذه المرأة تندب إلى أن تموت!

حاول مرزوق أن يظلّ صامتاً، لكنّه لم يستطع، سأل مرزوق:

- أشامت بها؟

- ليـس شـماتة، لكـنّ العشـائر ستسـتمرّ بالاقتتال مـع بعضها إلى
يوم القيامة!.

انفرد مـرزوق عنهـم، دنـا من المـرأة، وقد عرفها تمامـاً.. إنّها فضّة
"زرقـاء السـوح"، بـدت شعثاء مهلهلـة الثوب، حيّاهـا، بادلتـه التحيّـة
وبادرته الكلام، أخبرته بما حدث بين عشـيرة أبي ثامر، وعشـيرة أخرى

من الشمال تضمر لها الشرّ، الذي ينطوي على الاستئثار بحماية طريق الحجّ، وطريق القوافل التجاريّة، ما بين الشام والقدس، والشام وبلاد نجد، وجنوب العراق. لم يكن الهدف عشيرة أبي ثامر وحدها، بل كلّ العشائر التي تنتمي في جذورها إلى "مطلق بن سبر بن شبيب التبّعيّ"..

كانت عشائر الشمال من القوة، ما استطاعت أن تنتزع المهمّة الموكلة لخصومها في حماية الطرق الحيّوية، وتشتت شملها.

أما عن عشيرة أبي ثامر، قالت فضّة، وهي غير متيقنة، وباعتقاد غير جازم:

- إنّ أبا ثامر نزح مع بعض عشيرته، بعد مقتل ابنه ثامر إلى جبل الأشعري في حوران، هناك من فرسانه من انضم إلى خصومه، كما تمّ أسر من لم يستسلم ويخضع لهم، ولم يتمّ العفو عنهم حتى قطعوا على أنفسهم عهداً بالانفصال عن أبي ثامر، والإقامة عند أطراف المدن، أو في أماكن محدّدة لهم بين مضاربهم..

سكتت فضّة لبرهة، عيناها اغرورقتا بالدمع، استطردت تقول بصوت كارثي:

- أما وطفة، فقد أسرت، لا يعلم إلاّ الله أين تكون، لا أحد يدري ماذا حل بها لكنني لا أعتقد أن أحداً سيصيبها بسوء، لأنهم لن يعتبروها غنيمة أو فدية، بل رهينة لتنفيذ مأرب وتحقيق شروط.

- لكنّي أرى فرسها هنا!؟ قال مرزوق.

- قطعت الفرس زمامها في تلك الليلة المشؤومة، هربت كما هربنا، لم أكن أدري أنّها تتابع خطانا في اليوم التالي كأنّها واحدة منّا، كنت قد اصطحبت معي إلى هنا صبية دخيلة لجأت إلى عشيرتنا هرباً، من صاحب شرطة ابن طولون حسبما قالت لأبي ثامر، لم أعرف أسباب

هربها إلاّ في الليلة الفائتة، لا أخفيك سرّاً أنّنا تمكنّا من قتل أحد جنده عند فجر هذا النهار، جاءنا متخفياً بزيّ بدويّ، كانت الدخيلة تعرفه من قبل، لا ندري من وشى له حتى عرف أنّها في هذا المكان، كنت نائمة عندها، حاول التسلل إلى خيمتها، ربما لقتلها أو لاختطافها.

هي الليلة الوحيدة التي فكرت فيها بألّا أدعها تنام وحدها، كأن هاتفاً من الغيب أوحى لي: هناك من يضمر لها شرّاً. رأيت من شق الخيمة شبحاً ينبطح أرضاً، راح يزحف نحونا، وكعادتي عند النوم أضع الخنجر تحت وسادتي، مددت يدي ونزعت الخنجر من غمده، شددت عليه قبضتي، وصل الشبح الزاحف الخيمة، انتظرت حتى دخل القسم العلوي من جسمه الخيمة، أحسست أن الدخيلة تتعرض لسوء، صرخت فارتبك، كانت فرصة لي أن أغمد الخنجر في صدره.

نزعته فيما كان يحاول الوقوف، طعنته في الخاصرة، هوى، ثم لا أدري كم طعنة طعنته حتى تلاشى تماماً، فكرنا طويلاً ماذا نفعل بجثته!؟.

أخيراً حملناه على فرس وطفة، وألقيناه خلف التلة الواقعة إلى الشمال من هذا المكان كي تأكله الوحوش، كلّ ذلك تم قبل شروق الشمس، قالت لي الدخيلة:

-أنا أعرف هذا الشخص، هو السبب في لجوئي إلى الشيخ أبي ثامر، وأكون دخيلة لديه، رجل من القدم الشريف نصحني بذلك، قال لي: إنّه الوحيد الذي يستطيع حمايتك.

حدث ما حدث للعشيرة، وعليّ أن أحمي دخيلتها..

أخلت لهم زرقاء السوح خيمة تقيم فيها امرأة وولداها الصغيران، ليستريحوا ويلوذوا عن الأعين، هناك من يترصّد هذه الخيام من بعيد

بيـن الحيـن والآخر، أعدّت لهم ما تيسـر من طعـام، تناولوه، وراحوا في إغفـاءة طويلـة، عـدا مرزوق، شـاغله التفكيـر بالطريقة التـي ينقذ فيها وطفة، جافاه النوم، كان مشوشاً، فلم يستطيع أن يجد حلاً.

فضّة بالمقابل كانت في خيمتها تفكر أيضاً كيف ستسـتعين بهؤلاء الشـبان لتحقيـق أكثـر من غايـة، أوّلها إنقـاذ وطفة، الصبيّـة التي لو لم تؤخذ على حين غرّة، لما أصاب العشيرة ما أصابها..

لـيلاً انفـردت فضّـة بمرزوق تتـدارس معه الوسـائل التـي تنقذ فيها وطفة، وتعيد لعشائر قبيلتها بعض هيبتها، بعد شروط خصومها القاسية، شروط تفضي إلى أكثر من إذلالها، حتى لا تقوم لها قائمة، ولو بعد ألف عام. أوّل هذه الشـروط وأقسـاها، أن يذهـب كلّ شـيخ عشـيرة بمفرده، وألّا يدخل حمى قبيلة الخصم إلاّ راجلاً، يقدّم نفسه لزعيمها متحلّلاً من الولاء لقبيلته، ومن زعامته لعشـيرته، وفدية مؤلفة من مائة ناقة وألف ليرة ذهبيّة.

- بالقوة؟! قال لها مرزوق، بعد كل ما دار بينهما من نقاش.

- لا، بالحيلة! أجابته حاسـمة الأمر بأن قوة أفراد قلائل ليسـت أكثر من مقامرة خاسـرة في وجه قبيلة تسـيطر على معظم البوادي الشامية بالإضافـة إلـى أنها أصبحت صاحبة المكانة المميزة لدى ولاة السـلطان بحمايتها لمصالحهم، ولاستتباب الأمر في الصحراء. بالحيلة، وهي الأكثر صواباً، في كسر شوكتهم، وعنجهيتهم..

.. أصرّت فضّة على رأيها، فنّدت له ما يجب أن يكون، وما يمكن أن يحـدث.. أن للون البشـرة حكمتـه، قالت: أنت والأسـمر الآخر "ناماري" لكما مهمّات سأوضّحها لك فيما بعد، الاثنان الآخران وهنا بيت القصيد، أحدهمـا يأخـذ دور تاجر من اليمن السـعيد، والآخر دور تاجر حبشـيّ،

تقصد الأول"مستجيب"، والثاني "سرور"، وأنت تكون عبداً لأحدهما، ورفيقك عبداً للآخر..

قاطعها مرزوق بحدة:

- أسقط وأموت حرّاً وقويّاً يا فضّة، ولا أكون عبداً لأحد، أو أكون حيّاً أعيش خفيض الرأس!

ضحكت فضة قائلة:

- أنت فيما نرمي إليه، لست كما تظنّ، أنت لأنك حر ستفعل ذلك!

فكّر قليلاً بما ألمحت إليه فابتسم:

- الآن فهمت، وماذا بعد؟ سألها.

قالت:

- الجواد لسيّدك، لأنّك أنت ستصحب وطفة على جوادها، والذلول لسيّد رفيقك، اذهب الآن، تداول مع رفاقك بهذا الشأن. نسيت أن أقول لك بأنّني سأزوّدك بصّرة من الذهب، والجواهر، والدراهم، لهذه الغاية، حتى تتخاطب مع التجّار الآخرين، ومع من ستتسقّط الأخبار عن وطفة، وعن مكان تواجدها..

لم يطل الوقت الذي تحدث فيه مرزوق لرفاقه عن وطفة وذويها، وعمّا حلّ بهم، وافقوه الرأي على إنقاذها، مقتنعين بأدوارهم في هذه اللعبة الخطرة، التي تحتاج إلى الكثير من الحنكة والحذر.. خيّم الصمت عليهم لفترة كان كلّ منهم شارداً يتذكّر مغامراته في الاستبسال، أو الدهاء.

كسر مرزوق هذا الصمت، حين طلب منهم، أن يروي كلّ واحد منهم واقعة تركت في نفسه أثراً لا يستطيع نسيانه، أو شاهدها بأمّ العين أو سمعها.

مرزوق كان يبغي تبديد قلق انتابه حول وطفة أولاً، وهي الفتاة التي تجرأت على نزاله، وعلى ذويها الذين احتضنوه بكّل الحنان والمحبّة ذات يوم..

حتى ساعة متأخرة من الليل ساهروه بحكاياتهم، كان مستجيب متعجّلاً البدء بالحديث، قال:

- اسمعوا.. لا شكّ أنّكم تذكرون ما قلته لكم كيف عملت فترة مع عبيد المالك زبيدة البصراوي في كسح السباخ!

قاطعه سرور مازحاً:

- تحكي بلهجة سيّد، وكأنّك لم تكن عبداً!

- أووه.. وأكثر من عبد. ثم تابع:

- اقتادني وكيله المشرف علينا، في ضحى نهار إلى ضواحي البصرة، هناك دخلنا داراً كبيرة لأحد أصحابه، كنت طوال الطريق خائفاً، أيّة مفاجأة تنتظرني لا أعرف، كان في ساحة الدار بعض الصبيان البيض والشقر والملونين، نحّاني جانباً، وبعد فترة قصيرة من الانتظار، دخل الدار رجلان، أحدهما يحمل مخلاة جلديّة، تذكّرت أنّه الطبيب اليهوديّ، الذي أحضروه ذات يوم إلى سباخ زبيدة، لمعالجة الغلمان المصابين بالجرب والملاريا، والثاني لا شكّ مساعده. تساءلت في داخلي عن سبب حضوره، وعن وجود الصبيان في الدار، وعن إحضاري. لم يخطر ببالي أبداً أن عملية إخصاء ستجري لهؤلاء الصبيان المساكين.. ما إن رأوه حتى استبدّ بهم الخوف، منهم من غالبه البكاء الذي يقطع نياط القلب.. لماذا أنا هنا؟ سألت نفسي.

أفرغ الطبيب مخلاته من أدوات، تفقدها، ثم أعادها إلى المخلاة، قصد إحدى غرف الدار، دخلها دون أن يتبعه المساعد، قال الوكيل لي:

- أنـا سـأذهب لشـراء حاجيـات من المدينـة، عليـك أن تذهب فور انتهاء عملك هنا وحدك إلى السـباخ إذا لـم أعد لاصطحابك. كنت لا أعرف لماذا جاء بي الوكيل إلى هنا..

أشـار مسـاعد الطبيب إلى الصبي الواقف إلى يمين رفاقه أن يتقدم نحوهما، سقط الصبيّ خوفاً، وهو يبكي. أمرني المساعد:

- احمل ذاك الصقلبيّ إلى هناك، وضعه بين يديّ الطبيب..

كان عارياً، حملتـه، كان يرتعد، بال علـي، أمرني الطبيب بأن أمدّده أمامه، وأثبت يديه ورجليه، ولا أدعه يتحرك. فعلت كما أمرني.

- أخرج الطبيب من عبّه علبه دهون، دهن قضيب الصبيّ وخصيتيه، ثـم بالمشرط شـقّ إحداهما وعصرها، صـرخ الصبيّ، صـار يرتجف بين يـديّ، عينـاه كانتا تتوسلان إليّ، وهو يتمتم بما يتلعثم على شـفتيه من كلام لم أفهمه، سال دم غزير منه، مسحه مساعد الطبيب بخرقة كانت فـي يـده، هـمّ الطبيب ليشـرط الخصيـة الثانيـة التي اختفت، الخوف جعلها تهرب إلى جوفه، فلم يستطيع الطبيب الحؤول بها، وإمساكها.

أمرني بأن أزيح الصبيّ جانباً، وآتي بآخر، ففعلت..

نجح الطبيـب بشـق خصيتي الصبيّ الثاني، ناوله مسـاعده قطعة خشب كانت قد أفرغت مع المشارط، وسواها من المخلاة، جعلها تحت قضيب الصبيّ، وقطعه من أصله، دهن موضع القطع، سارع مسـاعده بخرقة، وشدّ بها على هذا الموضع..

تكـررت عملية الشـقّ، والقطع مع الصبيان جميعهـم، ومع انهماكنا لفترة بهـم، نسـي الطبيـب، أو بالأصحّ تناسـى الصبـيّ الأول عـن قصد حسبما تأكّد لي، كان قد سـال منه دم كثير، أمرني لأن احمله إليه، كان الطفل متلاشياً تماماً.

ظننت أنّه مغمى عليه.. لكن الصبيّ كان قد فارق الحياة، أو أن الحياة قد فارقته سيّان!.

انتقل الطبيب من مخصيّ إلى آخر، وهو يضع في منفذ البول مراود من رصاص، كان قد أعدّها لهذه الغاية، لتخرج عند التبوّل، إلى أن يبرأ المخصيّ كي لا يلتحم.

كان الخوف يلازمني من أنّني سأخصى مثل هؤلاء الصبيان بعد الانتهاء من إخصائهم، لكنّ الطبيب أمر مساعده بأن يكفّن الصبيّ الذي مات، دخل إلى أحد الغرف، أحضر قطعة قماش من كتّان رقيق.

ساعدته بلفّه، فعلنا ذلك كما لو كنّا نلفّ حصيره من قش، أمرني بأن أحمله إلى مدفن قريب، حملته كما لو كنت أحمل شاة نافقة، هناك كان شخص بانتظاري، أخذه منّي كما لو كان يأخذ شيئاً مرسلاً إليه، وليس إنساناً كان قبل ساعات حيّاً، ليس إنساناً ولدته أمّ تعبت بحمله، وعاش طفولة كان خلالها يلعب ويحلم.

عدت إلى السباخ، حمدت الله أنّني لم أتعرّض في يوم ما كي أكون خصيّاً، العمل في السباخ، وغير السباخ، أهون ألف مرة..

فيما كانوا يصغون إليه باهتمام، سأله مرزوق باستفزاز ساخر:

- ألم تفكر بينك، وبين نفسك، أأنت مخصيّ أم لا!؟

- أنا؟! أجابه مستجيب مستغرباً، وقد بدا الاستغراب أيضاً على رفاقه، جرّاء هذا السؤال.

- نعم، أنت!

ظلّ مستجيب صامتاً، صدمه سؤال مرزوق، وإصراره على معرفة الإجابة. راح يفكر في سرّه بما يعنيه، لم يجل في فكره سوى أن قضيبه يؤدي وظيفته في التبوّل، ويستجيب له حين يفكر أو يحلم بامرأة! أضاف

مرزوق، وهو يدرك أن مستجيب لن يجيب على سؤاله، وبتأكيد وحدّة:

- هم يخصون مرّة واحدة، يعيشون بين جواري القصور، على الأقل يستمتعون برؤية قدود جميلة، يستنشقون العطور، يشبعون ولو من بقايا فاخر الأطعمة والشراب. يسمعون الغناء والموسيقى.. أما أنت فمخصيّ آلاف المرّات.

لاحت ابتسامة شامتة من سرور، انتبه مرزوق، قال له:

- وأنت مثله!

انتظر سرور أن يضم ناماري إلى القائمة كي يتعادلوا، لكنه ظلّ صامتاً، ابتسم ناماري ابتسامة المنتصر، قال له مرزوق:

- وأنت أيضاً!

- أنا؟ أجابه ناماري مستنكراً..

- نعم لكن بيدك أنت، لا بيد الآخرين! أجابه.

- أنت أيضاً إذاً!؟ قال ناماري.

- أنا؟ .. لا!

أجابه مرزوق بحدّة:

- انتبه إلى ما سأقوله لك: أنت تخصى حين لا تستطيع أن ترفع رأسك في وجه خصمك، حين لا تكسر يده إذا امتدّت إليك، حين لا تفقأ عينه إذا نظرت إليك بشرّ، ولا تدفنه إذا تمادى عليك!

شعر مرزوق بأنه أثقل عليه، افتعل الهدوء، وراح يسترضيه:

- لا تغضب، كثيرون مخصيّون، القويّ دائماً يحاول أن يخصي الضعيف.

القويّ أيضاً يمكن أن يُخصى. يخصيه المال والمرأة، السلاطين يُخصون، يخصيهم الغرور، الاستبداد. يسكت مرزوق لبرهة.

يتمعّن في وجوههم يستطرد: النخاسون؟: هؤلاء إلى الجحيم.

القراصنة؟: وحوش مفترسة؛ لا تعرف متى ينقضّون عليك.

السادة؟: آه منهم. مصّاصو دماء، حتى على الربّ ينافقون.

أعجب كيف يعطيهم. كيف يمدّهم بكلّ أسباب العيش الرغيد، ولا يعطينا سوى ما يصنعون لنا من قيود، وسوى الشقاء..

سكت مرزوق، وأطرق في الأرض، مخففاً ما اعتراه من توتّر وانفعال.

رفع رأسه بعد برهة، تأمّلهم، كانت عيونهم غارقة بتساؤلات مبهمة، كأنّها تستحثه على الإجابة، استرسل بحديثه لهم من جديد:

- قلت لكم أنا لم أخص، نعم، لكن ما الذي حدث؟ صرت مثل صحراء قاحلة، دبّت الحياة بها بعد شتاء قاس أزهر الوحشيّ فيّ.

صرت مثل مغارة خلت إلّا من خيوط عنكبوت، داخلها وحش ضار، وخارجها وحش بشريّ، لا أحد يتجرّأ على الاقتراب منها، أو على دخولها، مرغماً بقيت وحيداً، مقصيّاً، أنا أقصيت نفسي، حتى لا أتعرّض لخصاء. هذا ما كنت أرومه، الحقيقة، هي أنا -وليس باختياري- أقصيت نفسي، كلّ شيء كان يضيّق عليّ حتى الحلم.

تضاءلت في الوقت الذي كانت تضيق به حريّتي دون أن أدري، كان ذلك أقسى من الخصاء.. ثم لاذ مرزوق بالصمت، على أمل أن يُخرجوا هم أيضاً ما يغلي في صدورهم.. كان ناماري ينظر إليه.. لاح له كأنّ ناماري يريد أن يقول شيئاً. سأله:

- بم تفكر يا ناماري؛ كأنّ كلاماً بعينيك!؟

كان ناماري مذهولاً، ففاجأه سؤال مرزوق. أجابه:

- أكثر من الكلام يا مرزوق!

- هي الذكريات إذاً!

- أجـل هـي الذكريات، وأبعد مـن الذكريات. وأنـت تتحدّث، كانت أطيـاف رفاقـي الزنـج الذين أكلتهم الحـرب والملاريا، كما طيور سـوداء لا تزال تحوم مشـتعلة في رأسـي:"ماتابا"، «مارفي"، "كارنجي"، "دومي" ماتوا بين يديّ، على صدري لفظوا أنفاسـهم الأخيرة وأنا أنتزع السـهام مـن أجسـادهم، "نغونـي" مـات مريضـاً بالملاريا، لم يعفـوه من العمل ريثمـا يصحّ، كان يعمـل وهو يرتجـف، كم زاغت عيناه وسـقط ليصحو تحت سوط الوكيل.

"شاكا" ابتلعه النهر، "سيسل" مات وهم يعذّبونه، مئات مثلهم.

آلاف، يلوحون لي الآن في سواد البصر، سواد كأنّه من أجساد هؤلاء، مّمـن ولدتهـم أمهاتهـم على أرض القارّة السـوداء، من أعالـي النيل إلى المحيـط. فيهـم الكوشـيّ، الجيبوتيّ، البوغنديّ، الغينـيّ، ومن كل مكان في القارّة، كأنمّا هي مزرعة لإنتاج العبيد.

مزرعة للنخّاسين!.

مـع الجيـش العباسـيّ كنّـا طعامـاً للمـوت، مـع صاحـب الزنـج كنّـا طعاماً للموت.. يا "هوتسـوي غواب" يا مرسـل العواصف والأمطار.. أين المخلـص. الروح العظيم "هيتسـي إيبي" الموجود فـي كلّ مكان، لماذا لم تكن معنا؟ ما معنى أن يقاتلوا العبيد بالعبيد!؟ ما معنى أن يخالف السادة في هذه الجبهة أو تلك، ما جاء به لهم إله يعبدون، ووصايا نبيّ به ادّعوا أنّهم آمنوا!.

انتهـى بـوح ناماري لهـم، كان أقرب إلى الهذيان، تمتم سـرور، وهو ينظر إليه بأسى:

-هـذه هـي الحياة، يا نامـاري، وهذا ما تريده. حـاول أن تغفو، إنّك متعب!

قال مرزوق لسرور:

- ليـس هـذا ما تريده الحياة، بل ما يريده أعداء الحياة يا سـرور، لا يـزال أمامنـا متّسـع من الوقت كـي ننام لفترة قبـل انطلاقنا، فلنأخذ قسطاً من النوم.

* * *

"وكانوا يبيعوننا كالحيوانات

ويعدون أسناننا

ويحبسون خصينا

ويضعون في عنقنا

عنق الحيوان الخاضع

طوق العبودية والمهانة

بقدر ما يموت كلّ شيء فإني...

إنّي أتّسع

أنا النار

أنا البحر

العالم يتفكّك ولكنّي أنا العالم"

من قصيدة "وصمتت الكلاب"

للشاعر الزنجي إيمي سيزر...

― 26 ―

شبحٌ ينسج ليل المدينة

أشرقت الشـمس لمرزوق ورفاقه عند خربة الأمباشـي التي ضربها القدر ذات يوم، فعجن البشـر بالحيوان، بالتراب، وغدت ركاماً بعد أن كانت محطة مزدهرة للمسافرين، من الجزيرة إلى الفرات، وللسـابلة من أبناء المنطقة، ومكاناً لدفن موتى عابرين السبيل، لم يتوقفوا فيها بل تابعوا السير شمالاً.

باتوا ليلتهـم فـي أحـد خانـات السـفر بيـن الشـام والشـمال، كان اثنان من عسـس الوالي يبيتان بزيّ تاجرين، مهمتهما مراقبة جاسوس مرسـل من قصر سـامراء، لتقصّي الأحوال في الديار الشـاميّة، ومحاولة تجنيـد أعوان لسـامراء مـن هذه الديار. أهمّ من ذلك كله معرفة نوايا ابـن طولـون، بعـد إصـراره على عدم إرسـال الخراج إلى مركز الخلافة، واحتضان العبيـد الفارّيـن أو الناجيـن مـن المعارك التـي انتهت بنصر سـامراء، على صاحب الزنج وجيشه.

أحد الرجلين كان على معرفة بمرزوق، وهو تحت تصرف الحاكميّة، دهش لمرآه، لكنه أشاح النظر عنه متجاهلاً معرفته به..

عرفه مـرزوق أيضاً، لقد كانت بينهما علاقة فيهـا الكثير من الودّ، لـم يطق الرجل صبراً، تقدم من مـرزوق وألقى عليه وعلـى من معه

الـسلام، وهـو غيـر مصـدّق نفسـه أنّـه أمـام ذلـك العبـد الـذي شـغل الحاكميّـة، فـي عهـد حاكمهـا التركـي ماجـور، وفوجئ به حيّـاً لا يزال، تذكر كيف تناقلت الروايات قصّة موته، وكيف آلت بطولته إلى ذاكرة الناس، وحكايات العشيّات.

كما يتذكّر مرزوق أيضاً، أن هذا الرجل من العسس، الذين كان يعتمد عليهـم فـي التقصيّ وملاحقـة الأثر، والعيافـة والقيافة بذكائـه ودهائه، والوصـول إلـى غايتـه بأيّة وسـيلة أو ذريعة، وله مـن الحنكة في تمويه وتغيير شـخصيته ما يعجز أقرب المقربين إليه عن كشـفها، وبراعته في اسـتدراج ضحيّتـه، لوقوعهـا فـي الفخّ دون أيّـة ضجّة، وبالتبـاس يجعله بعيـداً عن الشـبهة، ويجعله في نفس الضحيّـة الأمل بالخلاص، مما هي فيه من مأزق، أو تجريم يصل حدّ السجن، أو قصاص عاقبته الإعدام أو الحدّ على الأقل.

خـارج الخـان، أعطـاه مرزوق بعـض الليرات الذهبيّـة، ووعده بأكثر منهـا إذا تمكـن من معرفة المكان الذي تُأسـر فيه وطفـة، بعد أن روى له ما يعرف عنها، ومعرفة مصير ضحى، والمكان الذي هي فيه، فيما لو كانت ما تزال حيّة..

قال له الرجل:

- ابـقَ ومـن معـك فـي الخـان؛ فأنـا منذ هـذه اللحظة تحـت أمرك، سـأغادر بعـد أن أقنـع زميلـي، بحجّة تمكنّني من تركه وحيـداً هنا، ولن أعـود إليـك إلّا بالخبـر اليقيـن. أمّـا مـا ألوم نفسـي عليه، أنّنـي صدّقت حكاية موتك يا شاكر!؟.

-انسَ شاكر يا رجل، أنا مرزوق.

- للحقّ أقول لك: كنت مندهشاً، معجباً بك، في ذلك النهار الذي لا أنسـاه. كنت مثل جنيّ، كيف لم يسـتطع أحد من الجند الاقتراب منك،

والوقـوف بوجهـك؟! اسـمع يا مرزوق، سأسـدي لك هـذه الخدمة، لكن إيّاك أن تلعب معي..

-أريد الخبر اليقين! أجابه مرزوق.

يعـرف هـذا العسسـيّ كيف يتسـقط الحقيقـة، له في العشـائر، بل في كل مكان، من يزوّده بالمعلومات التي يشـاء، والتي لا يشـاء، لما به مـن طمـع الوصول إلـى المتنفّذين. هو جسـر غير مرئـي، بين الضفاف جميعهـا، يتلـوّن مثـل حرباء، رجـراج مثل زئبـق. كان يداً قويّـة للحاكم التركيّ، والآن صار يداً أقوى لابن طولون.. كان عوناً للقبيلة التي تحرس وتحمـي طريـق الحج، الآن هو مـع القبيلة التي انتصرت عليها، ودفعت بها إلى الشتات، وأخذت دورها. دائماً هو مع الأقوى.. أكّد لمرزوق أنّه سيأتيه بالخبر اليقين..

في اليوم التالي خلا الخان إلاّ من مرزوق ورفاقه....

عـاد هـذا العسسـيّ بعـد ثلاثـة أيـام، يطفـح وجهـه بالبشـر، نحّى مرزوق جانباً:

- هات الذهب أولاً!

- ليس قبل أن أعرف كلّ شيء!

- هه، ما هكذا اتّفقنا!

لوّح له مرزوق بصرّه أمام عينيه:

- الحقيقة أولاً! وطفة في أيّ مكان. ضحى ما مصيرها؟

- سأقول لك كلّ شيء، لكن إيّاك أن تلعب معي!

هزّه مرزوق من صدره، وقال له بحدّة:

-لا أغدر حتى بعدوّي! قل ما عندك!

أفضـى العسسـيّ لمـرزوق بكلّ ما عرفـه عن وطفة: المـكان وبدقة متناهية، الخيمة وتوصيفها، الحراسة، ومناوبتها، الرعاية ومن يقوم بها.

أكدّ لمرزوق أنّها لم تتعرّض لإساءة أو أذى، أكّد له أن زعيم القبيلة سيزفها لأيّ وضيع من شباب القبيلة، إذا لم تنفّذ شروطه خلال عشرين يوماً، ثم زوّده بحيلة كاذبة اختلقها له، مدعيّاً أنّه وجد من يساعده في العشيرة على هربها، والطريق الذي يضمن سلامتها.

وضع مرزوق في حسابه كلّ شيء، إلاّ هذه الحيلة، التي لم ترق له حبكتها، ولم يصدّقها.

أمّا عن مصير ضحى. قال:

- إنّها دخيلة لدى عشيرة أبي ثامر، هي الآن بكنف امرأة من هذه العشيرة تدعى فضّة، ويطلقون عليها زرقاء السوح، تخيّم جنوبي خرائب الأمباشي والهباريّة، عند أحد الوديان..

- إنّه يكذب... قال مرزوق في سرّه. كنّا هناك، ولم نرها...أو أن فضّة تخفيها عن الأعين... ربّما!.

بعد تردّد أعطاه ما وعد به من ليرات ذهبية، غادر العسسيّ الخان، وهو متيقّن مّما قاله لمرزوق، أقسم بأغلظ الأيمان أنّه لم يخدعه.

تأهّب مرزوق ورفاقه لمغادرة الخان، وغذّوا السير شرقاً حتى الغروب.

باتوا ليلتهم في خان آخر على ذات الطريق، ثم توغلوا في البادية، دليلهم بدويّ كان يبيت في الخان. قدّم له مرزوق أعطية من الليرات الذهبية كإكرامية، رفضها لعزّةٍ بنفسه، وشكّاً بقصده. الأهمّ أنّه لأوّل مرّة يفاجأ بعبد يخاطب الآخرين نيابة عن سيّده، أقنعه مرزوق بأنّ التاجر يثق به، ويعتمد عليه حتى في مساومات البيع والشراء.

لم يكن هذا البدويّ متكتماً كسواه من البدو، كان لاستفاضته في الكلام، وتبجّحه، وادّعائه، وتباهيه بنفسه، وثرثرته التي ذهبت في أكثر من اتّجاه، وتناولت أكثر من موضوع، مدخلاً ليلتقط منه مرزوق رأس الخيط الذي يصله بوطفة، ويساعده على انتزاعها من الأسر بأيسر السبل.

جعلوا قصدهم، عند وصولهم مضارب العشيرة، ربعة زعيمها.

استقبلهم شابّ ببشاشة غامزاً لمرزوق أنّه المعنيّ من رجل الخان بمساعدتهم، قادهم إلى ممر تستطيع وطفة أن تراهم من شقّ خيمتها حين يعبرونه.

رأى مرزوق من بعيد خيمة صغيرة، يجلس على مقربة منها عبد بوسطه سيف قصير، يقوم بحراستها.. ومن شقّ خيمتها لمحتهم وطفة.

وقعت عيناها على فرسها أوّلاً، كانت الفرس تخبّ بمستجيب ذليلة.

مرزوق يسير إلى جانبه، يلتفت خلسة نحو خيمتها، أدركت أنّها ستنال حريّتها لا محالة، تذكّرت أفعال مرزوق بتفاصيلها، بدأت تستعدّ لمعركتها الفاصلة، مع التحرّر من الأسر. قالت في سرّها مؤكّدة لذاتها، ما تخمنه عن تواجد مرزوق، ومن معه في هذا المكان القصيّ:

-إنّهم هنا من أجلي، وليس لأي غرض آخر!

انتبهت إلى سيفها المثبّت بسرج الفرس.

في لحظة خاطفة تغيّر اتجاه الريح. تمحى من ذاكرة مرزوق، ورفاقه خطّة زرقاء السوح..

تثب اللبوة النائمة في صدر وطفة..

كانت القبيلة الآسرة تراهن على وطفة: أن تنكسر شوكتها، أن تمتنع عن الطعام، الاغتسال، الزينة، حداداً على ما ألمّ بعشيرتها، أو أن تموت قهراً أو تجنّ. كانت على العكس من هذا كله، ظلت على طبيعتها، متيقنة في داخلها أن الساعة التي ستحرر فيها آتية لا ريب فيها. كانت قيامتها حين انقضّت على حارسها كما باشق، كمّمت فمه، انتزعت سيفه، شلّته المباغتة، دفعته بالسيف إلى خيمتها، فخمد خائفاً مذعوراً.

لم ينتبه سوى مرزوق لما كانت تفعله وطفة، كان ذكيّاً حين أخفى تعاطفه معها، ترك الأمور على طبيعتها، وترك وطفة تنفذ ما

برأسـها. أقبلت نحوهم مشـهرة سـيفها في وجوههم، بادر مرزوق برفع يـده اسـتسلاماً لهـا، فعـل رفاقه ما فعـل. رأتها الفرس، فرفعـت قائمتيها الأماميتيـن، وصهيلهـا يشـقّ الفضاء، خـرج الكثيرون مـن خيامهم بدافع الفضول عند سماعهم الصهيل. غمز مرزوق لمستجيب، ألاّ يقاوم وطفة إذا ما دفعته عن الفرس، وهذا ما حدث..

وبأسرع من البرق غابت وطفة بفرسها عن الأبصار، بعد فترة لا تقلّ عن سـاعة من الزمن انطلقت ثلة من الفرسـان خلفها، عادوا مع غروب الشمس، دون بلوغها، ودون معرفة الجهة التي سلكتها، أو اختفت فيها.

ليلاً طلب زعيم العشـيرة أن يصف له التاجران: مسـتجيب وسـرور ما حـدث.

تطابق وصفهما مع ما قال العبدان مرزوق وناماري، الرابضان خارج الربعة، لم يتعرّض أحد منهما لمساءلة..

لـم تعقـد أيّـة صفقة تجارية بسـبب انشـغال العشيرة، التي كانت تؤتمن على احتجاز وطفة كرهينة أو كأسـيرة، بفرارها في وضح النهار. لم تقع العقوبة، إلاّ على حارسها العبد، الذي اقتادوه إلى مكان بعيد غير مأهول، تكثر فيه الوحوش الضارية، هناك قيّدوه لتنهشـه الضواري حيّاً.

آخر الليل سرى مرزوق ورفاقه، وعادوا إلى مخيم زرقاء السوح، بعد وداع زعيم العشـيرة المضطربة، بسـبب فرار أسيرتها، رهينة القبيلة الأم لدى هذه العشيرة..

وصلـوا مـع غروب الشـمس في اليوم التالي، لـم يجدوا أحداً. رماد المواقـد، آثـار مواقـع الخيـام، والـروث ذلـك وحـده مـا يـدل على أن المكان كان مأهولاً، وهجره سـاكنوه الذين لا تزال رائحتهم تنبئ أنّهم غادروه للتوّ.

- لا بدّ أن أمراً ما قد حدث! قال مرزوق لرفاقه.

- ما العمل؟ سأله سرور.

- نتابع المسير إلى جبل الأشعريّ في حوران.

- وإذا لم نجد أبا ثامر هناك؟

- يكون قد عاد إلى جبل بدران، أو؟!

- أو ماذا؟ سأله سرور متوجساً.

- لا أدري!. ثم بدا مرزوق شارداً يفكر.

- أراك شردت. قال له سرور.

أجابه، وعلامات التشاؤم على وجهه:

- لن يتركوا قبيلة هذا الرجل بحالها، والآن زاد الطين بلة بفرار ابنته من براثنهم.

- لـم لا يكون في حالـة مغايـرة، ينهـض بعشيرته مـن جديد، يجمع فلولها؛ ومغـادرة فضـة هـذا المكان دليـل على ذلك؟ اعتقد أنّه يستجمع قـواه ليثأر لكرامته، لن ينسـى دم ولـده والآخرين، لن ينسـى قصّة أسر ابنته!.

أجابه مرزوق بعد تفكير عميق:

- الرجل عاقل، لا أعتقد أنه سيلجأ إلى تأجيج العداء، بل إلى الصلح. لـن يلجـأ إلـى إخمـاد النار، ودفن الأحقـاد. لن يفكر بعد الآن بما كانت تدر عليه حماية الطرق، ولن ينسى ما بين قبيلته والخصوم من مصاهرة وقربى..

هذا ما أعتقد أنه كل ما يفكر فيه أبو ثامر في هذه الأيام الصعبة!. اقتـرب مسـتجيب، ونبـق بفكـرة تخصّه وحـده، قال لهمـا على نحو مفاجئ:

- أنا سأعود إلى دياري!

أجابه مرزوق مستغرباً هذا القرار المفاجئ:

- وهل لك ديار تعود إليها؟ في بلد أبيك لا مكان لك، كذلك في بلد جـدّك التـي تجهلها، وتجهلـك... وفي بلد أخوالك تنتظـرك العبوديّة، لن يرحمك أحد، سيتلقفك فيها من يبيعك ويشتريك، أو من سيهدر دمك..

قاطعه مستجيب:

- وهنا سائب أنا ودمي! هناك لي على الأقل قبرٌ أدفن فيه..

ضحك مرزوق:

- أو نهر تلقى في لجّته!

- هناك لن أكون مختلفاً عن أمثالي بشيء، كلامك لن يخيفني.

ربّت مرزوق على كتفه قائلاً:

- وأنـت عبـد، لـك الدنيا كلها! أنا لا أقصـد أن أخيفك، قد تخاف من أيّ شيء. الجميل أنّك لا تزال دون وشم على جبينك، أو بين كتفيك، هنا لونك يحميك، وستجد من يراك سيّداً، هناك لن يكون أمامك، أو خلفك سوى السوط!.

- وليكن!

كلمة حاسمة قالها مستجيب لمرزوق أخيراً، كشف الغطاء عما كان يدور في رأسه، ويفكّر فيه دون أن يفصح عنه من قبل..

كان نامـاري وسـرور يصغيـان لهمـا دون مبـالاة، همس سـرور بأذن ناماري ساخراً:

- صاحبنا "أي مرزوق" يحرث البحر!

- أأنت أيضاً تفكّر في العودة إلى ديارك؟ سأله سرور.

- حتى الآن لم يخطر ببالي أن أعود، أو لا أعود، لكن ربّما! وأنت؟

-أنا فكّرت، لكن لم أصل إلى قرار.

في الطريق كانوا يتناوبون امتطاء الذلول، كان الأكثر شـغباً ناماري، يمازحهـم بأفعـى صغيـرة كان قد اصطادهـا، انتزع منها إبرتها اللاسـعة

يخيفهـم بهـا تارة، يلاعبهـا كحاو عريق تـارة، اصطاد لهم من بين صخور اللجـاة أرنبـاً سـميناً، توقفوا عند بركة صغيرة آسـنة الماء، سـلخ نامـاري الأرنب وشواه لهم، أكلوه، وتابعوا المسير حتى أذرعات "إزرع".

شاهدوا قافلة صغيرة تحط رحالها حول الخان، عرف مستجيب من أحد حرّاسـها أنها قاصدة الإحسـاء. قصد مسـتجيب زعيم القافلة، وهو يهـمّ لدخـول الخـان مع عبده، اسـتوقفه يسـأل عـن وجهتها، نظـر إليه متخوفاً من أن يكون واحداً من قطاع الطرق:

- مـاذا تبغـي مـن معرفـة وجهتهـا؟ سـأله، بينما تأهـب العبد ينتظر إشارة من سيده.

لاحظ مستجيب الشر في عيني العبد. أجاب متلجلجاً:

- أود أن أكون خادمك في هذه الرحلة، وحارسـاً أميناً لتجارتك؟!

- يصطحبني من الرجال ما يكفي، اذهب وشأنك!

راح مستجيب يتوسل إليه، لان قلبه حين عرف أنّه يريد العودة إلى دياره، ولا يستطيع قطع المفازات وحيداً دون دليل.

- أتعـرف مـا ثمن ذلك؟ سـأله زعيم القافلة، وأضـاف بجلف: أبيعك في الطريق، إذا خالفتني بشـيء، أو.."أذبحك".. لم ينطق هذه الكلمة، بل عبر عنها بحركة من حرف كفّه على عنقه. كان قد تعرض لمثل هذا التهديـد كثيـراً مـن قبل، كانت تحميـه من هذه العاقبـة طاعته العمياء لـكل مـن كان تحـت نيرهم في ماضيه الشـقي، فلم يبال بما توعّد به هذا الرجل.

اكتفى بأن هزّ رأسه بخضوع:

-أنا عبدك يا سيدي..!

تحلّـق رجـال القافلـة حول سـيدهم في الخان جلوسـاً عـدا من ظل يحرس القافلة في الخارج.

نهض فضوليّ في الستين من العمر، يرتدي جلابية بيضاء هفهافة، ويعتمر عمامة حريرية خضراء، لحيته مشذّبة كأنما طلعت للتوّ من تحت المقص، كان يجالس صاحب الخان، تقدم من حلقة زعيم القافلة طالباً الإذن بمجالستهم، رحب به ببشاشة

ودعاه للجلوس، تعرف إليهم واحداً واحداً، ظل معهم حتى ساعة متأخرة من الليل، وهو يروي لهم عن أسفاره في الأقاليم من ديار العرب والمسلمين..

أشد الصاغين له كان زعيم القافلة، كادت تتبلبل أفكاره، وهو يصف المخاطر التي يتعرض لها المسافرون وقوافل التجار، وقوافل الحج إلى بيت الله الحرام وإلى البيت المقدس. كم كان ندم مستجيب فظيعاً على افتراقه عن مرزوق ورفاقه، حين ذكر هذا الرجل في معرض حديثه عن إقليم مصر، ما روي عن النوبة:

"من لم يكن له أخ فليتخذ أخاً من النوبة"..

تذكر مستجيب كل دقائق الفترة التي قضاها بصحبة مرزوق، لكن فات ما فات، فهو لا يستطيع فكاكاً بعد الآن من براثن زعيم القافلة، لاحظ أنه يحصي عليه أنفاسه منذ اللحظة الأولى التي قيّد بها نفسه كعبد له لا يخرج عن طاعته. ما عليه إلا أن يألف وضعه الجديد، ويلقي ما مضى خلف ظهره، وإن لم يستطع نسيان النوبي مرزوق، أو يتناساه، حتى لا يكون تذكره باعثاً للندم، أو.. الألم!.

تذكر في اللحظة ذاتها كيف كان مرزوق غيوراً عليهم، حريصاً على سلامتهم، وبدقة ساعة رملية يدعوهم لأداء طقوس صلواتهم..

* * *

— 27 —

السياف الذي همس

في الخان، كان مستجيب كله آذاناً صاغية لرجل العمامة الخضراء، كذا الآخرون، بدأ الرجل بالحديث ساخراً من نفسه وأصله:

-أنا من الخوز، مات والدي وأنا ابن سنتين، حملتني أمي وعادت إلى أهلها في "جيرفت"، لم تجد أحداً منهم، كانوا قد رحلوا إلى الشام. لم تشأ أمي اللحاق بهم، فجيرفت مدينة كبيرة جليلة كغيرها من مدن كرمان، وأنزهها وأوسعها، كبرت فيها حتى صرت يافعاً، فيها خيرات ونخل كثير وفواكه، وكذلك نهر يتخللها. أمي لم تشأ مغادرتها لأن أهلها كرام لا يرفعون من تمورهم ما تسقطه الريح، بل يتركونه للصعاليك، يجني الصعاليك منها -إذا ما اشتدت الريح- أكثر من أصحابها.

ماتت أمي، وأنا في الرابعة عشر، أزمعت السفر إلى ديار أبي، الرجل الذي رافقته لم تكن سماته تدل على ما في داخله، الأسفار تبين معادن الرجال، غافلت هذا الرجل اللوطي، هربت منه لأقطع هذه المسافات وحيداً. الغرّ تمتلئ طريقه بالأشباح ليلاً. عرجت إلى أول قرية حل فيها المساء عليّ، عطفت عليّ امرأة عجوز، بتّ ليلتي

في كوخها، نصحتني المرأة أن أبقى لديها، أو أجعل طريقي إلى بغداد، وفيها أبحث عن رزقي..

كنت مصراً على الذهاب إلى بلد أبي، تحت إصراري قالت العجوز لي:

-اسمع يا ولد، لا بارك الله ببلد لن تجد أخاً لك فيها، إنها بلد أهلي أيضاً، حتى الآن يعرض عنّي أهل هذه القرية لأنني من ذلك البلد. يعيّرني الناس هنا بها وبأهلي، وبأولادي الذين أنجبتهم لهم، أولادي رحلوا من هذه القرية بعد أن أعرض ناسهم عنهم، لم يقبل هنا أحد تزويجهم أو جيرتهم..

قالت أيضاً:

...أنصحك -قالت لي أخيراً- بأن تقصد بغداد أو الشام أو غيرهما، في هذه المدن لا يسلسلون حسبك ونسبك، بل يسألونك عملك وخُلقك.. إن بلد أهلي وأهلك غنيّة، أموالها جمّة، تجارتها عجيبة، صناعتها نفيسة، على الرغم من كل هذا؛ يطرحون أولادهم في الغربة، يبلونهم بالأسفار والكسب. عند كل أهل الدنيا تكون الأسفار للفقراء، أو العلماء، أو للترويح عن النفس، إلّا عندهم، يتيهون من بلد إلى بلد، ولاحظّ لهم في علم ولا أدب!.

كان لكلام هذه المرأة الحكيمة أبعد الأثر في نفسي، مع أنّني كرهتها بسبب هذه الطريقة التي تحدثت بها عن بلد أهلي.

في صباح اليوم التالي، حولت طريقي إلى مدينة السلام بغداد، كانت محطة لي أنطلق منها مع من يكتريني، فأرافق قافلته. عند عودتي يكتريني آخر، كانوا يتفاءلون، ويتوسمون الربح الوفير، ويتقوّن شر اللصوص، والوحوش بتواجدي معهم في السفر. كان شهبندر التجار

غالبـاً مـا يتّخذنـي نديمـاً، ودليلاً لـه إلى الأمكنـة: الخانـات، مواقع المـاء، البلدات، الأسواق..

ومعرّفـاً عن عادات الناس، طباعهم، اعتقاداتهم، طقوسـهم، لغاتهم؛ ولمّا كانت لكل حال نهاية، حطّت همتي فاعتزلت؛ لكن حنيني للأسفار، والمسافرين لا يزال.. ولا آتي إلى هذا الخان، إلّا بدافع الشوق..

تململ زعيـم القافلة، بدا في شـكّ من أمر هـذا الرجل لم يغتّر بما يدّعي معتبراً ما يقوله تبجّحاً، أو أنه واحد من اللصوص والعيّارين، جاء يتقصى مقدرة رجال القافلة في الدفاع عنها إذا ما تعرضت لسطو.. قال له دون مراعاة لشعوره:

- أراك كثير الغرور بنفسك يا رجل! ما اسمك؟

فوجئ الرجل بفجاجة زعيم القافلة، بلع ريقه، شحب لونه خجلاً. لـم يسـكت على مـا اعتبره إهانة لـه، عدّل من جلوسـه، أجاب بعد تداركه هذه الصدمة التي لم يكن يتوقعها:

- ما الغرور الذي رأيته منّي؟!

- علامات على وجهك!

حدّق الرجل به، راح يتملّى عينيه ساخراً. أجابه:

- لا أرى بعينيـك قـذىً، كـي تنعتني هكذا جزافـاً، وتتهم.. إذا كان لا بد اسأل ما تشاء، أمّا اسمي فهو مراود.

أجابـه زعيـم القافلـة بفجاجـة أشـدّ وجلـف، بينمـا كان مسـتجيب والحاضرون يحدّقـون بهمـا مسـتغربين هـذا التنافـر الذي حـدث بين الرجلين، وهو ما لم يتوقعوه. أجابه، وقد ثبّت عينيه بعينيّ الرجل:

- أرى بعينيك عينيّ لصّ عريق، أفهمت ما أعني؟!

- لقد فهمت، لكنك مخطئ!

- اخرج من هنا! قال له زعيم القافلة وعيناه تقدحان شرراً..

ابتسم مراود وأجابه بهدوء:

- لـن أقول لـك: الخان ليـس لك وحدك لأنني ما جئتـه لأبيت فيه، بـل زائـراً عابـراً كي لا تكون أواخـر أيامي كأوائلها، ما اعتدت الخروج من مكان محرجاً أو متلبساً.

كان مستجيب مأخـوذاً بحديـث مراود لهم، وإحساسـه بالندم على افتراقه عن مرزوق ورفاقه لم يفارقه. فكر أن يخاتل الحضور، ويهرب.

اسـتوقفته عنـد ذلـك شـرارة أخـرى انبعثت مـن زعيم القافلة في وجه مراود:

- وما نقيض الرقيم؟

- مواضـع كثيـرة أوّلهـا: قريـات لـوط القريبة من حبـرا قرية إبراهيم الخليل عليه الصلاة والسلام.

يقال أن إبراهيم لما رأى هذه القرى في الهواء رقد وقال:

- أشهد أن هذا هو الحق اليقين!

ثانيهمـا: في الفسطاط عنـد قصر الشـمع امرأة ممسـوخة على رأسـها سـفل من حجر، يقال: إنها كانت غسالة لآل فرعون، وأنها آذت نبيّاً، فمسخت.

- إنك تنبش لنا قبور الموتى. قال له زعيم القافلة مستفزاً.

- إذاً سأنبش في قبور الأحياء! أجابه:

اسمع: هذه ثالثهما مّما لم تره العين بعد، وقد أخبر بها أبو بكر من أهل جرجان، قال:

- ما أعجب ما رأيت، أو سمعت، أو قرأت؟

«..ذكروا أن العصبيّات ضربت المروشـين، والفضليـين في الأهواز، وأهل البذان، وبصنا، وأهل تسـتر، والعسـكر، وأهل تسـتر والسـوس في دينهـم الواحد!! فلمـا ظهر قبـر دانيال عليه السلام، جعل فـي تابوت، فكان يحمـل إلى المواضع يستسـقى به. قالوا: فتباعـد التابوت عنّا، ثم عاد إلى تستر فضبطوه.

بعثنا إليهم عشـرة رجال رهائن إلى وقت ردّه؛ فلما حصلوه شقّوا نهـراً، وأسـالوا عليـه المـاء، وأبقوا الرهائن لديهـم، ذلك كان قدر الناس إلى اليوم.!

قال لهم مراود:

- لا تسألوني رأيي بهذا، بل اسألوا دانيال عليه السلام، لو عاد حيّاً.!

أضاف:.. قد يهون هذا حين ترون جامعاً في قرية اختلف أهلها في دينهم، فقسموه فيما بينهم، وأعلوا جداراً يزيد فرقتهم، لن أقول بهم إلّا ما قالته امرأة بضرّتها!!»

. . .

استأثرت بمسـتجيب فكرة اللحـاق بمـرزوق، التـي شـغلته طوال السـهرة، وضـع نصب عينيه هذه الفكرة، انتظر إلـى أن نام كل من في الخان وخارجه من حرس وسواهم. انسلّ من المكان غير آسف على كل ما كان يطمح إليه أو يحلم به، كان الليل رفيقه فيما يجهل من مسـالك تقوده إلى جبل بدران..

⁕ ⁕ ⁕

‒• 28 •‒

صوب خيط من ضوء

كان مرزوق وناماري وسرور قد هبطوا على الشيخ المنكوب أبي ثامـر، كنعمـة من السـماء، وعلى ابنته وطفة كأمل كاد يتلاشـى، وعلى ضحـى كحلـم، بعـد أن فقدت البوصلة في أن تلتقي بمـرزوق، وعلى فضة "زرقاء السوح" كمعجزة يتعمد الزمن تكرارها. كانت فرس وطفة أول مستقبليهم بصهيلها، وكلب أبلق ظل الحيوان الوحيد الذي يرافق أبا ثامر في رحيله القسري، نباح الأبلق توقف حين تأكد من شخصية مـرزوق، عـدا نحوه، تحسـس بـه، تراكـض أمامه وخلفه فرحـاً، مرزوق يبادله الفرح بابتسامة عريضة يألفها الكلب من مرزوق جيداً.

كان أبو ثامر كمـن ينتظر مـا يأتي به المجهول في تلك اللحظات، المعلـوم لديـه يقتصر على مـا أنبأت به فضة عنـد وصولها إلى مضارب العشيرة، وحديث وطفة لأبيها وأمها عن ظهور مرزوق في أشد اللحظات قسـوة عليها، بسـبب ما يضمره شـيخ عشيرة الخصوم لها ولعشيرتها من إذلال، بعد كل ما أصابها من دمار..

عرفت ضحى بمجيء مرزوق، صورته في خيالهـا تتراقص كورقة تلعب بها مويجات في نهر بطيء الجريان، شـغوفة لرؤيته وللانفراد

به، وإخباره عـن كل مـا جـرى معها خلال الفتـرة التـي انقطعـت بينهما، عـن كل ما يدور في خلدها، كل الطيور الخرافيّة التي كانت تحـوم في صدرها وسكنت، الآن تنهض من جديد، العنقـاء بجناحيها الخالدين، بمنعتها عن أن يصيدها وحش، إنسـان، أو آلة، الآن تحلق فـي فضـاء ضحى، الذي راح يتّسـع، تسطع فيه شموس الكون، طائر الفينيـق الـذي احتـرق فـي كيانها ينبعث مـن رماده بعرفه الوهّاج، وقنزعتـه الذهبية، وريشـه المبرقش، بعينيه البراقتين، وذيله الفاقع البياض، يحلـق بها فـي سـماوات عاليـة، ينتظـر اللحظـة التـي تـرى مـرزوق فيهـا ليحـطّ علـى كتفيه، يخبـره عـن رحلـة عذابها كجارية خلقها الله جميلـة لتقدمها القـوّادات إلـى ملـك أو وزيـر لمؤامرة، أو قائد جند ليبطـش بآخـر، أو والٍ ليفخـخ بها مناوئيه مـن ولاة. كـم جعلـت طعمـاً لتصطـاد سـواها، أو طعمـاً لتقتـل غايـة نبيلة، أو تجهـض بغية سـوء. كم كانت تهوي من النعيم إلـى الجحيم بين ليلة وضحاهـا، تؤرقهـا حيرتها في أن تروي له كل شـيء؛ أيـرى بها الذليلة المغتصبـة المهانـة، أم الصريحة الواضحة؟

أتظل ساكتة عن كل هذا، فيرى بها الغامضة أو الضعيفة أو المخاتلة؟.

أتدفن أسرارها بين أضلاعها، وتترك مصيرها معه للقدر؟.

أهو الحب ما يجعلها تدور في فلك هذه الحيرة؟ ..أم خشبة الخلاص التي ظهرت فجأة، وهي في هذا العباب المتلاطم الموج؟!.

أيدور بخلده كما يدور بخلدها؟.

أيكنّ لها من عاطفة الحب ما تكنّ له؟.

أيرى بها الأنثى التي لا تزال على طهرها، ولا تزال روحها عذراء؟.

أم يرى بها الجارية المدنّسة؟.

مرزوق..ألا يزال كما عهدته، الشاب النبيل الذي تلبسه قدره ليكون عبداً؟

أكان فيه من الشجاعة ما يجعله يكسر قيوده ويصبح حرّا، أو أنّه يسير كما تشاء الريح؟

ألا يزال يحمل لها من الود ما تحمله إليه؟

هل يفكر بها الآن؟ هل سيفاجأ بها حين يلتقيان؟ ماذا سيقول؟

أمواج من الأسئلة تتتابع، وتتكسر في إجابات غامضة وملتبسة..

أما وطفة، فهي الأخرى على انتظار، يمرّ الوقت عليها بطيئاً وثقيلاً.. كانت قد لجأت إلى خبائها، بعد أن روت لوالديها تفاصيل ما حدث، يؤرقها ذلك الخيط الذي علق بها من مرزوق، والذي من ذاته شرع ينسل خيوطاً أخرى، يغزل هواها به، غدا الخيط حبلاً ثقيلاً يجرّه قلبها في يقظتها ونومها، فوق شوك الأيام، لا تستطيع البوح بما هي فيه من قلق لأحد، وهي لا تدري أن هناك من لاحظ أو استشفّ ذلك.

تشتبك الأسئلة في رأسها هي الأخرى، تحتدم لترتدّ إلى دائرة مغلقة، لا سبيل إلى الخروج منها، إلا إلى متاهة أو تهلكة.

استُقبل مرزوق ورفاقه أمام ربعة أبي ثامر بالزغاريد، عانقه أبو ثامر ودموع الفرح في عينيه:

- الحمد لله على عودتكم بالسلامة يا ولدي.

"يا ولدي"!.. لأوّل مرّة يسمع مرزوق هذه الكلمة تقال له من إنسان.. تبلغ شغاف قلبه. تدمع عيناه لحرارة اللقاء من جديد، بمن يبادله الوفاء في هذه اللحظات.. عيناه تجوسان الوجوه جميعها، صفّ النسوة تتوسطه ضحى، وحدها كانت تمسح دموعها بطرف شالها. وطفة تخرج من خبائها، تتجه نحوهم بخيلاء كأميرة، تقف أمام صف الرجال تخاطبهم، وهي تشير إلى مرزوق ورفاقه:

- لولا هؤلاء لما كنتم تقفون هذه الوقفة كانت ابنتكم وأختكم وطفة لا تزال رهينة. "دقّت على صدرها". أنا لولاهم لما كنت بينكم

الآن، لما كنتم ستسمعون منّي ما سأقوله لكم، بالإذن من والدي وليس تطاولاً عليه:

أي عبد يدخل حمانا آمن، ومؤتمن على عرض وحلال ومال؛ وإذا ما شاء العيش معنا فهو حر، له ما لنا وعليه ما علينا!

أمّا خصومنا؛ فقد فازو علينا. أخذوا منا حماية القوافل، أراقوا الدماء، دم أخي شاهد، تناهبوا المواشي، لكن أمراً واحداً لم يستطيعوه:

هو إذلال العشيرة بعد أن كسروا شوكتها، العصا الآن في مردّهم.. دون تجبّر، إنهم الأقوى. عليهم طلب الصلح، فهم من اعتدى.. نصالحهم على كل شيء إلا على أمرين: الدم.. والعرض..

الدم لن يذهب هدراً، والعين بالعين، والسنّ بالسنّ.

أما العرض؛ لا يعلم إلا الله ما كان سيحدث لي -وأنا ابنتكم- لولا هؤلاء الأخوة! "وأشارت إلى مرزوق ورفاقه"، ولولا فضة التي حملت هم العشيرة.

سكتت ثم راحت تستعرض وجوه الجميع بنظرات حادة.

انتزعت شالها عن رأسها، كوّرته بعصبيّة، ألقته نحو صفّ الرجال قائلة، وهي تشير إلى شعرها:

- لا غسل له.. لا ستر له.. سيظل للريح، إلى أن يتحول ما أقول إلى أفعال....!

زرقاء السوح فضّة، هي الوحيدة التي لم تغادر خيمتها إلى هذه الاحتفالية، جفلت بعد كل ما سمعه الحضور من وطفة..

انفضّ الجميع، وكلمات وطفة تدور في رؤوسهم.

يصطحب أبو ثامر مرزوقاً ورفاقه إلى ربعته، يؤتى لهم بما تيسر من طعام، وفي الخارج ينهمك بعض الشباب بنصب خيمة خاصة وتأثيثها

لهم، تساعدهم امرأتان من المقربين بإشراف وطفة.

تغادر ضحى المكان قاصدة خيمة فضّة، تنقل لفضة صورة حية عن هـذا الاجتماع. تقول لها نتفاً عن معرفتهـا بمرزوق، وفضة تصغي لها باهتمام بالغ، قالت لضحى بعد أن أنهت حديثها:

- وطفة معها حق، لكن ليست هكذا تسير الأمور..

لـيلاً، عند انتهاء السـهرة في ربعة أبـي ثامر، ينفرد أبو ثامر بمرزوق يطلب منه أن يكون ساعده الأيمن بإدارة شؤون العشيرة.

يعتذر مرزوق بتواضع وأدب جمّ:

إني أجهل كلّ شيء عن العشائريّة، وكل ما يتعلق بها، أجهل العادات والتقاليد البدويّة برمتها!.

قال الشيخ له:

- تتعلم!

أجابه:

- لن أتعدى حدودي، لن أتجاوز رجال العشيرة بمثل هذه المهمة! اعتبرني كأي فرد في العشيرة، ولي الشرف!

صارحه مرزوق بقصة الأمانة المحتفظ بها، لدى عبد مزرعة شـاكر، في حديثة الضاحيـة لضحـى ورفيقاتها، وطلـب منه أن ترافقه ضحى لاستلامها، لأن ذلك العبد لن يسـلمها إلا لأصحابها باليد، وعده أبو ثامر أن يلبي طلبه في الوقت المناسب.

. . .

طلب مرزوق من الشيخ أبي ثامر، أن ينضم إلى الشباب المكلفين بحراسـة العشـيرة في تلك الليلة، يستجيب الشيخ لطلبه، كانت نسائم الليـل بـاردة، زوّده الشـيخ بفروة تدثّـر بهـا، وخـرج إلـى العـراء. كان

الأبلـق لا يـزال يقظـاً يتجـول بيـن الخيـام، متنبهاً لأيّة حركة أو صوت يصـدر حتـى ولو كان بعيداً، شعر بوجـود مرزوق، وهو يقصد الجهة الشرقية من المضارب.

انتظر حتى اتخذ مكاناً، واستقر فيه ملتفّاً بفروته، اتجه نحوه وأقعى قبالته. أشار مـرزوق بيـده أن يدنـو منه، سـرعان مـا نهض إليـه، أقعى أمامه يشمه، وهو يلوّح بذنبه تعبيراً عن فرحه بوجوده معه، في تبديد وحشة الليل.

كان مـرزوق ينقـل بصره في الاتجاهات جميعها، والكلب ينظر إليه بألفة، يلتفت بين حين وآخر، إلى تلك الاتجاهات ممعناً ذات الاهتمام.

يستقرّ بصر مرزوق في السمت الذي يشير إلى خيمة ضحى، يلاحظ الكلب إمعان مرزوق بالتحديق والشرود وهو ينظر نحو تلك الجهة.

يفتعـل الأبلـق حركـة برأسـه، ويتمطى كـي يوقظه من شـروده، لم ينتبه مـرزوق لـه، ينفض الكلب جسـمه، يغادر المكان بهدوء، يختفي فـي عتمـة الليـل، ليعـود بعـد فترة، وبيـن فكّيه فـردة حـذاء. دار دورة حول مرزوق، توقّف قبالته، وألقاها أمامه، كانت فردة حذاء عتيقة من جلد غزال، أدرك مرزوق أنها لضحى لا لسـواها لأنها من صنف الأحذية الفاخـرة، التي تهـدى لجـواري القصـور، وأسـقط هذا الحـذاء في تقادم الزمن، وضحى تتركه خارج خيمتها لتنتعله في مشاويرها القصيرة بين الخيـام بعـد أن أصابـه البلـى، ولا يليـق بها انتعاله في تنقلاتها الرسـمية داخل العشيرة.

أشـار مـرزوق للكلب أن يحملها، ويعيدهـا إلـى مكانها، تـردّد في البداية، نهره فحملها بين فكّيه مكرهاً، وغادر المكان.

تصبح وطفة حديث العشيرة بعد أن هدأت عاصفتها والاستجابة

الفورية لما قالته. تنقسـم العشـيرة ما بين مؤيّد رأى بوطفة خشـبة الـخلاص بعـد انكفاء أبيها، ومعـارض رأى أنها لا تزال فتاة غضّة -عدا عـن كونهـا أنثـى- أحـكام العاطفـة عندهـا أقوى مـن أحـكام العقل، والعشـيرة تحتـاج إلـى يـد حديديّـة فـي مثـل هـذه الظـروف، كـي تسـتعيد هيبتهـا، وكرامتهـا، وتقودها إلـى برّ الأمان، وثمة فئـة قليلة كانـت بين بين..

يتسرّب ما قالته وطفة، وما قيل من الآراء خارج دائرة العشيرة؛ وكما النار في الهشـيم يمتدّ إلى حيث يتواجد العبيد في المزارع، وشـذارات منه إلى بعض العبيد في المدينة. يصل ما قالته حول الخصوم بواسطة جواسيسـهم المنتشـرين فـي العديـد من الأمكنـة، بعد سـيطرتهم على طرق القوافل، والتحكم بمصائر القوافل الضعيفة منها.

يضيـف مـن يعتبـرون محـراكاً للشـر، فـي كل زمـان ومـكان، بهاراً يؤجـج نـار العـداء بين القبائل، ويؤلّب الحـكام على من لم يكن طوع بنانهم منها.

تباعـاً تصـل الأخبـار للحاكمية، وللوالي ذاته، تطلـق الحاكمية كلابها للنهـش بالضحيـة، أمـا الوالي فلم يكن يعنيه غير السـند القوي لحكمه، فلم يأبه للتفاصيل، أو ما قد يحدث بينهما، من حروب وثارات.

...

يعـدل مسـتجيب طريقه، يغـادر مع إحدى القوافـل المكيّة. يلقي بشـخصه، كعبـد بـاع نفسـه لأحـد تجارها، مقابـل عتقه. تقـوده أحلام تسـتأثر بـه مـن جديـد إلـى هـدف أخيـر لا محيـد عنـه، هـو الوصول إلى البحرين.

* * *

← 29 →

مؤامرة تمشي بلا ظلّ

يفـد إلى عشـيرة أبـي ثامـر، ثلاثة عبيـد كانوا في حالـة ضياع، بعد نجاتهـم مـن موت مؤكـد، عند حـدوث المعركة الفاصلـة، التي انتهت بمقتـل زعيمهـم علـيّ بيـن محمـد، وإحـراق قصـره، وتدميـر عاصمته المختـارة، معقلـه الأخيـر، هم: إبراهيـم.. أيوو.. غوان..

كان قد نصحهم قسيس أحد الأديرة الشاميّة، باللجوء إلى عشـيرة أبـي ثامر التي اسـتضافتهم، وجعلتهم لأول مرة يشـعرون بإنسانيتهم.

دخـل نامـاري وسـرور ربعـة أبـي ثامـر، شـاهدا إبراهيـم، علـت الدهشـة وجهيهمـا، نظـر أحدهمـا إلى الأخر مسـتغرباً وتهامسـا، أثارا انتباه الجميع. قال سـرور لنامـاري:

- كأنـي أرى بهذا الرجل صـورة علي بن محمد صاحب الزنج؟!
- إن لم يكن هو ذاته، فهو كثير الشـبه بـه.! أجابه نامـاري.
- لكن صاحب الزنج قد قتل! قال سـرور مؤكّداً.

كانت قد أعدّت خيمة لهؤلاء العبيد الوافدين الجدد، وقدمت لهم كل أسباب الراحة..

ليلاً، دعاهم أبو ثامر إلى ربعته، تعرّف إليهم، وعادوا إلى خيمتهم.

كان مرزوق ورفاقه بانتظارهم لقضاء السهرة معاً، كانت السهرة فرصة للتعارف في بدايتها، ثم تشعّب الحديث، وتباينت الآراء والقناعات، كان أول من أثار زوبعة الكلام ناماري حين قال لإبراهيم:

- من لا يعرفك، ويعرف أن صاحب الزنج قد قتل، يعتقد أنّك هو، فأنا أعرفه جيداً، لا شيء فيك إلا يشبهه!

ابتسم إبراهيم قائلاً:

- لست الوحيد الذي قال مثل هذا الكلام؛ فلو سألتني عن دوري في حرب صاحب الزنج، لكنتَ استبعدتَ مثل هذا التساؤل.

يستطرد إبراهيم:

- كان صاحب الزنج ذكياً، بحث عن شبيه له تماماً، ليكون بديلاً يضلل به أعداءه، وجد بي ضالته، كنت أظهر في كل الأحوال كبديل عنه، بعد أن يلقنني ما يريد قوله والتعبير عنه. كانت هذه اللعبة تنطلي حتى على فرق جيشه، كنت أخطب بهم، وأستعرض جاهزيتهم، وهو يكون في جهة قريبة منّي، أو في جهة مجهولة.

لم يكن يعلم هذه الحقيقة، حتى يحيى البحراني ، إلى أن أُسر يحيى؛ فأخبر هذا السرّ لمساعده القويّ علي ابن أبان المهلبي، حتى المهلبي كان يتوه أحياناً ولا يعرف أيّنا قائده. هناك من لم يكن يصدق أن صاحب الزنج قد قضي عليه، ويظن أنه لا يزال حياً ينتظر اللحظة المناسبة لينقضّ على سامراء.

قال ناماري لهم بين المزاح والجد:

- حبّذا لو نشعلها من جديد!! انظروا جيّداً إلى إبراهيم، هل يشكّ أحد منكم به؟ هل يستطيع أحد أن يميّزه عن صاحب الزنج؟! لقد بدأ

صاحبنا عليّ برجل، نحن هنا ستّة!

أجابه مرزوق:

- دعنا نسمع منه بقية الحكاية!؟

قال ناماري:

- ما الفائدة، وقد انتهى كل شيء!؟

عقب غوان:

- إلا إذا أراد صاحبنا! "يشير إلى مرزوق" يريد أن نعود، ويتصيّدنا الأوباش، ونباع صيداً سهلاً ورخيصاً، كعبيد للملاّك الجدد من العباسييّن. أرى أن يسمعكم إبراهيم ما حدث ل "درمويه" وجنده، لطالما عاش الأحداث جميعها.

قاطعه إبراهيم:

- ذلك أمر مختلف يا غوان، ربما يرى مرزوق أننا نستطيع الانطلاق من جديد..

قاطعه ناماري معقباً بسخرية:

- وأنت جاهز لأن تكون قائداً حقيقياً، لا شك أنك استسغت هذه اللعبة، انظر إلى داخلك، أنت لا تزال مستعدّاً، لكي تكون عبداً في أيّة لحظة، تجد بها حياتك في خطر!.

- أنا!؟ أجابه بحدّة.

- نعم أنت، وإلاّ لما كنت هنا الآن.

- وأين تريدني أن أكون بعد هذا الانكسار المريع الذي حدث لنا؟.

- هه، لقد بدأت الآن تصحو!

قال لهما مرزوق:

- لا طائل من هذه الملاسنة "أشار إلى ناماري" أنت لست محقاً يا

ناماري فيما تقول؛ فمن كان يستطيع أن ينوب عن قائده، يستطيع أن يفعل ما يفعله هذا القائد!

- لكنه كان يمثل!؟ أجابه ناماري.

- كان أيضاً يتدرب. قال مرزوق.

أجاب ناماري:

- يوحي كلامك هذا، أنك مستعد للغوص في وحل الأهوار، ومستعد لأن تكون تحت قيادة مثل هذا الرجل من جديد!

- لا شك أنه يفكّر بتأمين ظهير قويّ، وبطانة أقوى، قوّة أي قائد تكمن بظهيره وبطانته. قال مرزوق.

أجاب ناماري:

- لقد كان لصاحبنا عليّ بن محمد أقوى ظهير وبطانة، مع ذلك حصد وحصدنا تلك النهاية الوخيمة.

قال مرزوق:

- ظهير القائد بحكمته وقراره، لا بالرجال فقط. رأي غير سديد، قد يطيح بأعتى الرجال، هذا ما قد حدث مع صاحبكم. قال مرزوق ذلك، ويظنه أنه قد حسم النقاش، لكن ناماري أجابه بخبث وسخرية:

- ليس هذا ما أفكر به، أنا لا أقصد شنّ الحرب على العباسيين من جديد، أو على سواهم. يستدرك قائلاً: حتى إذا حاربناهم، وانتصرنا عليهم، فماذا تكون النتيجة!؟.

- ما الذي تقصده إذاً؟ سأله ناماري.

تنحنح أبو ثامر خارج الخيمة، وهو يتقدّم نحو بابها المنفرج عن فتحة صغيرة. رفع بابها بعصاه، وقف في فتحة الباب، وحيّاهم:

-أسـعد الله مساءكم.. أردف قائلاً: جافاني النوم وسمعت أصواتكم،
قلت: لأقطع هذا الليل معكم!..

وقف الجميع لاستقباله، شدّه مرزوق من يده برفق، ودعاه للجلوس
إلى جانبه.. بعد لحظات من الصمت قال لهم:

- أكملوا حديثكم!

كان مـرزوق أسـرعهم فـي الحديـث، خوفاً مـن أن يتسـرّع أحدهم
بقول يخالف ما يراه هذا الرجل من رأي، ابتسـم الشـيخ، أجابه مرزوق
بهدوء دون أن يأخذ بعين الاعتبار، ما تكرر على مسمعه بأنهم أحرار:

- كلنا عبيد هنا يا شيخ كما ترى، فما الذي يتحدث به عبيد مثلنا....؟!

قاطعه أبو ثامر:

- أجل كلنا عبيد الله. لكنكم هنا أحرار أن شاء الله.

أجابه مرزوق:

- نحن في حماك فقط عبيد الله!

- ليتني أعـرف بـم يفكر كل واحد منكم؛ ولن أمسـكه من اليد التي
تؤلمـه. هـزّ العصـا التي كان قد وضعها إلـى جانبه عند جلوسـه وتابع:
عصـا عمّكم، هـذه الأيـام، لا تسـوق نعجة. أفصحوا عما فـي صدوركم
فترتاحـون، هنـا أنتـم في أمان، ربّمـا يكون لي رأي فيمـا تقولون، وأنتم
أحرار في أن تأخذوا به أو لا..!

بعث حديث الشيخ أقصى الطمأنينة في نفوسهم، رأي مرزوق هو
الآخـر أن يقـف على حقيقة ما يفكر بـه كل منهم، بادر إلى مصارحته
أوّلاً، ليبعث الثقة برفاقه، فيبوح كل منهم بما في سـريرته، كي يرسـم
مسـاراً جديداً لنفسـه بعـد أن اتضحت لـه جوانب كثيرة مـن صورة
ثـورة الزنج التي انطفأ أوارها، ورؤيـا صاحب الزنج التي اقتصرت على

أحلام أنانيّة، وانطفأت عند مملكة صغيرة في سواد البصرة بمساحة كفّ، لا تتسع مساحتها لامرئ إذا جنّ فيها، وعن عاصمة لا تختلف عن سامراء، وعن قصر لا يختلف بتحصينه وأبّهته وحراسه وعبيده وجواريه عن قصر الخليفة، وأعوان وقادة وموظفين وأصحاب ستأخذهم الحياة الرغيدة إلى العماء، فينتشر الظلم والاستغلال، وفساد النفوس، ويبقى الاسترقاق على حاله، ليأتي من يحلم بالخلاص من جديد. قال لأبي ثامر:

- أنا يا شيخ، في نيتي البقاء في عشيرتكم إلى أن تستعيد العشيرة عافيتها، وتعود إلى ما عهدتها من عزّ وصولة!

- بارك الله بك. أجابه أبو ثامر، وراح يستعرض وجوه الآخرين، ليستقر نظره عند سرور، كأنّما يستحثه على الكلام.

يتململ سرور يعدّل من جلوسه، يستجيب لطلب أبي ثامر الخفيّ. قال:

- أنا يا شيخ لم أستقر بعد على رأي، لكن أكثر ما أفكر فيه، أن يكون لي زوجة وأولاد مثل خلق الله.

أجابه أبو ثامر بلهجة فيها شيء من الحزم:

- لن أدعك تغادر، حتى تستقر على رأي تكون فيه سلامتك. ثم نقل بصره إلى نوو الذي قال لأبي ثامر على الفور:

- بقائي هنا سيكون عبئاً عليكم، لذا فكرت بالعودة إلى أفريقيا؛ وسأعود في أوّل فرصة تتاح لي.

قال له أبو ثامر:

- لكنك ستواجه مصاعب جمّة في الطريق، أما بلادك فلا أعرف من أحوالها إلا أنها مقصد النخاسين، وقد لا تنجو منهم؟!.

- يكون هذا قدري.. أجابه نوو.

حوّل أبو ثامر ناظريه إلى غوان، كأنما يقول له: الآن دورك في الإجابة.!

أجاب غوان:

- لا أعتقد أنني سأبقى هنا، ولم أفكر بالعودة إلى أفريقيا، لا أزال مشوشاً!

بدا أبو ثامر حائراً، ثم قال له:

- هذا لا ينفعك!

ناماري هو الوحيد الذي امتنع عن الإجابة، قراره الأخير الذي اتخذه فيما كان رفاقه يعلنون ما في ضمائرهم، حول ما سيكون عليه حالهم في القادم من الأيام، لا يستطيع البوح به لأحد:

"القفز إلى الضفة الأخرى، وتتغير شروط اللعبة، وألا يكون مثل كرة من خرق بالية، تتقاذفها الأقدام في ملعب القدر، يريد أن يكون لاعباً وله دور، لن يكون مع الضعفاء بعد اليوم، معهم ستتوالى عليهم الهزائم. يدوس على الماضي، وعلى كل ما راوده من أحلام كانت تدور في فلكه، سيمسح من رأسه صور العبيد وعذاباتهم وآلامهم، والقتلى والجرحى، والأسرى منهم في معاركهم البائسة، سينتزع الحنين إلى إفريقيا، يرى أن لا جذور لمن يتقطع عمره على الدروب". قال في سرّه:

- العبد لا يتخيّر! لكنّني سأتخيّر، سأتخيّر أن أكون عبداً، سأبيع نفسي للشيطان، لن أتذمر أو أفكر بالهرب، لن أتمرّد، لن أنضم لمتمردين، لن أجعل من لوني ووشمي سبباً لمأساتي. الحرية؟ لا حُرّ في الدنيا!

المهـم أن أعيـش، ليس أجمل من أن يعيش العبد في كنف الأقوياء والموسرين، وفـي ظلال القصـور. كـم كان مـرزوق غبيـاً حيـن رفس ما أصابـه مـن نعمـة بقدمه، أي عبد يصحّ لـه أن يكون سـيافاً تحت يد السـلطان ويرفض، لا شـك في عقلـه لوثة من جنون! خـدم كثيرون من العبيـد في القصـور؛ فبلغوا أقصى المراتب. عشـقتهم أجمل نسـاء عليّة القـوم، فلأكـن خادمـاً؛ مـا الغضاضـة في ذلك!؟ أو سـيّافاً يقطع الرقاب لطالما الكل سيموت: البريء والمجرم، الغني والفقير، السيّد والعبد!؟.. السّياف يعجل المـوت لا أكثر. فلينظـر مرزوق إلى مصيـره الآن، ليس أصعب من أن تكون الحياة استجداء، إنه يستجدي كل شيء حتى الهواء الذي يتنفسـه، على الأقل، كان عليه أن يفكر بالعودة إلى النوبة، هناك قد يجد من يبكي عليه إذا مات..

لم يحاول أبو ثامر أن يلح عليه لمعرفة ما يضمره، ينهض ناماري.

اكتفى بأن قال لهم:

- تصبحون على خير. وخرج.

نـام الجميـع عدا نامـاري، أرقته الهواجـس، تتوالى عليـه التداعيات والوساوس، أخذه الشيطان إلى سرور، الذي قال لأبي ثامر بعفوية:

- أنا لم أستقر على رأي بعد.

تساءل في سره:

- لـم لا أكسـب "سـرور" إلـى جانبـي، ونكـون معـاً؟.. أيجـد طريقه هـو الآخـر بعيـداً عن هـذه المتاهة.! أيوافقني الرأي، أم سـيظل ملتصقاً بمرزوق، وتابعاً له كظلّه!؟

* * *

⟶ 30 ⟵

عودةٌ إلى السؤال المعلّق

صباحاً، تـم تجهيـز راحلـة لمـرزوق، وضحـى مـن جواديـن.. تضم
الراحلـة امرأتيـن في الأربعينيـات، علـى حماريهمـا تطوعتا للذهاب
معهمـا إلى حديثة الضاحيـة، كي تسـتعيد ضحـى الأمانـة مـن العبد،
الـذي التقى بمرزوق في إحدى مزارعها.

تمنـى نامـاري أن يكـون واحـداً منهـم، اختنقـت هـذه الأمنية لأن
أحـداً لـم يطلب منه ذلك، لكنها تمخّضت عمّا هو أهم بالنسـبة إليه،
ألا يغـادر العشـيرة خالـي الوفـاض، توعـد فـي سـره أن يقنـص مصـاغ
ضحـى"الأمانـة" بعـد أن تعـود بها.. اتضحت مراميه، أو على الأقل رسـم
الخطوط العريضة لأن يصبح سـيّداً، ولو بطرق عبوديّة، وأن يجعل من
سـرور تاجراً مهماً: تاجر عبيد أو قرصاناً، أو على الأقل، نخاسـاً صغيراً،
لون بشـرته سيسـاعده على التلون، والوصول بسـرعة إلى هذا الهدف،
الذي لا يسـتطيعه هو.

قـال نامـاري متوعـداً بصـوت خفيـض لـم يسـمعه أحـد؛ أعـداءً
افتراضييـن، هـو نفسـه لا يعـرف أنهـم أولئـك الذيـن اسـتباحوا أفريقيا،
وقـادوا أبنائهم إلى هذه الحال المزرية:

- سـأريكم أي ملون هو ناماري!!!.

لا يدري ناماري أن فتواه هذه لنفسه، سبقته إليها حضارات قديمة في حروبها. كان المنتصر يسترق الأسرى، لينتفع بهم في خدمته، وكان الـرّق يكتسب طابعاً اجتماعياً كلما اشتدت الحروب، واتسع نطاقها، وكثر عدد الأسرى.

في الهند اعترفت به شـريعة مانو، واعتبره التلمـود، وسيلة للثروة والغنى!.

يزدهـر في بلاد الإغريـق، وفي مصر القديمة، وفي بلاد الرافدين. فلاسفة اليونـان أيضاً، اعتبروا الرقيق أداة لازمـة، لرفاهيـة المواطن الأثيني الحر.

لا يـدري ناماري أن مهنة صيد العبيد، كانت أهم مـن مهنة صيد الطير والغزلان والفيلة والأفاعـي والتماسيح أو بالأحـرى، أهم مهنة تسيطر عليها سلطة المال، التي صنعت النخاسين والقراصنة، وجعلت حتى الكنيسـة الجرمانيّة، تقف موقف المتفرج من نشـاط النخاسـين اليهـود، الذين احتكروا تصدير العبيد إلى البلاد الإسلامية.

الأمـر الوحيد الذي استشفه ناماري، وهو يفكر كيف يسطو على مجوهرات جوارٍ وعبدات بائسـات، وكيف يدّجن رفيقه سـرور، ليصنع منه تاجراً للعبيد:

- تصيّد الرقيق، والاتجار به، متاح في أي مكان يا سرور!

سرور، لم يجب.

يعـرف الاثنان أن إفريقيـا هـي المكان الـذي تمركـزت فيه هذه التجارة، بعـد أن حولها النخاسون، إلى غابة تسيطر عليها الوحوش البشـرية.

كان سـرور يهـز رأسـه بالموافقـة، مـع كل كلمـة يقولها نامـاري.
السـؤال الوحيد الذي انطلق مـن بين شـفتي سرور:

- ومـن أين لي المال؟

- ليـس هـذا مـن شـأنك! أجابه نامـاري، وهو يغمره بنظـرة طويلة
ملؤها الفرح.

أعـرب سـرور عن استعداده لمغادرة العشـيرة، فـي الوقت الذي
يشـاء، لـم يدخـل في التفاصيل، حتى لا يكون ثمة مجال لتراجعه عن
قـراره، أو يحكم خطواتهم الأولى الفشـل..

فـي لقاء سـري آخر بينهما، اكتمل ما عقدا العزم عليه بتنفيذه، مع
ركود عشـيرة أبـي ثامـر، لم يحركه سـوى حجر ألقتـه وطفة فيه، سـرعان
ما هدأ كل ما أحدثه من صخب. قال نامـاري لسـرور:

- نخصـص جواديـن -منذ الآن- قريبيـن مـن خيمـة ضحـى، مسـاء
نتطـوع للحراسـة، حيـن تنام العشـيرة، وتهجع كل حركـة مضاربها، لن
يكـون مـن الصعب عليّ التسـلل إلى خيمة ضحـى، والخروج بصندوق
المجوهرات، نسـارع إلى الجوادين وننطلق بهما.

سأله سـرور، وهو يتابع ما يقول باهتمام:

- وإن شـعرت ضحـى، أو مـن كان يبيـت معهـا من نسـاء، وتعالت
أصوات الاسـتغاثة، ماذا سنفعل!؟.

رفع ناماري كفه في وجه سرور واثقاً مما سيكون ردّ فعله. قال له:

- هـذه الكـفّ ليسـت محنّـاة، كمـا أنها لم يمر عليهـا وقت طويل،
لتنسـى ما كانت تفعله، إنها أرشـق مـن عزرائيل، اطمئن!

الوحيدة التي ذهبت ضحيّة هذه المؤامرة، التي لم يحسب لها أحد
حسـاباً، هي فضة "زرقاء السـوح"، كانت تبيت ليلتها في خيمة ضحى.

في الهزيع الأخير من الليل، أضاف لتوجس هذه المرأة ما شعرت به من دبيب خارج الخيمة، كانت ضحى في عز نومها، تركتها هانئة، وخرجت تستطلع مصدر هذا الدبيب... كان ناماري كامناً لها في ظل خابية ماء فخاريّة كبيرة ملاصقة للخيمة من جهة اليمين، انقض عليها مطبقاً كفه الثقيلة على فمها حتى تلاشت، وأسلمت الروح، دون أن تفسح ذراعاه ورجلاه، وهي تلتف عليها كأخطبوط، أي أدني مقاومة.

تركها جثة هامدة، ودخل الخيمة، كان الصندوق في ذات المكان، كان ملفوفاً بشال عنابي مقصب لضحى، حمله وخرج.

صهل الجواد، وهو يفك عنانه من وتد خشبي دق عميقاً في الأرض، كان سرور قد امتطى جواداً هو الآخر، وكانا قد ابتعدا كثيراً حين حمل الليل لهما هياج العشيرة.

***

⊰ 31 ⊱

قافلة تغنّي على طريق القدس

روّع الموقف مرزوقاً، بـدا ذليلاً أمـام أبـي ثامـر، وهـو ينظر إليه كمسؤول عمـا حـدث؛ فهو الذي جاء بهذين الشـقيين، ليمعنا في دمار العشيرة وقهرها، ويلغا في دمها.

تأهب مرزوق، وأبدى استعداده للحاق بهما، أثناه أبو ثامر قائلاً:

- الليل للصوص! لا جدوى من ذلك. ثم أضاف بعد تفكير عميق:
لا أريد لأحد من رفاقك أن يطلع الصباح عليه هنا!؟.

لـم يناقشـه مـرزوق حول هـذا الأمـر، اعتبره قـراراً حاسـماً، وطعنة أخرى له في الصميم، فيما لو غادروا دونه. كانوا قد عادوا للخيمة، التي خصصت لبعضهم، ومكثوا فيها يتلبسهم صمت، وتساؤلات مرّة.

دخـل مـرزوق عليهـم كالح الوجـه، أدركوا مـا يضمره، طلب منهم المغـادرة فـوراً، بـدوا في حيـرة مـن أمرهم، وهـم ينظرون في وجوه بعضهـم، نهـض إبراهيـم ثم نهضوا تباعاً، عانقوه بانكسـار دون أي كلام، أداروا ظهورهم وغادروا.

بكت العشيرة زرقاءهـا فضـة، وشـيّعتها عند ضحـى النهار إلـى المرقـاب، الـذي كانـت تصعد إليه كل يوم في جبل بـدران، لبوا وصيتها

التي أفصحت عنها لأم ثامر ذات يوم، بأن تدفن في ذاك المكان، وأن يسوى قبرها مع تراب الأرض، دون أية حجارة فوقه أو دليل، أو حجر كشاهدة، حتى لا تعطّل من الأرض فسحة لا يطلع فيها النبات بحريّة، وتظل روحها ترفرف في أعالي الجبل إلى آخر الزمن! أبو ثامر.. كان له هذا الحدث، كما الضربة القاضية من خصم يكيل له الضربات، يتلقاها مؤثراً الوقوف على قدميه، يرد منها ما يستطيع، وهو في ذروة تلاشيه، آملاً أن يسعفه القدر، وهو يعلم أنها جولته الأخيرة..

وطفة..

بثوب الحداد، تصعد الجبل كل صباح، تقف في حضرة ملاك الموت خاشعة أمام تراب يضم بوصلتها، لا أحد بعد فضة يدلها على الجهات ويصحح لها المسار، غابت المرأة التي كانت تبثها أفراحها وأحزانها وأسرارها، الظلال التي تأوي إليها في الهجير، الصخرة التي تلوذ بها حين تشتد العاصفة، الزمام القوي لرعونتها، لفورانها..

كانت ترفض دائماً -فيما بعد- كل من يتقدم لطلب يدها، الكل عزوا ذلك إلى حبها المضمر لمرزوق، أقربهم لأبيها راح يتوعد!

ضحى..

دموعها كانت الأغزر على فقد فضة، المرأة التي كانت لها كل شيء: الأم؛ وهي التي لم تعرف معنى الأمومة ولم تستمتع بحنانها.

الحكيمة؛ وهي لا تعرف من الناس إلا شذوذهم، من الأصدقاء إلا زيفهم، من الأحلام إلا كوابيسها..

أخيراً، فقدت حارستها الأمينة التي لم تر مثيلاً لها في النساء بالغيرية. بالتضحية، وجادت بروحها من أجلها، أقصى الجود قدمته لها.. حياتها..!

بقـي لضحـى أمل واحد في هذا المـكان، هو مرزوق.. مرزوق الذي لن تراه أبداً!

مرزوق..

حتى سـيفه المغمـود في ربعة أبـي ثامر، لا يسـتطيع النظر إليه خـجلاً وشـعوراً بذنب لم يقترفه، بات أعزل، يقضي أيامه ولياليه في عزلـة، يكسـرها أبـو ثامر بيـن الحيـن، والآخر بنظرة أبوية خاطفة، لا تسـتطيع أن تمحـو نظـرات اللـوم والعتـاب، أو الإدانـة التي تصوب إليه مـن الآخريـن، ينتظـر من أبـي ثامـر أن يوجهه لأي فعل، ولو كان إلى المـوت، ليغسـل ما لحـق هذه العشـيرة -التي أكرمـت وفادته- مـن عـار، ومـا أصابـه شـخصياً ليعيـش منبـوذاً، محاصـراً، ومـن طعنة فـي الصميـم جاءتـه مـن أقران لـه، كان يأمـل منهم أن يكونوا سـنداً لتطلعاتـه، ظهيراً لإقدامه.

سـاعات وسـاعات، يدخل في دوامة من الأسئلة، لا إجابات قاطعة لهـا.. وتكهنـات وتوقعـات علمهـا في الغيب، بعـد أن تعرض ما تعرض لـه مـن غدر وخـذلان، ومن قرار حاسـم أطلقه أبو ثامر لحظة غضب بوجهـه، بطرد رفاقه؛ فنفذه فوراً دون نقاش.

الريـح لـم تكن مواتية، كان من المرجّح أن يطرد معهم، أو أن يطرد وحده، السؤال الذي يؤرقه:

- لماذا استبقاه من بينهم؟.

لم يجد مرزوق لهذا السؤال جواباً!

ابراهيم.."شبيه صاحب الزنج"..

لـم ينفلـت مـن عقـال الماضي، يتحكـم فيـه داء العظمـة، يتجاوز الحد الذي كان يمثل فيـه دور صاحب الزنج، تتلبسـه شـخصيته متجاوزاً

حـدوده كقنـاع، تدوّي في رأسـه مآثـره من أقوال وأفعـال، تغدو كما لو كان هو قائلها وفاعلها.

عوالم من بهجة، نشـوة غامرة تدغدغه، فينفش الطاووس الذي في داخله ريشه، يتقمص حتى الهالة النورانية، التي كان يراها تغمر سيده، وتعود إلى الضوء بعد أن غاب بدره في المحاق.

باختصـار، يخـال إبراهيـم مـداه، اختلطت فيه الأنا، بشـخص سـيده صاحـب الزنـج علي بن محمد.. يذوب إبراهيم الذي كان قناعاً يرتدي - من سـيّده- ذات ثيابه، يعتمر ذات عمامته، يحمل شـبيه سيفه، ويخرج إلى مواقع الجند في أي موقع، يُؤمر بالذهاب إليه. يستمع لآراء قادتهم، يسـتعرضهم، يتفقد أحوالهم، يرون به "صورة وصوت" سـيده وسـيدهم الرجـل المهـاب عليّاً، ويعود متسـللاً بهيئته، بعد أن يخلـع قناعه، ليبلغ ما شاهد وما سمع، ثم ينكمش في قوقعته، ويأوي إلى الوكر المعد له، ريثما يخرج بالقناع مرة أخرى، وفي مهمة جديدة!

إبراهيم.. يرى برفيقي مسـيره "غوان" و"نوو" جيشـه العرمرم!. كان بلونه وخبرته الأقوى سطوة عليهما، البصرة وما حولها من أماكن، كانت ملعبـاً له نصب عينيه، كانت قصـده، ففيها مكانه وزمانه، فيها مملكته! هذه المرة لن يمثل دور صاحب الزنج، لن يكون قناعاً؛ فعلي بن محمد؛ أيـام عـزه، وأيامـه الحالكات، وأيامـه الأخيرة، التي حوصـر فيها وقتل، لا تزال مائلة في ذاكرته..

كل تلـك السـنوات الصاخبة، التي قضاها بيـن العبيد الثائرين تحت قيادة صاحبهم علي، وكان الأوفر حظاً في محاباته، ومعاملته بالحسنى وحمايتـه، والحفـاظ عليه على مدى سـنوات الحرب، اصطخبت فيه كل حـالات صاحـب الزنـج: كل ما كان يقـول ويفعل، كل حركاته وسـكناته،

كأنما من قتل هو الشبيه، بات تصوره وظنه، وتذكره لما كان يجري من أحداث. تستعيد ذاكرة إبراهيم شريطاً طويلاً قضاه صاحبه علي، منذ اللحظات التي قال فيها:

"إني ألقيت نفسي في فراشي، فجعلت أفكر في الموضع الذي أقصد له، فأظلتني سحابة، فبرقت ورعدت، واتصل صوت الرعد فيها بمسمعي فخوطبت منه فقيل: اقصد البصرة"!

سامراء تطبق البصرة، تلقي كل ظلالها عليها... وبعد خرابها كأن لم يتغير في الأمر شيء.. المياه عادت إلى مجاريها!.

بعض قادة صاحب الزنج البارزين، وما تبقى معهم من جند، طلبوا الأمان من سامراء، على دمائهم وأرواحهم، وأكرمتهم سامراء.

يتذكرهم إبراهيم واحداً واحداً: جعفر بن أحمد السجان، وكاتبه الوزير محمد بن سمعان، سليمان بن موسى الشعراني، شبل بن سالم.

يسأله "غوان":

- ماذا ستفعل أخيراً؟

أجابه، وهو يمشط لحيته بأصابعه:

- سنجمع ما نستطيع من العبيد الآبقين، والناجين من الموت في الحرب الأخيرة، ونقصد سامراء؟!.

- إلى موت ينتظرنا!؟ قال له غوان ساخراً.

- لا؛ أعتقد أن سامراء الآن أرحب صدراً مما تظن، بعد أن مالت كفّة ميزانها إلى الهدوء والاستقرار؛ والأغراب فيها من قادة وموظفين وتجار وملاك في نعيم. حتى العبيد عادوا بهم إلى أعمالهم المعتادة.. لن يكونوا وقوداً لنار الحروب بعد الآن، اطمئن، كل شيء على ما يرام!

- قد لا تكون الأمور كما تظن، فتدور علينا الدوائر يا سيدي؟!

- أنـا واثـق ممـا أقـول، اسـمع يا غـوان: يوم طلب شـبل بن سـالم الأمـان، أتدري ماذا كانت النتيجة؟

قال أبـو أحمـد الموفق شـخصياً لـه: أثبت لي حسـن ولائك لنا؛ فأعفو عنك. قال له شـبل: أقاتـل أهلـي إذا شـئت، وأمحوهم عن بكرة أبيهم!

نظـر الموفق إليه قائـلاً في داخله: ألهـذا الحد يكون الخضوع؟ أم أنه حب الحياة؟.. لا، إن من يحب الحياة، لا يريد بسواه شـراً! إنه رجل قتـال، حيـاة الآخرين وموتهم عنده سـيان. سـأعطيه الأمان إذا حارب جماعته الزنج، لدي الكثير من الأسـرى والمسـتأمنين، قال لشـبل:

- سـأطلقك بيـن العبيد الأسـرى والمسـتأمنين، فتجهـز فرقة تكون أنت قائدها، لا أريد منك إلا شـيئاً واحداً، أتعرف ما هو؟.

أجابه شبل:

- أسمع منك!؟

قال له الموفق:

- رأس علـي بن محمد وإلا!؟

بعدها؛ أتـدري ماذا حدث يا غوان؟ أرسـل من يبحـث عني، جئته سـرّاً، صارحني بما ينبغي أن يفعل، قال لي:

- سـأقيدك، وأسـلمك لدار الخلافة، وأكفل سلامتك. وافقت للوهلة الأولى، ثم تراجعت، خفت أن ينكشـف أمري، فيخسـر المسكين شبل حياته، وأنا أصير فزاعة! قلت له:

- هذا لن يكون!

أنكلاي أيضاً، كانت عينه علي، حين ضاقت السبل بالزنج، وحوصروا وجوعوا، وفعلت دعاية العباسيين ما فعلت بالزنج، على أن ثورتهم زندقة، وزيغ ديني، وأن التطوع للقضاء عليهم، هو جهاد في سبيل الدين!

قاطعه غوان:

- من أنكلاي هذا؟ أظنك نسيته يا إبراهيم؟!

- لا لم أنسَ، أنكلاي هو ابن علي بن محمد صاحب الزنج، طلب مني أن أمثل دور أبيه، وأسلمه للموفق، لكنني لم أوافقه. أخبرت والده عما طلب مني، أقنعه بعدم صواب طلب الأمان من عدو!.. سيعتبر الموفق ذلك استسلاماً. بعدها قال لولده:

- لا تنس أنني بدأت من لا شيء يا أنكلاي. إن طلبك الأمان عن ضعف، ذل ما بعده ذل! مت وأنت تقاتل، مت ولا تلق سلاحك، مت وجراحك تغسلك بدمك ساخناً، عدوك هو عدوك في الدنيا والآخرة! أيامنا السود هذه لن تدوم، إذا كتبت لنا الحياة، ستكون لك مملكتك، اجعل منها جنتك الصغيرة، فتورثها لأحفادك، البصرة وكل ما حولها حتى البحر ستكون لك..! الذين يتنعمون في سامراء، خلقنا الله كما خلقهم.. ونحن يا غوان، خلقنا الله كما خلقهم.

هناك نعيش في ظلال نعيمهم؟!.. إلام نظل مشردين؟!.. الضعيف مثلنا يجب ألا تتعدى أحلامه رغيفاً مقمراً، وامرأة ناعمة لفراشه. سيكتشف فيما بعد أنه كان يحلم!.

* * *

‑ 32 ‑

صرخة أفزعت القيود

يلجأ ناماري وسرور إلى العشيرة، التي كانت تحتجز وطفة كرهينة، يخبرا زعيمها بتفاصيل الحيلة التي افتعلها مرزوق لفكاكها، يطلب منهما أوصافه، يشرحا له كل شيء عن أبي ثامر وعشيرته، عدداً وعدة وحراسة، ونوايا مضمرة أو معلنة.

يطمئن زعيم العشيرة إلى أنه استنفذ كل ما لديهم من معلومات، يأمر باصطحابهما في اليوم التالي إلى وادٍ يتوسط كثباناً من رمال الصحراء، ليقيدا ويتركا فيه طعاماً للوحوش.

يشي أحد عبيد زعيم العشيرة لناماري بنية سيده، يرسم خطة للفرار ليلاً بعد أن ينام الجميع، لحقت بهما خيّالة العشيرة بعد أكثر من ساعتين، إذ أخبر العبد الواشي سيده بفرارهما، عاد الخيّالة دون جدوى، كأن الأرض قد انشقت وابتلعت ناماري وسرور، كانا قد قصدا فلسطين، لم يتوقفا في الطريق إلا لإطعام جواديهما من أعشاب جافة ولاستراحات حذرة، ليأخذا قسطاً من الراحة، والنوم بالتناوب.

في الطريق إلى بيت المقدس، كانت قافلة العبيد الأفارقة، قادمة من الديار المصرية إلى الملاك الجدد في سواد العراق، بعد أن

فرغت السباخ من كاسحيها العبيد الذين طحنتهم الحرب. كان كل شـيء سـاكناً، لا صـوت إلا صليل السـلاسل والقيـود في أعنـاق العبيد وأقدامهـم، لا رائحـة إلا مـا تفرزهـا أجسـامهم السـمراء اللامعـة تحت وهـج الشـمس مـن عـرق، لا شـيء يكسـر الجمـال الـذي يتبـدى على الطريـق، وفـي السـفوح المغطاة بأشـجار الزيتون والتين، ومسـاحات مـن شـجر الغابة، متبقعـة هنا وهناك كثيفة ظليلة، سـوى قامات تسـير متعبة فوق التراب الحارق، ورؤوس خفيضة، يطفح في وجوهها القهر والذل والانكسار..

كان نامـاري نائمـاً، وسـرور جالسـاً يسـند ظهره إلى شـجرة زيتون معمرة، وجوادهما يقضمان العشب على مقربة منهما، حين رأى سرور القافلة من بعيد. لكز ناماري:

- انهض! قال له، وأشار بيده إلى القافلة.

قال له ناماري:

- ضـع عمامتـك على رأسـك، اركب جوادك، واقصد زعيـم القافلة، ساومه على مائة من عبيده، لعله يوافق! وأنا سأنتظرك هنا، أشر لي إذا تم لك ما تريد.

بدا سرور متخوفاً. أجابه:

- لحاقي بالقافلة على هذا النحو، وعلى شكل مفاجئ سيثير شكوك زعيمها. أرى أن تذهـب أنت كعبد آبق مني، ألحق بك كيما أسـتعيدك، يكون هذا مدخلاً لمساومة الرجل، هيا، هيا هات قيداً من خرج جوادك وقيد يديك، واقصده مسرعاً لاهثاً.

- قد يستأثر بي يا سرور؟!

- لا، لن يستأثر بك. سأتبعك على الفور؟!

كان زعيم القافلة في هودجه، على ذلول بسنامين، تحجبه ستائر سميكة من كتان أبيض، مخططة طولانياً بالأسود والبني، ووكيله على محفة يتناوب على حملها أربعة من العبيد الأشداء، حولهما ثلة من الحرس الملثمين المسلحين بالأقواس، والخناجر، والسيوف.

حين وصل ناماري مقدمة القافلة، احتاط الحراس له. أشار وكيل القافلة لهم ألا يستوقفوه، كما أشار لناماري أن يتقدم نحوه، امتثل ناماري أمامه لاهثاً، أخبره بما هو فيه من حال:

- أنا هارب من سيد ظالم بخيل أكاد أموت لديه جوعاً، أنقذوني منه، لا أريد العودة إليه، انتبهوا، إنه يبحث عني في هذه البرية..
ظهر سرور ممتطياً جواده قادماً نحوهم. قال ناماري للوكيل:
- إنه هو يا سيدي!
كان سرور بارعاً في تصنع الخوف، أشار الوكيل للحراس أن يكونوا متيقظين حذرين، وقد يغافلهم سرور، ويلحق بناماري الأذى، وتنجيه سرعة الجواد في الهرب..
بعد مشادة كلامية بين سرور والوكيل، انحسرت ستارة الهودج عن وجه زعيم القافلة. بتقاطيعه، ينم عن حزم، نظراته توحي أنه في منتهى الخبث. قال لسرور بلؤم:
- حتى لو كان هذا العبد لك، فلن تفرح به، ما رأيك؟!
- لكنه ملكي، وهو آبق مني، الحق أن أستعيده!
- هل لديك ما يثبت أنه ملكك؟
كان سرور وناماري في منتهى الغباء حين فكرا بهذه اللعبة!
- كان عقدنا الكلام شفاهياً حين اشتريته..

نزل سـرور عن جواده محاولاً الخطو نحو ناماري. لم يلتفت ناماري نحـوه طيلـة فتـرة النقاش العقيم الذي يدور حوله، ليسـأله عما إذا كان عبـده، أو لا.. لكـن الحـراس وقفـوا فـي وجهـه، التفت سـرور إلى زعيم القافلة قائلاً:

-اسألوه؛ فإن أجاب أنني لا أملكه؛ فهو حلال لكم.

- قـد يقـول نعـم خوفـاً منـك، لقد مـرّ على رأسـي الكثيـر من هذه الألاعيــب.

- والحل؟

- أبيعـك سـواه، وبعقـد رسـمي، لا بالكلام؛ أو ما عليـك إلا أن تغادر المكان، وإلا؟ قال له مهدداً..

بدا الانفعال على وجه سرور، الذي لا عهد له بالبيع، والشراء، حتى ولا بالأخذ، والرد، في الحوار مع أحد. أجاب منفعلاً:

-لا. إنما أشتريته هو بالذات.

- هـه، لطالمـا ستشـتريه؛ إذاً أنـت تعتـرف بعـدم ملكيتـه! وبهدوء التاجر العريق قال له الزعيم:

- أبيعك القافلة كلها أن شئت. ثم أضاف بسـخرية: مع إني لا أرى بك التاجر الذي يستطيع ذلك!

أجـاب سـرور، والانفعـال لا يـزال يتصاعـد لديـه، ويـكاد يشـله عن التفكير، وهو يخبط على محفظة حزامه:

- أشتري عشرين رأساً!؟

- قليل. أجابه الزعيم، وهو يرفع حاجبيه الكثين إلى أعلى استخفافاً به.. وأضاف: أبيعك مائة رأس، ومن الخلف جراً دون انتقاء، وكرماً مني، أهديك حارساً لهم بكامل سلاحه. ها، ماذا قلت؟

أجاب سرور متردداً:

- أنا موافق.. لكن بكم ستبيعني الرأس؟

- يبدو أنك لا تزال غراً بالتجارة؛ ففي هذه الحال يباع العبيد جملة.. مائة رأس بمائتي ليرة ذهبية، أو؛ فلنتابع طريقنا..

أخيراً، تمت عملية البيع، وقع العقد وقبض الثمن، وسـلخ مائة عبد وحارسهم من آخر القافلة، وسلموا لسرور..

ينتبـه سـرور متأخـراً أن ناماري ليس مـن ضمنهم. قال للوكيل الذي سلمه الصفقة:

- لكـن عبـدي ليس من بينهم، أريده واحداً منهم، بدل لي أي واحد من المائة.

- ليس هذا مما جاء في العقد، العقد بيدك، وعليك الالتزام به!.

- لا جدوى من الحديث معك!

قصـد زعيـم القافلـة الـذي تخفـى خلـف سـتائر هودجـه، وهـم بالسير..

راح سـرور يناديـه، تـاركاً رسـن جـواده بيـد عبـد مـن العبيـد الذين ابتاعهم، انشقت ستارة الهودج، ليظهر وجه جارية بيضاء. قالت له:

- سيدي نائم. ثم أغلقت الستارة.

حاول ناماري الهرب لكن قيد يديه منعه من الدفاع عن نفسه، وهو يتلقى الضرب واللكم والسياط من حراس القافلة، فسقط مغشياً عليه!.. تابعت القافلة سيرها..

أما سرور، فقد استأمن حارس قافلته الصغيرة بها، وتابع السير خلف القافلـة الأم، ريثمـا يأتـي بجـواد ناماري، الذي تـرك وحيداً فـي البرية، مربوطاً في فيء شجرة سنديان ظليلة..

لم يعثر سرور على الجواد، خمن أن يكون قد سرقه أحد اللصوص، بعد أن بحث عنه لفترة قصيرة في طرف الغابة..

كان عبيده قد وجدوا على مدى رحلتهم من أفريقيا إلى هذا المكان فرصتهم الذهبية، وحارسهم معهم، ليتحرروا من قيودهم، ويختفوا بين الشجر الكثيف المتشابك في الغابة؛ ويصعب على سرور، وسواه إلقاء القبض على أي منهم. لكنهم لم يسلموا في الأيام التالية، ممن يتصيد أمثالهم، ويبيعهم بأثمان بخسة لنخاسين شريكين، أحدهم يهودي، اتخذا من محطة قريبة من القدس قاعدة لجميع العبيد، وإرسالهم في قوافل تتجه شرقاً إلى مكة وسامراء، وقوافل تتجه شمالاً إلى ميناء صور، لنقلها في المراكب إلى صقلية.

تعلم سرور من هذا الدرس، أن يكون يقظاً وحذراً وصارماً.

ازدادت خبرته في هذه التجارة المزدهرة، ليغدو من أهم تجارها، ويصبح شريكاً للقاعدة الآنفة الذكر، وشهبندراً لتجار المنطقة الممتدة ما بين البلاد الشامية، والمصرية، وذا حدين في العلاقة مع السلطة في سامراء من جهة، ومع ابن طولون من جهة أخرى، وفي العلاقة مع زعماء العشائر، والمتنفذين في هذه المنطقة.

كان دائم البحث عن ناماري، ليعرف فيما بعد أنه العبد الشخصي، لأحد الملاك في سواد البصرة. يرسل من يشتريه، وبأي ثمن، يرفض المالك رفضاً قاطعاً بيعه والتنازل عنه؛ كما كان يمنع أي قادم لهذا الغرض من مشاهدته..

* * *

‒ 33 ‒

رمادٌ حين يبرد

كان الأمن مستتباً حين وصل إبراهيم ورفيقاه سواد البصرة.. لم يشأ
أن يعبر البصرة في طريقه إلى سامراء، تحاشى مقابلة واليها العباسي
خوفاً من عقاب، وكي لا يرى ما في البصرة من خراب، يذكره بماض
عاش فصوله المأساوية، توقف عند مشارفها في موقع كان لعلي صاحب
الزنج فيه إسطرلاب. كان فيه يفتح كتبه، ويعمل حساباته الفلكية، إذ
كان لا يشن هجوماً إلا بعد أن تسعفه النتائج، التي يتوخاها بعد قياس
زوايا ضوء الشمس والظل، ودرجات أطوالها، في أوقات النهار.

تذكر إبراهيم ما قاله ذات يوم في ذلك المكان لصاحب الزنج، أحد
قادته الأوفياء: "الربح والخسارة في الحرب تحددها بطونهم ورؤوس
قادتهم، تحددها اليد ونظافتها!"... لم يدعه يومها أن يكمل كلامه،
طلب منه الرأي بغير ما يتعلق بشؤون القتال. قال له قائده يسأله:

- ما السرّ بالمكانة العظيمة، التي يتمتع بها الخليفة في قلوب
الناس، حتى في شططه وانحرافه، عن جادة الدين، والأخلاق القويمة؟.

أجابه:

- لأنه يمثل أعلى سلطة.

قال له صاحب الزنج في ذلك اليوم الذي يتباعد في الزمن:

- من الواجب القضاء على سلطانه إذا اشتط أو انحرف.

أجابه القائد:

- أرى أن يقوّم.. ولو بحد السيف! كان الأولى به النصح أولاً، كي يعود إلى جادة الحق والعدل والفضيلة.

قال إبراهيم لغوان بعد صحوه من حالة التذكر والشرود، وهو يشير إلى المكان، وإلى صف الحجارة، التي لا تزال في موضعها، وقد نما العشب والشوك في جنباتها، وعوامل الطبيعة تعتق لونها، وترسم بالطحلب في سطوحها الخشنة سورياليات من أقواس قزح، وآلات حرب ووجوه معفرة وأشلاء، كما لو أن الزمن يرسم عليها لوحاته الخالدة:

- التراب في هذا المكان، وفي كل مكان يا غوان معجون بالدماء.. كنت آتي من قصر القرشي في برنخل إلى هنا، كنت أجهد نفسي كي أكون بهيئة علي صاحبنا، كان الموت بانتظاري إن لم أكن تماماً كما هو بشحمه ولحمه.. من يرى رؤوس القتلى المحملين على البغال لا يسعه إلا أن يفعل كما يشاء سيده. يتابع بعد لحظات من الصمت:

أقسى يوم عشته كان يوم الشذا، ملأت رؤوس البصريين القتلى سفينة كبيرة!! وغنائم صاحب الزنج من الأموال والسبايا، لا تعد ولا تحصى، تم الاستيلاء على أربع وعشرين سفينة، كانت في طريقها إلى البصرة.

حين رأى علي السفينة قادمة، ألقى كلمة مجلجلة بجيشه، موحياً للجيش أن صوتاً من السماء خاطبه قائلاً له: "قد أظلك فتح عظيم"!.

مدن وقرى تهاوت أمامه أو استسلمت: الأبلة دمرت، وقتل الكثير من أهلها، هبت بيوتها المبنية من خشب الساج طعمة للنيران، انضم كل ما فيها من عبيد لجيشه.

الخليفة المهتدي، كان عرشه أشبه بنعش يحمله الأغراب فيه حياً!

قالـوا:

- كان سيء الطالع.. بل كان سيء البطانة، سيء الحاشية، هذا كل ما في الأمر! كان عمره سنة واحدة في الخلافة.

يأتي بعـده للعـرش، أحمـد المعتمد على اللـه بن المتوكل، بلقب ومظاهـر فقـط، بينمـا الفعـل لابـن أخيه " أبـو أحمد الموفق " العنيد، وعلى يده كانت نهاية صاحب الزنج وحركته.

- أراك شارداً يا نوو، فيم تفكر؟ سأله إبراهيم.

أجاب:

- أفكر ببطني.. أنا جعت يا إبراهيم..

- أنـا جائـع أكثر منك، علينا بالصبـر، إنك تذكرني بأيـام الحصار في المختارة، منع العباسيون عنا كل شيء، كانت قواتهم حولنا مثل كماشة.

تذكر إبراهيم كيف أخطأ أحد جواسيس صاحب الزنج ، وامتثل بين يديه يخبره عن قوات الموفق، التي تطوق المختارة بتفصيل دقيق.

قال لنوو:

- بقيت ساكتاً حتى لا ينكشف أمري، يومها قال لي ذلك الجاسوس:

وزع أبو أحمد قواته توزيعاً دقيقاً:

"نصير" وفرقته عند نهر جوي كور.

"زيزك التركي" وفرقته ما بين نهر أبي الخصيب، ونهر المغيرة.

"مولاه راشد" وفرقة كبيرة مكونة من الأتراك والخزر والروم والديالمة والطبرية والمغاربة والزنج، على نهر هطمة..

"مسرورو البلخي" وفرقته على نهر سندادان..

"الفضل ومحمد، ابنا موسى بن بغا" وفرقتهما على نهر هالة..

"موسى الجوية" و"بغراج التركي"، على نهر جطي.

"أبو أحمد" وقوات حراسته عند نهر جابيل..

حاول علي بن محمد كسر هذا الحصار، فلم يستطع، لقد كان الحصار من كل الجهات.

ثلم الموفق بجيشه الكبير سور المختارة بالمعاول، والآلات في أكثر من مكان، أوغل الجيش فيها، وصل الجند ميدانها الرئيسي، وهم يقتلون الناس، ويحرقون المنازل والأسواق، حتى غروب الشمس في ذاك النهار، وعادوا يحملون معهم رؤوس القتلى.

"في 16 ربيع الآخر سنة 268 عبر الموفق المختارة مصطحباً ابنه العباس وخيرة قواده، وضم إلى كل منهم المهندسين والعمال، وأمرهم أن يعملوا على هدم السور، دون أن يدخلوا المدينة. رافق هذه الحملة كثير من السفن المكتظة بالرماة، لحماية مؤخرة المهاجمين".

لم يبق أي منفذ لعلي، يساعده على النجاة بجلده، ثلاث سنوات من الحصار، انتهبت دور قادة الزنج ودمرت، ودمر سوق "الميمونة" وجامع المدينة.

وجهان لهذا الحصار يا صاحبي:

الأول: تشديد الحصار من قبل الخلافة العباسية، إذ أرسلت نجدة لقواتها من عشرة آلاف محارب، بقيادة كاتب الموفق، ساعد بن مخلد، في الثاني من ذي الحجة269هـ، ونجدة أخرى من أحد قادة ابن طولون، هو "لؤلؤ" الذي انشق عنه، وقدم لنصرة الموفق بجيش عرمرم من الفراعنة والأتراك والروم والبربر والسودانيين، يوم الخميس، الثاني من محرم270هـ. بدا إبراهيم كمن يهذي:

- أتذكر أيضاً يا نوو.. كيف أتت نجدة من أحمد بن دينار، عامل آيذج ونواحيها في كور دجلة الأهواز، مع جيش كبير من الفرسان والمشاة، ونجدة من ألفي مقاتل من البحرين، بقيادة رجل من قبيلة

عبد القيس، التي ينتمي إليها صاحب الزنج، ونجدات متطوعين من بلاد فارس وغيرها، تتابعت دون انقطاع، ذلك أن عمال وحكام الأقاليم، صار همهـم أن ينالـوا عطف الدولة ورضاهـا، بعد أن أدركـوا رجحـان كفتها. وانضمام أعداد كبيرة من الجيش العباسي من الجياع، الذين تفرقوا في القرى والأنهار، ومنهم من كان يتصيدهم هذا الجيش أسراً وقتلاً.

أضـف يـا نوو لكل هذا الحشـد من الزخم لتشـديد الحصار، أولئك الذيـن طلبـوا الاستئمان من جيش الزنج، كأسـرى حـرب، ولكن الموفق قاتل الزنج بهم.

الأمر الثاني المهم، أن صاحب الزنج لم يجد من ينصره، إلا فئة قليلة من بني تميم، بعد أن رأت الزنوج يموتون جوعاً في هذا الحصار، فأكل الزنج لحوم البشر، ولحوم الموتى.."كان الأسير منهم يؤسر، والمستأمن يستأمن، فيسأل عن عهده بالخبز، فيعجب من ذلك، ويذكر عهده بالخبز منذ سنة وسنتين!".. هذه الجماعة من بني تميم، حملت إلى المختارة المحاصرة الطعام والإبل والغنم.. هاجمها رشـيق غلام ابن أبي العباس، استولى علـى ما كانت تحملـه، نكل الموفق بهؤلاء، مثل ببعضهم أشـد تمثيل، لكي يتحاشى سواهم مساعدة الزنج، في الحصول على القوت!

كان للحصـار بطريقـة التجويع هذه، كبير الأثر وعظيم الضرر، بعد حصار البر والبحر على الزنج.

تعبت يا نوو.. أمور كثيرة في البال، لا يمكن أن تمحى من الذاكرة، أقولها فيما بعد!

. . .

مسـاءً، ألـح نوو علـى إبراهيـم أن يحدثـه عمـا جـرى، بعد حصـار المختارة عاصمة الزنج. قال:

- بعـد الحصـار، زحـف الموفـق بجيـش هائـل مـن خمسـين ألـف

مقاتل مدججين، وبمائة وخمسين سفينة إلى المختارة. كان أول فعل لهم، هدم دار علي بن محمد، ثم حملوا نساءه وأولاده وبناته إلى "الموفقية"؛ كما أسر أهل علي بن أبان، وأخواه الخليل ومحمد، وأهل سليمان بن جامع؛ ونقلوا أيضاً إلى الموفقية، مع كثير من جنود الجيش الزنجي، الذين أسروا في جيكور، عدا عشرات الآلاف، ممن ذهبوا قتلاً وغرقاً، حيث كانت آخر معاركهم.

استولى العباسيون على مدينة الزنج، أطلقوا ما فيها من أسرى، ثم انسحبوا منها، ظناً منهم أن كل شيء قد انتهى، بعد أسر سليمان بن جامع، أبرز قادة الزنج، وإبراهيم بن جعفر الهمداني ونادر الأسود.

. . .

أعاد صاحب الزنج تنظيم صفوف جيشه، وعاد إلى مدينته، بعد خروج الجيش العباسي منها، وكرّ جنده كثيراً على أصحاب الموفق؛ فأزالوهم عن مواضعهم، إلا أن عزيمة الزنج انهارت، حين جاءت الأنباء بمصرع علي بن محمد، وحمل أحد أصحاب لؤلؤ - قاتله- رأسه، فسرت الفرحة في المعسكر العباسي، وأمر أبو أحمد الموفق، أن يكتب إلى أمصار المسلمين بالنداء في أهل البصرة والأبلة، وكور دجلة والأهوار وكورها، وأهل واسط وما حولها مما دخله الزنج.. أن يؤمروا بالرجوع إلى أوطانهم»

" كان مقتل صاحب الزنج حدثاً ضخماً، اهتز له الموفق فرحاً وسروراً، وخرّ ساجداً بمجرد أن أبصر رأسه، يحمله غلام لؤلؤ، فسجد معه سائر قواده، وحُمل الرأس على قناة، وطيف به كي يشاهده أولئك الذين طالما خافوا بأسه، وتم صلب بن جامع والحمداني في الشذا".

* * *

‑‑ 34 ‑‑

ذاكرة ترفض الصمت

يتذكر إبراهيـم الطريقـة التي قتل بهـا "قرطاس" العبـد الذي رمى الموفق في إحدى المعارك بسهم وجرحه. جعله أبو العباس ابن الموفق "كردناجاً" علـى النار، وجلده يحترق حتى هلـك.. "بذات الطريقة مات صاحب الزنج».

كان علـى رأس المهنئيـن، ممـن توافدوا إلى قصر الخلافـة، بعد أن انحدر الموفق في دجلة إلى سامراء وسط مظاهر الزينة وقباب النصر، بعض الشعراء -كما في كل زمان ومكان- ينبت شعراء كهؤلاء، ولا يلذ لهم إلا أن ينبتوا عند أعتاب الحاكمين، أو كما الذباب، يحومون حول ما يلقى خارج قصورهم من فضلات!.

يؤرقه تذكر الأحداث التي مرت، تلقي بثقلها عليه في اليقظة والنوم، ككوابيس يحاول التخلص منها. يقول له غوان:

- أراك يـا إبراهيـم على حال لـم تكن فيه! ما الأمر؟

كان إبراهيم شـارداً. لم ينتبه له لأول وهلة، صحا من شروده حين لكزه غوان قائلاً له:

- ألم تسمع ما قلت لك؟

أجابه مرتبكاً متلعثماً:

- بلى، بلى سمعت، لكن ما برأسي، قد عقد لساني، وعكر مزاجي

أتساءل في سري:

- ما أنا من صاحب الزنج؟.. ما سيكون رد فعل الموفق حين أمتثل بين يديه؟.. ماذا تراه سيقول يا غوان!؟.

- بل ماذا سيفعل يا إبراهيم؟

- ماذا سيفعل برأيك يا غوان؟

يضحك غوان:

- اسأل نوو.

-لا، إنما أسألك أنت يا غوان؟!

- سيشير بطرف عينه لأحد رجاله؛ فيذهب بك ويمحوك من الوجود، لأنه لا يريد أن يرى تلك الهيئة الشبيهة بشخص كاد يطيح بعرشه!؟.

- لا أعتقد أن هذا ما سيفعله، لن أكون بنظره أكثر من بعوضة، بينما صاحب الزنج، كان مثل حوت مرعب في نهر الخلافة..

أجابه إبراهيم.

- وأنت يا إبراهيم صورة عن ذلك الحوت، في الوقت الذي أنت فيه، لا تزال في ماء النهر، بينما الحوت صاحب الزنج، خرج من الماء إلى البر، وصار غنيمة للنمل! اسمع يا إبراهيم، إن صاحب الزنج، هو الذي قتل نفسه، حين خرج من الماء، وأراد التشبه بالخليفة !

- هو لم يتشبه به، بل ثار عليه! قال إبراهيم.

- أجل، ثار عليه ليحل محله! أجاب غوان.

- لا، أبداً، لقد ثار على الظلم، الذي لحق بالزنج. قال إبراهيم.

- هـا أنـا زنجـي، ونـوو زنجي مثلـي، آلاف مؤلفة مثلنـا.. بقينا عبيداً لديه، كل من قتلوا، ماتوا عبيداً أو أسروا، أو هربوا مثلنا!

كنت أحلـم بعبـدة مثلـي أحببتها، كـي أتزوجها ويكون لـدي أولاد، وكوخ آوي إليه، وأهنأ فيه، أتدري ماذا حل بهذه العبدة؟.. بعد أن كانت جاريـة عـذراء لدى سـيدها، جعلها ثيباً، أنجب منها، لم يعتـرف بأبوته لأولادهـا، باعهـا كعبـدة وظل أولادها عبيداً، يعملون في كسـح السـباخ بمزرعته.. أعتقد أنهم صاروا جنوداً، وربما ماتوا في الحرب، المسـاكين عاشوا عبيداً، أتدري يا إبراهيم من كان سيدها؟

- آه.. قائد الفرقة التي كنت جندياً فيها!

- تعنـي لـو أن المنتصـر في الحـرب كان صاحـب الزنـج، لـكان هو الخليفة الآن!.. قال إبراهيم.

- وكان أكثر مـن خليفـة، ربمـا كان المهدي الذي ينتظـره الناس، أو كان بمنزلـة مـن منـازل السـماء!.. ألم تر كيف سـك نقوداً باسـمه؛ وأنه كلما دق الكوز بالجرة، وأراد شيئاً، قال: "إنه من وحي الله!" أجابه غوان بمرارة، ثم التفت إلى نوو يسأله:

- ماذا تقول يا نوو؟

- أقول: الآتـي أعظـم.. بعـد ذلك النصر الـذي حققته سـامراء!.. ثم سـكت ليقـول بعـد هنيهة سـاخراً:.. على رجـل كان يحلـم..! على رجل أغضبها؛ والجبال لا تغضب إذا كانت التلال أكثر اخضراراً!

- لكن التـلال مـن ملحنـا، ومـن دمنـا يا غـوان، هي التي ضربها إعصار سامراء!

أما علي بن محمد؛ فلم يكن أكثر من بارقة خاطفة، لم يكن أكثر من نيزك، اشتعل بها من ذاته ولذاته، لهذا انطفأ.. كنت ساكتاً طوال الطريق، أخرس، لم أخالف رأياً، لكنني الآن سأقول ما بقلبي:

سامراء الآن غابة ذئاب جائعة، كل يريد طريدة له، كل أنيابه بفريسة، وعينه على فريسة سواه. جلدي الأسود فيها، لا يصلح حتى لأن يكون طبلاً، ولا جلد غوان، أشد ما سيصيبني، هو إرسالي إلى كسخ السباخ، أو الحفر بمعول في أساس بناء، كذلك غوان، أما أنت يا إبراهيم؛ فعمامتك لن تكون أكثر من علامة بيضاء، في رأس طريدة مسرنمة ينتظرها الصيادون!

أجابه إبراهيم مستغرباً مما يقول:

- ستجد أنك على خطأ فيما تقول يا نوو، سامراء الآن هادئة بكل ما فيها، بعد أن قضت على عدوها.

قاطعه نوو:

- أجل، الهدوء الذي يسبق العاصفة.

سامراء ستجد لنفسها عدواً، ستأكل نفسها كالنار أن لم تجد ما تأكله، إنك تسير بنا إلى بلد الأحلام المستحيلة، لن نكون شوكة في فمها.

سنكون في نظرها كما الهشيم والنار، لا يشبعها ما تحمل الريح من هشيم، ولا حتى من شوك يابس!

...

شرع قصر الخلافة أبوابه لهم حين وصلوا سامراء، مثلوا بين يدي أبي أحمد الموفق بناء على طلبه. أرسل غوان ونوو إلى مزرعته الجديدة عند نهر الخصيب، واستبقى إبراهيم لديه. حدثه إبراهيم عن كل ما كان

يجهلـه الموفق من أسـرار كانت تغلـف صاحب الزنج، عن فترة تواجده "هو" في حمى ابن طولون، عن مصير العبيد الفارين، توقف أبو أحمد عند حكاية مرزوق، وعند حكاية ضحى.

غدت لإبراهيم مهمة تقبلها عن طيب خاطر، بعد أن احتفظ به في قفص من خشـب الزان الصقيل، تلقى له فيه فضلات الطعام، كان أشـبه بفزاعـة، وعبـرة لمـن يعتبـر. جعل قفصه فـي ممر إجبـاري، يدخل منه الـوزراء والقادة وكبار الموظفين والأعيان، وزعماء القبائل ورجال الدين وكبار التجار، والشعراء ووفود الممالك..

صـار إبراهيـم يعـرف الحرس والطباخيـن والخدم والجـواري واحداً واحداً، يعرف القادم أو المغادر من وقع خطاه دون النظر إليه..

يعـرف أي الأيـام مليئة بالفـرح، وأي الليالـي!.. أي النوافذ لا ينطفئ نورهـا، أيهـا لا ترتفع سـتارتها، أيها تشـق عن وجه صبـوح، أيها عن وجه دميم، أيها نافذة سيده، وأيها، وأيها!

يغنـي إبراهيـم بصوت خافت حزين، أو يكلم نفسـه، ويهذي بما لا معنى له ولا رابط بينه من كلام..

يعابثه أطفال القصر، أو يسخرون منه لوجوده في قفص، أو يتبارزون قبالته بسـيوفهم الخشـبية، تسـره مناداتهـم له: "صاحب الزنـج" أحياناً، وتغضبـه أكثـر الأحيان. ينشـد في وجوههم ما حفظه مـن قصائد لعلي بـن محمـد، يحرض بهـا على الثورة، وهو يتألم ممـا آلت إليه قصورهم، لهوهم، تهتكهم، انحلالهم، بعد أن وضعوا مقدرات الدولة بيد الخصيان، ويناشد العباسيين بقوله:

"بني عمنا لا توقدوا نار فتنة/ بطيء على مرّ الليالي خمودها
بني عمنا أنا وأنتم أنامل /.. تضمنها من راحتيها عقودها"

.. سـمعه الخليفة مراراً وهو ينشـد وينوح، تمشـى نحو قفصه ذات يوم، خرّ إبراهيم ساجداً له داخل القفص. سأله الخليفة:

- ماذا ستفعل لو أطلقت سراحك؟

- أنا هنا في منتهى السرور يا مولاي! أجابه.

-أي سرور هذا؟. أنت في قفص يا صاحب الزنج؟!.

قالها الخليفة بسخرية، وشماته، وأضاف:

- ستكون حراً، لكن ليس قبل أن أعرف إلى أين ستذهب؟!

- سأبقى عند باب قصرك يا مولاي.

- لا أريـدك فـي هـذا المـكان، قل إلى أيـن سـتذهب أو أمرت بقطع رأسك؟

- أذهب للبحث عن مرزوق يا مولاي.

- وإن لم تجده ماذا ستفعل؟

- سأعود إلى سامراء يا مولاي.

- إني أحذرك من العودة على سامراء...! أفهمت؟

* * *

35

سؤال معلّق

مـرزوق الـذي سـيبحث عنـه إبراهيم، ولـن يجـده، كان قد غادر فلسـطين، عائداً إلى الديار الشـامية، كان شـارداً يغلفه خواء الفراغ، جهـة الشـرق نصب عينيـه وتل" أبو الندى" باخضـراره الأبدي، يقطع جسـر بنـات يعقوب، يسـلك درباً ترابية شـقتها أقدام الإنسـان الأول فـي أعالـي وادي "حوا" محاذيـة له، بدءاً من مشـارف بحيرة طبرية، وحتـى قريـة العليقة، وكفـر نفاخ، والدلوة، حتـى نهاية الوادي الذي يتحـول إلـى أحـد الروافـد التي تغـذي بحيـرة طبريـة. كان يعبر تلك الـدرب نهـاراً، ولا يـدري شـيئاً عن هذا الـوادي الذي يعـج بالوحوش المفترسـة، والخنازيـر البريـة، والثعابيـن الخطـرة، وأشـدها خطـراً لا يخـرج مـن مغـاوره أو أوكاره أو جحـوره إلا ليلاً. شـروده قطـع عليه حـذره ممـا قـد يتعـرض له منها، ولا سلاح لديه سـوى عصا من شـجر الزعـرور، ربمـا كانت عبئاً بيد أحد المـارة فألقاها على يمين الدرب، تقـوده التداعيـات إلـى الأماكـن الأولى، التـي درجت عليهـا طفولته، تغالبـه حالـة التذكـر، ليمتثـل في مخيلتـه ماضيه كله منـذ كان فتى، وحتى هذه اللحظة التي يسير بها على هذا الدرب، في هذا الخواء،

يسير فارغ الكفين إلا من عصا بطول ذراع، قد تساعده في رد الأذى، ولكنها لا تساعده في المسير.

يرى هنا وهناك قرى صغيرة لمزارعين آثروا الاستقرار، ومضارب خيام بدوية، وأكواخاً من قصب متفرقة لنواطير الحقول، ما أن بلغ غدير العليقة المنحدر غرباً، حتى كانت الشمس تميل إلى الغروب. كل ما كان يتوق إليه المكان الذي يأوي إليه، ولو كان خربة، لا يريد أن يتطفل على أحد، من ساكني هذه الأرض المترامية بسهلها وحجارتها السوداء، توقف عند مكان اتسعت فيه أرضية الغدير، تباعدت ضفتاه وشفت مياهه عما في أرضيته من أسماك ترمح أو "تبلعط"، وحصى بمختلف الألوان والأشكال، وطحالب خضراء تعاند غزارة الماء وعوامل الطبيعة.

ثمة حويجات صغيرة على شكل جزر في قلب الغدير، تقسم ماء الغدير في الجريان. تغدو لمياهه قوة تجرف ما يعترض طريقه، ثمة أشجار صبار تنامت شعثاء في هذه الحويجات، وعلى حفافي الضفاف، تشهق سامقة، تمنح ثمرها المشاع للآخرين دون ضنّ، تعلمهم معنى العطاء، تمنحهم حين الإزهار معنى الجمال، ويمنحهم وجودها تحدي غرور الزمن.

اثنان رآهما مرزوق عند الجسر لم يبال بهما، تذكر أن أحدهما كان يتابعه بنظراته من بعيد، ثم راح يلتفت إلى الخلف خلسة، فيما كان يتابع السير، رآه ثانية يشير بيده لرفيقه نحوه...

أغراه ماء الغدير بالنزول إليه، وقف في قلب الماء، انتبه إلى صورته تتراقص فيه، أغراه المشهد بالاستحمام، لاذ خلف شجرة صبار كثيفة واستحم، داهمه الغروب.

آثر أن يقضي ليلته في هذا المكان، لم يبال بوحشته وبما يبعث من رهبة.

لليل عالمه، للوحدة في الليل مع ضوء القمر، وقرقرة الماء، ونقيق الضفادع، وحفيف العشب بفعل النسيم الذي يهب على عالم تستعاد فيه الكثير من صور الحياة، ومن محطات في حياة المرء، قضى الليل ساهراً، إلا من إغفاءات قصيرة متقطعة.

قبل الشروق كان قد اتخذ قراراً بالبقاء في هذا المكان، اختار بقعة صغيرة لا تبعد كثيراً عن الغدير، عزل ما فيها من حجارة، سوّى تربتها، بنى لنفسه كوخاً صغيراً من أغصان أشجار غابية: زعرور، بلوط، سنديان، كينا.

لم يمر أسبوع على سكنه في هذا الكوخ، حتى انتشرت حكاية مرزوق، في الأماكن المأهولة المحيطة بالمكان كلها: سنابر، العليقة، الخويخة، الدلوة، الجليبينه، سكوفيا، وغيرها؛ ولما كان المكان مقصداً للناس يؤمونه يومياً بقصد صيد السمك من الغدير، أو قطف ثمار الصبار المشاع؛ كانت امرأة تأتي كل يوم، مصطحبة أولادها، هي وأكبرهم يصطادان السمك أو يقطفان الصبار، عند الظهيرة تفلش المرأة زوادة الطعام البسيطة أمام الأولاد، مع العصر تغادر هي وأولادها.

لاحظت المرأة أن هذا الرجل الملون، لم يبرح خيمته إلا لصيد ما يتغذى به من سمك أو طير أو أرانب برية. كان صغار المرأة يلجأون للنوم قريباً من أمهم، بعد أن ينال منهم التعب جراء اللعب حولها، أصبحوا جزءاً من عالم مرزوق الأنيس الحي، يتسلى بالنظر إليهم من بعيد، ومتابعة شيطنتهم ولعبهم؛ بالمقابل، ألفوا واعتادوا مشاهدته يومياً، بعد أن كانوا ينظرون إليه مستغربين ومحاذرين.

١

لـم تنتبـه الأم لأفعـى مائيـة انسـلت من بيـن الطحالب، ولسـعتها بسـاقها اليسـرى، فيمـا كانـت تغسـل سـاقيها بمـاء الغديـر، صرخـت وخرجـت مذعـورة مـن المـاء، وعينهـا عليـه كأنمـا تسـتنجد بـه، هب مسرعاً نحوها.

بخبرتـه عالجهـا، أنقذهـا قبـل أن يتفشـى السـم في بدنهـا، كانت تلك الحادثة الصغيرة بالنسـبة إليه، الشـرارة الأولى التي أشـعلت ناراً، امتـدت إلـى أهـل المنطقـة جميعهـم. ليـس بدافع حب التعـرف إليه فحسب، بل للجوء إليه عند تعرض أحدهم لأذى الزواحف والحشرات، أو عضة كلب، أو كسر في عظم. يقترن المكان الذي يقيم فيه باسمه، المـرأة وحدهـا عرفـت فـي البداية أنه نوبـي، وعبد آبق، وعـرف منها أنهـا امـرأة أرملـة تربي أطفالها ليـس إلا، لم يكن فضوليـاً، ليعرف أنها كانت جارية في شـبابها لدى أحد التجار المقدسـين، أُبِقت إلى هذه المنطقة، تزوجت من شاب متطوع كجندي، في جيش ماجور التركي، انقطعـت أخبـاره، بعـد أن ذهب ذات يوم إلى الحـرب ولم يعد، تاركاً لهـا هـذا العـدد مـن الأولاد لتعيلهـم. مـرزوق وحـده يعـرف النهايـة الأليمـة لهـذا الجنـدي، الذي اختـاره صاحب الشـرطة من بيـن رفاقه، ليتحـول إلـى جهـاز العسـس ويكلف بالتجسـس على عامـل الموصل، يبنـي هنـاك علاقة مشـينة مع إحـدى جواريه، ليعرف منها أسـرار هذا الرجل، ينكشـف أمره، ينكل به ويقتل.

يتعاطف سكان قرية العليقة مع مرزوق، الطبيب، الحكيم، صاحب الرأي السـديد. يدعونه للسـكن بينهم، يرفض.. يدعونه للزواج وتشـكيل أسـرة، يرفض.. يسـاعدونه على بناء غرفة إلى جانب الغدير، في المكان ذاتـه الـذي بنى فيه كوخـه لا يغلق لها باب، أو نافذة، كي يرى الطبيعة

بـكل فصولهـا، ومن الجهات الأربع، وتظل مشـرعة للقادمين إليها، على اختلاف مشاربهم..

. . .

صـارت تلاحـظ المـرأة دون سـواها أشـخاصاً غربـاء يحومـون فـي المنطقة، ولم يكن تواجدهم مثاراً لديها للشك والريبة..

كعادتها قدمت في ضحى أحد الأيام مع أولادها، فلم يظهر مرزوق أو يخـرج مـن غرفته، أرسـلت أحـد أولادهـا يتفقده، شـاهد الولد بقعة دمـاء فـي الغرفـة لما تجـف بعد.. وقف فـي الباب، وانكفـأ يجري نحو أمـه، وهـو يصـرخ خائفاً، يقـول لها ما رأى، ركضت الأم نحـو ابنها، هزته تسـأله أن يوضـح ما يقـول، اتجهت نحو الغرفة، هالها المشـهد، ضربت كفاً بكـف، راحت تصـرخ وتنادي، وهي تركـض مذعورة.... يـا مرزوق.. مرزوق.. مرزووووق..

ولمـا لـم يجب أحد، اتجهت نحو القرية وهـي تولول، اجتمع الناس حولهـا يسـتطلعون منهـا الخبر، ولم تـأت ظهيرة النهار، حتـى كان أهل القرى المجاورة جميعها في المكان، والتساؤلات المرة تعلو كل الوجوه..

راحـت الحكايـات عـن قصة اختفائه تتخلق، وتنبنـي على ما يحمله النـاس مـن خبرات روحيـة واجتماعية، يختلط فيها الغيب بالسـرّ، وبما فـي الواقـع مـن حقائـق دامغـة تتفـق جميعهـا، وتتقاطـع مع الأسـئلة الكونيـة، حـول المجهول من الجرائم الإنسـانية: من؟ ..متـى؟ ..كيف؟.. أين؟ ..لماذا؟

لتكتمـل دائـرة الغمـوض في صبـاح اليـوم التالي، عند شـجرة صبار مزهـرة نمـت وسـط الغدير، لتكون الشـاهدة الوحيدة، علـى جريمة لا يزال التاريخ يشهد مثيلها على هذه الأرض..

مـرزوق، وقد تقطعـت أوصاله، وعلقـت أجـزاءه علـى جـذوع تلك الشجرة.

لاحظت المرأة كأنما عيناه قد سملتا بسيخ محمى على النار.. عثرت علـى خصلة من شـعره المجعد، لا تـزال ملتصقة ببقية فروة الرأس. عقدت عليها طرف شالها كتميمة أودعتها في أحد جدران غرفته، وأغلقت عليها بالطين.

. . .

تحـت عاصفـة مـن الحـزن، ووري مرزوق الثـرى، في المـكان الذي ترجل فيه، وهو يعبر ذلك السـديم، الذي يغطي مسـاحة كبيرة من بلاد الله؛ وظل السؤال عن غريمه معلقاً. تتشعب، وتتضارب الإجابات عليه، ولم يزل دون جواب..

بعد أكثر من ألف ومائة عام، على نهاية مرزوق المأسـاوية، لا يزال الغدير على عهده في الغناء، وشـجر الصبار يزهر، ويثمر، وشـجر الكينا يتعالى، ويتجذر، وعشب الأرض ينمو كل ربيع..

طيـف مـرزوق هنـاك يحـرس الأحلام التـي زرعهـا الجولانيـون في أرضهـم، قبـل أن يدنسـها أعـداء الحياة، ويحرس السـؤال الذي لم يجب عليه أحد، السؤال الذي لا ولن يموت......

* * *